Für Sandra,
die sich mich immer noch zutraut.

VERSKLAVT

Die Aufzeichnungen des
Francis Drayke

von

Tim Sodermanns

Bibliografische Information Der Deutschen Bibliothek

Die Deutsche Bibliothek verzeichnet diese Publikation in der

Deutschen Nationalbibliografie; detaillierte bibliografische

Daten sind im Internet über http://dnb.ddb.de abrufbar

2. Auflage – 09/2010

Impressum:

Sodermanns, Tim: VERSKLAVT
Inhalt © Tim Sodermanns, 2010
Herstellung und Verlag:
Books on Demand GmbH, Norderstedt
Coverfoto © Thomas De Gennaro /Pixelio.de

ISBN: 9-783839-150290

www.Versklavt.me

„Nicht im Genuss besteht das Glück,

sondern im Zerbrechen der Schranken,

die man gegen das Verlangen errichtet hat."

Donatien Alphonse Francois,
Marquis de Sade

- Auf ein Wort -

Ich muss Sie ernstlich warnen, mein mir unbekannter Leser!

Warnen vor dem was Sie hier in Händen halten und, obwohl Sie es mir jetzt sicherlich noch nicht glauben mögen, auch vor ihnen selbst!

Die in diesem harmlos anmutenden Taschenbuch enthaltenen Aufzeichnungen des Francis Drayke sind alt, verblasst, aber dennoch nicht minder gefährlich, als am Tage ihrer Niederschrift.
Viele Jahre, vielleicht gar Jahrzehnte waren sie verschollen, lauerten geradezu in der Dunkelheit. Vergessen von der Welt, verborgen im Spalt eines gesprungenen Türrahmens, bis zu jenem verhängnisvollen Tage, als ich schließlich ahnungslos ihren Weg kreuzte.

Eine lose, vergilbte Blättersammlung, zudem noch in fast unleserlicher Handschrift verfasst, das war der Schatz, den ich damals fand.
Geduldig wartete er im Gästezimmer eben jener heruntergekommenen Spelunke auf mich, in welcher Sie selbst Francis gleich zum ersten Mal begegnen werden und deren Namen ich hier bewusst nicht preisgebe.
Ich will es beschützen, mein Geheimnis, genauso wie das kleine Dorf, um das es in den kommenden Kapiteln am Rande geht.
Mein Herz schlägt schneller, allein bei dem Gedanken daran, denn wenn sie diese Zeilen hier lesen, bin ich hoffentlich bereits dort.

Seit ich mich vor Wochen endlich getraute, mich meinen Dämonen wahrlich zu stellen, ist mir außer Flugtickets und etwas Bargeld nur das geblieben, was ich am nackten Körper trage.
Meinen Beruf, meine Familie, selbst meine mich liebende Ehefrau habe ich diesem Wahn geopfert, aber hatte ich denn eine andere Wahl?

Die Worte der folgenden Schrift sind wie ein Virus, unersättlich.
Jede Zeile ein Geschwür, eine ach so vertraute Melodie, die sich in den Gehörgängen festsetzt und einen einfach nicht mehr loslassen will.
Scheinbar harmlos beginnt das kleine Spiel, doch nur selten durchschauen wir im Leben bereits zu Anfang, wohin uns unser Handeln führen und was es uns letztlich vielleicht einmal kosten mag.

Der Mensch ist von Geburt aus neugierig, es liegt in unserer Natur.
Mit an Schizophrenie grenzender Selbstverständlichkeit begehren und fürchten wir zugleich, was immer da auch liegen mag, jenseits des viel beschworenen eigenen Tellerrands.
„Besser nichts riskieren" denkt der Mensch, und so ziehen wir lieber bei Zeiten ein in das, was wir als Normalität definieren, suchen unser Heil in geistiger Selbstverstümmelung, wiegen uns in trügerischer Sicherheit.
Mit Freuden schmeißen wir alle Türen ringsherum zu.
Wir sperren sie weg, all die verbotenen Wünsche, verdrängten Lüste und nie geäußerten Gedanken. Wir sperren sie weg und entsorgen anschließend die Schlüssel, was ist schon dabei? Nichts - nur ein weiterer Stein in der Wand aus Tabus, die uns ein Leben lang umgibt.

Bequem ist das, verständlich gar, aber diese Flucht in die Ignoranz lassen die Worte des früheren Lebemannes Francis Drayke nicht weiter zu!
Sie belegen, dass es da auch ein anderes Leben gibt, außerhalb unserer Vorstellungen und jeglicher gesellschaftlichen Norm.
Er zeigt sie uns, all die versteckten, fast vergessenen Möglichkeiten des menschlichen Lebens, und während wir sie betrachten, sehen wir uns darin selbst als leicht verzerrtes Spiegelbild.

Ich habe mich oft gefragt, warum gerade ich es war, der die vergilbten Blätter in Zimmer Nummer vierzehn jener abgelegenen Herberge fand, deren Namen ich Ihnen ebenfalls hier nicht nennen mag.
Reines Pech, verdammtes Glück, oder gibt es vielleicht doch einen tieferen Grund dafür, dass mein Leben vor nunmehr fast zwei Jahren in eine gänzlich andere Richtung gelenkt wurde?
Fand ich Francis Niederschrift damals wirklich nur, weil mir nach exzessivem Alkoholgenuss meine Brille aus der zitternden Hand direkt hinter das schwere Directoire-Bett fiel, oder steckt vielleicht doch mehr dahinter?
War es Zufall, dass gerade ich den schmalen Mauerspalt entdeckte, den Francis damals vor seiner Abreise so sorgfältig mit feuchtem Lehm verschloss, oder haben nicht vielleicht seine Aufzeichnungen mich gefunden?

Entscheidungen, Kreuzungen, Abzweigungen, Wege des Lebens.
Nur ein Schritt liegt im Grunde zwischen Gut und Böse, nämlich der erste, der Rest ist dann nur noch eine Frage der Zeit.
Die Entscheidung, welchen Weg wir gehen, treffen wir im Hier und Jetzt, jeden einzelnen Tag, ein Leben lang.
Je weiter sich jedoch dieses „Jetzt" mit der Zeit von uns entfernt, je mehr es zu unserer persönlichen Vergangenheit wird, je weiter entfernen auch wir uns von dem Ort, an dem wir im Falle anders getroffener Entscheidungen heute vielleicht stehen könnten.

Eine Entscheidung, eine Sekunde, nur ein Sprung durchs Fenster der Bibliothek machte aus der angesehenen Journalistin Ulrike Meinhof die Anführerin der sogenannten Baader-Meinhof-Bande, aber entspricht eine solche Sicht der Dinge denn wirklich den sogenannten Tatsachen?
Spiegelt sich in unseren Entscheidungen nicht vielmehr das wieder, was wirklich in uns steckt, unter all den Tricks und Spielereien?
Entscheiden wir in diesen, als ach so entscheidend empfundenen, Momenten wirklich etwas, oder tritt hier lediglich nach außen, was tief in uns bereits längst entschieden und abgemacht war?

Ich mache mich jetzt auf den Weg, wohl wissend, dass am Ende meiner Reise nur völlige Enttäuschung oder Erfüllung stehen kann, aber war es wirklich meine freie Entscheidung, diesen Weg zu gehen?

Die Frage ist unangenehm, lässt sie sich doch nicht mit Gewissheit beantworten, und doch glaube ich fest daran, dass die folgenden Seiten, so sehr sie mein Leben auch verändert haben, mich im Grunde nicht zu dem machten, was ich heute glaube zu sein.

Ohne die bereits tief in mir vorhandene Sehnsucht nach Unterwerfung, nach Erfüllung und Bestimmung, hätte ich sie wahrscheinlich einfach beiseitegelegt und vergessen, aber so waren sie der entscheidende Faktor, der Tropfen, der das Fass zum Überlaufen bringt.

Ursprünglich wollte ich das gefundene Manuskript vor meiner Abreise verbrennen, und wenn schon nicht endgültig vernichten, so doch wenigstens wieder dort verbergen, wo ich es gefunden habe.
Da sie es nun in Buchform in Händen halten, dürfte klar sein, dass ich mich gegen diesen Schritt des Auslöschens entschieden habe.

Dies hier ist keine Schrift des Bösen, kein Aufruf zu Gewalt und Unzucht!

Francis Aufzeichnungen wollen niemanden verletzen, ganz im Gegenteil, sie sind viel mehr Katalysator für die eigene Seele. Er weckt, was in uns steckt!

All unsere Begierden, Lüste, Gelüste und auch das, was wir als unsere „dunkle Seite" betrachten und nur allzu gerne beiseiteschieben.

Was der Verfasser erlebt und erlitten hat, mögen manche als lächerlich, abartig oder gar krank empfinden, aber seien sie sich durch mich versichert, dass er es aus freiem Willen erduldet und zu großen Teilen genossen hat.

Francis hat seinen Weg, seine ganz eigene Bestimmung gefunden, und ich weiß, dass er uns eben dies mit seinen Aufzeichnungen – wie unbeholfen und grobschlächtig sie auch Immer teilweise sein mögen - mitteilen wollte.

Er wollte uns gewahr machen, wie entscheidend, ja geradezu existenziell ein kurzer Augenblick sein kann, und wie wichtig es ist, im Leben den Mut zu dieser Entscheidung für uns selber zu haben.

Ich lege seine Worte in ihre Hände, nach bestem Wissen und Gewissen.

Geben sie ihnen eine Chance!

Machen sie für sich daraus, was immer sie wollen, oder was sie, angesichts dessen, was in ihnen steckt, für sich daraus machen können.

Tim Sodermanns, Berlin, Frühjahr 2010

- Herberge, die Erste -

Zweiundsiebzig Stunden – meine Bedenkzeit.
Drei Tage und drei Nächte für den Rest meines Lebens, klingt das für sie vielleicht irgendwie fair?
Wie lange braucht es denn wohl, sich endgültig zu entscheiden, welches Schicksal von allen auf der Welt man für sich selber erwählt?
Wie lange um sich gewahr zu werden, was man im Grunde wirklich will, beziehungsweise, ob man willens ist, sein Leben künftig nur danach auszurichten, was jemand anderes für einen wünscht?
Leben in Unmündigkeit, kann es das wirklich sein, das finale Ziel eines frei denkenden Menschen - Abhängigkeit, nicht nur für einen Tag, eine Stunde, einen Augenblick, nein, für immer, bis ans Ende aller Zeit?
Oh, entschuldigen sie bitte, ich habe mich ihnen gar nicht vorgestellt.
Mein Name ist Francis Drayke, und die Frage, über welche ich mir gerade mit ihnen zusammen den Kopf zerbreche, ist eigentlich gar keine solche mehr, denn sie wurde bereits beantwortet.
Besagte zweiundsiebzig Stunden sind alles, was sie mir gegeben hat.
Ihre Worte waren klar, ihr Ultimatum eindeutig, unsinnig sich noch zu fragen, ob die verlangte Entscheidung denn so schnell zu treffen ist.
Sie muss getroffen werden, auf die eine oder andere Art.
Durch die dicke, metallbeschlagene Holztüre meiner Kammer dringt von Zeit zu Zeit gedämpfter Lärm aus der Schankstube an mein Ohr, der Schankstube jener Herberge, in welche sie mich verbannt hat.
Nur ganz leise, kaum wahrzunehmen, aber dennoch erschrecke ich stets über das Stimmengewirr und besonders die Lautstärke, in der dort unten gezecht, gestritten und dem Alkohol gefrönt wird.
Sie verwirren mich, jene chaotischen Ausrufe, reißen mich immer wieder aus meinen Gedanken, bringen mich vom Wege ab, denn ich bin sie nicht mehr gewohnt.
Nein, ich weiß was sie jetzt denken, aber da liegen sie falsch.
Früher, da war ich einer von ihnen, nun wirklich kein Heiliger, ganz im Gegenteil. So manche Nacht verbrachte ich am Würfeltisch, an der Theke oder in Gesellschaft gleich mehrerer Damen. Jener Art Damen freilich, welche nur allzu gerne bereit waren, mir die reichlich spendierten Drinks mit ihrer Gesellschaft und, sofern ich bereit war, mich für ihre Zuwendung weiterhin finanziell erkenntlich zu zeigen, darüber hinaus auch mit Liebesdiensten jeglicher Art zu vergelten.
Ich war ein Lebemann, durch und durch. Ich konnte es mir erlauben, hatte mir doch der frühe Tod meiner Eltern bereits in jungen Jahren Zugriff auf ein beträchtliches Vermögen ermöglicht.
Meine Eltern freilich hätten einen solchen Lebenswandel niemals gestattet, aber was nutzen Ersparnisse, tugendhaftes Leben und der sonntägliche Kniefall in der Kirche, was nutzen die Entsagungen eines kargen, freudlosen Lebens, wenn eines Nachts ein unentdecktes Gas-Leck den halben Häuserblock in Schutt und Asche legt?
Nach dem Gutenacht-Gebet direkt ins Bett, und nie wieder erwacht.
Ich habe die verkohlten Überreste, die verheerenden Auswirkungen der Explosion auf ihre weichen, fleischernen Körper gesehen, tags darauf, in einer stinkenden, überfüllten Leichenhalle.

Ich musste es, um ihren Tod glauben, ihn tief in mir wirklich akzeptieren und begreifen zu können, denn als es geschah, war ich natürlich nicht vor Ort.

In den frühen Morgenstunden kehrte ich damals in unsere Straße zurück und fand mein Geburtshaus in Trümmern liegen.

Jenes Haus also, aus dessen Fenster im 1. Stock ich mich noch, nur wenige Stunden zuvor, heimlich in die Nacht hinaus gestohlen hatte.

Ich war damals siebzehn, noch nicht rechtsmündig, also brachte man mich bei einem Onkel mütterlicherseits unter, und ich hasste jede Sekunde, die ich dort verbringen musste, aus tiefstem Herzen.

Nicht, dass ich generell undankbar wäre, aber ich wurde dort wie ein kleiner Junge behandelt und fühlte mich - angesichts des erlebten oder vielmehr erlittenen Schicksals - doch bereits als ganzer Mann.

Keiner sollte mir vorschreiben, was ich zu tun und zu lassen hatte, und so verließ ich an meinem 21. Geburtstag Hals über Kopf das Haus, in welchem ich eh nie ein wirkliches zu Hause gefunden hatte.

Nun war ich endlich frei, mein eigener Herr, und machte mich sofort voll Übereifer auf den Weg, die große weite Welt zu erkunden.

Die Welt - das waren für mich damals die großen Metropolen.

Paris, London, Berlin und Moskau, in deren süßer Anonymität ich mich verkriechen und somit zugleich vor mir selber verbergen konnte.

Es gab kein Ziel, keinen Plan, kein Übermorgen sondern nur die Gegenwart.

Ich lebte damals völlig zügellos, und dachte ich tatsächlich einmal etwas weitreichender, dann höchstens bei dem Gedanken daran, ob ich noch Rasten oder gleich in den neuen Tag hinein trinken und die Nacht somit vollends zum Tage machen sollte.

Ich ertrank langsam, in einem Meer aus Alkohol und Oberflächlichkeit.

Jeder Drink, jedes geleerte Glas spülte ein Stück von mir selbst hinfort, und alle Feiern, alle Lüste, alle leichten Mädchen dieser Welt waren nicht genug, um die Leere tief in mir zu füllen, die Leere eines vertanen Lebens.

Dem Leben einen Sinn geben, ist dies nicht, wonach wir alle streben? Erfüllung finden, sich ganz seiner Bestimmung verschreiben, ist es unterm Strich nicht das, was im Leben wirklich zählt?

Nun, wie dem auch sei, ich muss mich jetzt entscheiden, und gerade zweiundsiebzig Stunden sind das Zeitfenster, welches mir hierzu noch bleibt.

Die Uhr tickt unaufhörlich, kennt keine Gnade, während ich mir pausenlos darüber das Hirn zermartere, ob ich meinen Sinn, meine ganz persönliche Erfüllung in jenem kleinen Dorf nicht unweit von hier, denn nun wirklich gefunden habe.

Oh, ich korrigiere, nicht mal mehr diese drei Tage bleiben mir!

Mittlerweile sind es gar noch weniger, habe ich doch bereits kostbare Minuten mit Grübeln, aus dem kleinen schmutzigen Fenster hinaus in die Dunkelheit starren und mit nervösem, völlig sinnlosem auf und ab Laufen vergeudet.

Ich habe mich verproviantiert, die Türe fest von innen verschlossen und hoffe innigst, es verbleibt mir wenigstens noch genügend Zeit, ihnen meine Geschichte zu erzählen und sie so an den bizarren Geschehnissen der vergangenen Monate teilhaben zu lassen.

Der Umstand, dass sie diese Zeilen nun in Händen halten, mein unbekannter Freund und Leser, bedeutet, dass ich mich letztlich entschieden habe, in besagtes Dorf zurückzukehren und meinem Leben jenen ebenfalls bereits erwähnten Sinn zu geben.

Es bedeutet darüber hinaus, dass ich diese Aufzeichnungen nicht zerstört, sondern mich dazu entschlossen habe, der Nachwelt jene Geschehnisse nicht vorzuenthalten, welche mich zwangen, in solch außergewöhnlicher Weise über mein Schicksal zu entscheiden.

Ich hoffe inniglich, dass es die richtige Entscheidung war, und ehrlich gesagt kümmert es mich dabei herzlich wenig, was sie von mir oder meiner Art zu leben auch immer halten mögen.

Nur um eines möchte ich sie noch bitten: Richten sie nicht über mich, zumindest nicht, bevor sie die ganze Geschichte kennen!

Danach freilich obliegt es dann ihnen, wie sie mit diesen hastig aus der Erinnerung heraus beschriebenen Blättern weiter verfahren, ich lege sie vertrauensvoll in ihre Hände.

Sie sind mein Vermächtnis, beinhalten meines Lebens Seele und Sinn, oder doch zumindest jenen Teil desselben, welcher mir berichtenswert erschien.

Gehen sie sorgsam damit um, sind sie auch sicherlich kein lyrisches Meisterwerk, aber stellen sie sich ihnen Dämonen, denn das Schicksal hat es nur gut mit ihnen gemeint.

- Mein letzter Drink -

Im Grunde hätte mein letzter Drink natürlich Wodka sein müssen, denn seien wir ehrlich, wer denkt bei Russland schon an Scotch?

Klirrende Kälte, von Schnee bedeckte Tundra, Land der Zaren, Anastasia - an all dies denken wir, wenn wir an Russland denken.

Wir verbinden dieses Land mit Gulag, mit einer gewissen, nicht näher zu bestimmenden Furcht des Unbekannten, und eben mit dem russischen Nationalgetränk schlechthin, so wie wir etwa auch automatisch Wein mit Frankreich und Bier mit Deutschland verknüpfen.

Vollkommen logisch, aber dennoch fehlerhaft, denn - ich mag nun einmal einfach keinen Wodka.

Er schmeckt mir nicht, mir fehlt der Kick, und so hielt ich damals, als diese, meine Geschichte begann, eben ein nicht mehr ganz gefülltes Glas „Scotch on the Rocks" in der rechten Hand.

Geradezu verzweifelt, fast panisch versuchte ich gerade, sturzbetrunken den Weg vom prunkvoll ausgestatteten Salonwagen zurück in mein Schlafabteil zu finden, als unvermittelt mein Schicksal stattdessen mich fand.

Es mag ihnen wohl schwer vorstellbar scheinen, sich in einem fahrenden Zug ernsthaft zu verlaufen. Die Möglichkeiten hierzu sind schließlich arg eingeschränkt, kann man sich doch nur in zwei Richtungen fortbewegen, nämlich in Richtung Lok, oder zurück zum Zugende.

Gut, zugegeben, aber letztlich ist dies alles nur eine Frage des Alkoholpegels, und meiner war in jener Nacht leider mehr als beträchtlich.

Stunde um Stunde einer schier endlosen Nacht hatte ich zuvor gelangweilt im Aussichtsbereich des erste Klasse Salonwagens der Transsibirischen Eisenbahn verbracht, irgendwo zwischen der Hafenstadt Perm und unserem Reiseziel, der Landeshauptstadt Moskau. Einem wirklich schönen Aussichtswagen, zugegeben, sehr geschmackvoll, aber da es ja Nacht war, was bedeutete, dass es außer Dunkelheit nichts durch die Bleiverglasungen der großen Fenster im Fond zu sehen gab, eben auch völlig abwechslungslos!

Ödnis und Schwärze gab es, sonst nichts, weshalb ich mich bald ausgiebig mit Trinken und zwei atemberaubenden Spanierinnen beschäftigte, welche mir gegenüber offenkundig auch nicht ganz abgeneigt zu sein schienen.

Ein angenehmer Umstand, welcher sich allerdings schlagartig änderte, als ich - fast besinnungslos berauscht von Scotch und dem wohl berauschendsten aller Rauschmittel überhaupt, dem Gefühl, von einer schönen Frau begehrt zu werden - alsbald vorschlug, meine Gemächer aufzusuchen und sich einer Ménage à trois hinzugeben.

Wutentbrannt verließen die Beiden Hals über Kopf den Wagen, allerdings nicht, ohne mir noch wüste Beschimpfungen entgegenzuschleudern, worauf alle Anwesenden wie auf Kommando ihre Gespräche unterbrachen und mich, mit einer Mischung aus Neugierde und Abscheu, sekundenlang anstarrten.

Ich hatte es wohl wieder einmal übertrieben, und obgleich mir ihre Blicke und Meinungen weitestgehend egal waren, entschloss ich mich dann doch, mein Glas zu ergreifen und mich ebenfalls aus dem Staub zu machen.

Und hier war ich nun also, im Mittelgang von Schlafwagen 2B, stolperte herum, drückte Türklinke auf Türklinke, hämmerte genervt gegen die Türen, aber dennoch ließ sich einfach keine öffnen.

„Seltsam" befand ich, erinnerte ich mich doch noch mit ziemlicher Sicherheit daran, mein Abteil unverschlossen hinterlassen zu haben.

Unvorsichtig von mir, glauben Sie?

Vielleicht, aber andererseits gab es auch wirklich keinen Grund, sich gerade hier um sein Hab und Gut ernsthaft zu sorgen.

Die ursprünglich zur Ausbeutung sibirischer Bodenschätze erdachte Bahnstrecke zwischen Wladiwostok am Pazifik und Moskau in Zentralrussland, war längst nicht mehr nur dem Güterverkehr und der ländlichen Bevölkerung vorbehalten.

Für eine Reise in eben jenem Schlafwagen, gegen dessen Türen ich gerade hieb, musste man mittlerweile gar derart tief in die Tasche greifen, dass sich wohl kein Dieb hierher verirren mochte.

Zusteigende Passagiere wurden strengstens kontrolliert, kleine, edel wirkende Aschenbecher hingen an geradezu JEDER Wand. Es herrschte Zucht und Ordnung an Bord - allerdings nicht für mich.

Ich torkelte weiter. Vorbei, an den sanitären Einrichtung, hinüber zur nächsten, wie ich damals glaubte eigenen Kabine.

Erneut drückte ich eine schwere Klinke in der Hoffnung, bald darauf erschöpft auf mein Bett niedersinken zu können, und tatsächlich, dieses Mal ließ sich die Türe widerstandslos öffnen.

Schneidende Kälte drang unmittelbar durch den Türspalt zu mir herein, was mich zwar zunächst verblüffte, mich aber nicht davon abhielt, sie noch ein gutes Stück weiter zu öffnen.

„Hast wohl ein Fenster offen gelassen, du Idiot" dachte ich noch, grinste bei dem Gedanken breit, nahm einen tiefen Schluck aus dem kristallenen Whiskyglas in meiner Hand, tat einen beherzten Schritt ins Leere, und stürzte schreiend aus dem fahrenden Zug hinaus in die tiefschwarze Nacht.

- Mütterchen Russland -

Es gab niemanden, der meinen Schrei hörte.
Es gab keine hektisch gezogene Notbremse, kein metallisches Kreischen der Bremsen, ja nicht einmal die, aus unzähligen Romanen und Filmen hinlänglich bekannten, Rücklichter des Zuges, welche theatralisch flackernd langsam im Dunkel der Nacht verschwanden.
Nun, vielleicht gab es sie sogar, aber ich habe sie nicht gesehen.
Ich stürzte, mit vor Schreck und Erstaunen verzerrtem Gesicht, zwischen zwei luxuriösen Waggons hinunter ins Gleisbett, wobei es wohl nur einer gehörigen Portion Glück und Mütterchen Russland höchstpersönlich zu verdanken ist, dass ich überlebte und diese Zeilen nun überhaupt noch niederschreiben kann.
Der Abstand der Schienen eines Gleises, also genau jener Zwischenraum, in welchen ich in dieser Nacht gefallen bin, beträgt im Land der Zaren nämlich komfortabel zu nennende anderthalb Meter.
Einhundertfünfzig Zentimeter Kies, gerade ausreichend Platz also, um nicht von den rotierenden Rädern des Zuges erfasst und womöglich in Stücke gerissen zu werden.
In Deutschland, den Vereinigten Staaten oder Großbritannien etwa, beträgt diese, so genannte Spurbreite, nur unter einem Meter, hier wäre mir also für meine Landung weit weniger Überlebensraum geblieben.
Mein lieber Herr Ingenieur, Schienenarbeiter, technischer Zeichner, Fabrikant, oder wer auch immer die Verantwortung hierfür tragen mag, ich verbeuge mich vor ihnen, sie haben mir damals wohl unabsichtlich das Leben gerettet, jedenfalls für den Moment.
Mein Erwachen war äußerst schmerzhafter Natur.
Ich musste mir bei dem Sturz wohl irgendwo heftig den Schädel angeschlagen haben, denn als ich etwas später, bäuchlings im Schnee liegend, allmählich meine Augen öffnete, blutete nicht nur meine Hand - dem zersplitterten Whiskyglas geschuldet - sondern ich hatte zudem auch eine stark blutende Kopfwunde davon getragen.
Vom Zug war, wie gesagt, keine Spur mehr zu sehen, und mein Körper zitterte bereits merklich ob der Kälte, welche offenbar nicht lange gebraucht hatte, durch meine Kleidung zu kriechen und mich vollständig auszukühlen.
So ein Smoking ist eigentlich eine wirklich feine Sache.
Unglaublich kleidsam, elegant und zeitlos, funktioniert er wie ein Schlüssel und ermöglicht dem Träger Zutritt zur so genannten besseren Gesellschaft.
Auch bei den Damen eben jener feinen Gesellschaft öffnet dieses edle Kleidungsstück so manche Schlafzimmertüren welche, aufgrund einer allzu schmächtigen Erscheinung, niederem sozialen Status oder vorhandener Unzulänglichkeiten, seinem Träger sonst wohl verschlossen geblieben wären.
Nein, ich meine es ehrlich, allen die sich ein solches Kleidungsstück finanziell leisten können, sei es herzlichst empfohlen, jedenfalls immer dann, sollten sie sich nicht gerade mit dem Gedanken tragen, wie ich bei minus 15 Grad Celsius aus einem fahrenden Zug zu springen.
„Verdammte Scheiße", war mein erster Gedanke.
Ich begriff langsam, dass ich tatsächlich noch am Leben war, stand mit Mühen auf, drehte mich einmal um mich selbst, starrte ins Dunkel und musste feststellen, dass es nichts festzustellen gab.
Kein Licht, keine Straße, kein Haus, einfach nichts.

Einen Moment lang stand ich nur da, blutend, vor Kälte zitternd, dann aber musste ich bei dem Gedanken daran, wie deplatziert ich in Abendgarderobe, mit Lackschuhen und einer schwarzen Fliege um meinen Hals in dieser Wildnis hier wirken musste, lauthals lachen.

„Das war`s", schoss es mir durch den Kopf, aber entweder war ich zu diesem Zeitpunkt viel zu überrascht um meine bedrohliche Lage gänzlich erfassen zu können, oder es war mir damals einfach egal, ob ich leben oder sterben würde. Ich war allein, irgendwo im russischen Nirgendwo, lachte und lachte aus vollem Hals, während mir Blut über das Gesicht lief und sich in meinem Hemdkragen sammelte.

Mir fehlt jedes Maß dafür, wie lange ich wohl so verharrt haben mag, aber rückblickend denke ich, dass es nur wenige Sekunden waren, welche mir in diesem Moment allerdings wie Stunden erschienen.

Etwas Positives jedenfalls hatte die bittere Kälte, sie vertrieb einen guten Teil des Alkoholrausches aus meinem geschundenen Körper. Mein Lachen wurde dünner, erstarb schließlich so plötzlich, wie es gekommen war, und was blieb, war einzig völlige Ratlosigkeit.

Was sollte ich bloß tun, in dieser Einöde?

In welche Richtung sollte ich gehen, oder war es vielleicht gar sinnvoller, bei den Gleisen zu bleiben und auf Rettung zu hoffen?

Ein weiteres Mal schaute ich mich in der Hoffnung um, vielleicht doch ein Licht oder die Silhouette eines entfernten Gebäudes erblicken zu können, aber ich wurde erneut enttäuscht.

Es gab nichts. Kein Zeichen von Zivilisation, kein Ziel, auf das ich meine Schritte lenken konnte, einzig die Sterne am Firmament, welche mir in meiner aussichtslosen Lage Gesellschaft leisteten.

Resignation machte sich langsam breit, begann als Bauchgefühl und stieg dann in mein Bewusstsein hinauf, während ich unschlüssig vor Kälte von einem Bein auf das Andere trat und Hilfe suchend zum Himmel empor blickte.

„Wie war das noch mal, damals, mit den Himmelsrichtungen?" Schweiften meine Gedanken sachte ab und wandten sich schließlich gänzlich einer tröstlichen Erinnerung zu, der an meinen längst verstorbenen Großvater, mit dem ich in meiner Jugend nachts des Öfteren einen Blick durch sein altertümliches Teleskop geworfen hatte.

Er war von Astronomie gerade zu besessen gewesen, hatte mir mit Begeisterung immer wieder die Namen der Sternbilder eingetrichtert, und darüber hinaus auch ihre Bedeutung dafür, wie es den Schiffen gelang, sich auf offener See zuverlässig orientieren zu können.

Ich habe meinen Großvater sehr geliebt, aus vollem Herzen, und lasse wirklich nichts auf seinen Namen kommen.

Aufgrund eines Wahnsinns, welcher als Erster Weltkrieg bekannt geworden ist, habe ich zudem leider nur einen meiner Großväter je kennen gelernt, aber seien wir einmal ehrlich:

Welche Hilfe bietet es schon, die Himmelsrichtung zu kennen, wenn dir ohne warme Kleidung, blutend und völlig allein, der baldige Erfrierungstod droht?

„Ok, scheiß drauf", sagte ich endlich leise zu mir selbst, kehrte in die raue Wirklichkeit zurück und setzte mich widerwillig in Bewegung.

Ich war kein großer Kämpfer zu dieser Zeit, wirklich niemand, der willens gewesen wäre sein Leben bis aufs Äußerste zu verteidigen.

Bei aufrichtiger Betrachtung musste man gar sagen, dass ich die letzten Jahre vor jenem Unfall nur damit verbracht hatte, vor eben diesem Leben möglichst davon zu laufen, aber jetzt war alles anders.

Mit einem Mal, gab es keine Flucht mehr. Schlagartig war alles besser, als in dieser Kälte tatenlos auf den eigenen Tod zu warten.

Schritt für Schritt, einen Fuß vor den Anderen in den tiefen Schnee setzend, torkelte ich verzweifelt die Schienen entlang.

Bei jedem Schritt, zuckte ein stechender Schmerz durch meinen verletzten Körper, rann noch mehr Blut meinen Rücken und die zerschnittene Hand hinab, aber das störte mich nicht im Geringsten, ganz im Gegenteil, es war sogar ein gutes Gefühl.

Solange ich diesen Schmerz noch hatte, das wusste ich genau, gab es noch Hoffnung. Solange ich ihn noch spürte, war ich noch am Leben.

- Ein guter Platz zum Sterben -

Eine Zeit lang, hielt ich mich recht tapfer.

Ohne mich selber loben zu wollen, kann ich gar mit Fug und Recht behaupten, dass ich nicht aufgab, sondern den eisernen Willen hatte, so weit zu laufen, wie mich meine Füße tragen würden.

Gut, es war wohl eher Trotz denn Überlebenswille, aber was machte das schon für einen Unterschied?

Hatte er mir auch im Leben nichts gegeben, wofür es sich zu kämpfen lohnte, so dachte ich damals, dann sollte es der liebe Herrgott, dem es gefallen hatte, mich in diese ausweglose Lage zu bringen, es nun wenigstens schwer haben, mir dieses Leben wieder zu nehmen.

Ich ging einfach immer weiter.

Schritt für Schritt, ohne nachzudenken, durch Kälte und Dunkelheit.

Ich lief wie in Trance, meinen Blick stets auf die Schienen gerichtet, meine Hände so tief wie eben möglich in den Taschen vergraben.

Nicht, dass es viel geholfen hätte.

Meine Taschen waren ungefüttert, meine Hände deshalb bald kalt und starr wie Eisklumpen. Immerhin fand ich noch eine angebrochene Schachtel Zigaretten samt Streichhölzer in der linken Hosentasche und beschloss, mir nach der nächsten Biegung eine davon zu gönnen.

Verdammt war das kalt, bestimmt minus fünfzehn Grad, unglaublich.

Mir ist bekannt, dass der Mensch im Nachhinein zu Übertreibungen neigt! Besonders, wenn er Erlittenes rein aus der Erinnerung heraus wiedergibt, aber vertrauen sie mir, es war wirklich schrecklich kalt.

Die Tränen rannen mir über das Gesicht. Meine Ohren konnte ich schon bald nicht mehr spüren, und der Wind gefror meinen Atem zu kleinen Zapfen, welche mir wild im blonden Bart hingen.

Die Bahnstrecke schlängelte sich geradezu durch die karge Landschaft.

Ich folgte ihr blind, aber als ich den Scheitelpunkt der ersten Wegbiegung erreichte, jenen Punkt also, von dem aus man endlich um die Kurve herum sehen kann, erblickte ich - nichts.

Kein Haus, keine Hütte, kein Unterstand - es gab nur die endlosen Schienen, die schneebedeckte Weite und die nächste Biegung.

Ich war verloren!

Gar nicht so einfach, sich bei diesem Wetter eine Zigarette anzuzünden.

Nach nur zwei Zügen, klebte sie bereits fest an meinen Lippen.

Die Spucke gefror, das Papier zerriss und ich musste sie sodann resignierend wegwerfen, aber das war mir egal.

Zwei Züge waren besser als nichts, und ich hatte sie mir wahrlich verdient. Ein kurzes Verharren noch, ein letzter Blick zurück, dann setzte ich meinen Weg mutlos fort, immer den Gleisen nach.

Nur nicht aufgeben! Nur noch eine Biegung, dann wieder eine, wieder eine, so taumelte ich durch die Nacht, meinem nahen Tode entgegen.

Meine Lungenflügel brannten.

Durch die gefrorenen Tränen hindurch konnte ich nur noch verschwommen sehen, aber selbst das reichte völlig aus um bald zu erkennen, dass all meine Mühen sinnlos waren, es gab keine Rettung.

Die wievielte Biegung mochte es mittlerweile sein, die ich jetzt in Angriff nahm? Wie lange schleppte ich mich nun schon die Schienen entlang, und was war denn bitte mit meinen Füßen los, welche ich schon längst nicht mehr auch nur im Geringsten spüren konnte?

Mehrere Male war ich bereits gestolpert.

Es wurde zunehmend schwieriger, wieder aufzustehen, erforderte immer mehr Willenskraft, sich nicht einfach seinem Schicksal zu ergeben.

Ständig verlockender wurde das kühle Grab, verlockender der Gedanke, einfach mal auszuruhen, aber nein, so wollte ich dann doch nicht sterben. Nicht auf den Knien, nicht auf den Gleisen jener verdammten Bahn, welche mich in diese Hölle hinausgespuckt hatte.

Wenn dies schon das bittere Ende des Francis Drayke sein sollte, dann doch wenigstens aufrecht wie ein Mann, und als ich diesen Gedanken gerade gefasst hatte, da erblickte ich ihn plötzlich.

Links neben mir, nur wenige Schritte vom Bahndamm entfernt, halb vom angrenzenden Wald verborgen, führte ein Fußweg entlang!

Rechtwinklig von den Schienen fort, wand er sich durch die Winterlandschaft und in der Ferne über eine kleine hölzerne Brücke, welche mir endlich das Überqueren des Flusses ermöglichte.

Den Fluss, welcher - bis auf wenige Meter in der Mitte des Flussbettes - völlig zugefroren war, hatte ich bereits einige Kilometer zuvor entdeckt und eine Weile mit dem Gedanken gespielt, seinetwegen die richtungweisenden Gleise zu verlassen.

Unschlüssig hatte ich gar überlegt, ob es möglich wäre, über die aufgebrochene Stelle des Flusses hinüber ans andere Ufer zu springen, den Gedanken dann aber verworfen.

Was brachte es schon, den Fluss hinter sich zu lassen? Wer sagte schließlich, dass es gerade in dieser Richtung Hilfe geben würde?

Was denn, sollte die stabil wirkende Eisschicht bei der Landung unter meinem Gewicht doch nachgeben, und ich ins eiskalte Wasser fallen?

Ein Todesurteil, nun aber lagen die Dinge plötzlich anders.

Es gab einen Weg, wenn auch keinen befestigten.

Es gab eine Brücke, wenn auch nur eine kleine, und endlich gab es auch etwas noch viel wichtigeres, es gab wieder Hoffnung.

Jemand hatte diese Brücke gebaut! Jemand benutzte sie! Jemand war dort, ganz in der Nähe und musste mir helfen können!

Wieder einigermaßen frohen Mutes, machte ich mich auf den Weg.

Schon bald aber, nachdem ich den befestigten Bahndamm verlassen hatte, musste ich mir selber eingestehen, dass ich mich nur noch mit Mühen auf den Beinen halten konnte. Beschwerlich und unbeholfen war mein Gang.

Ich taumelte nun mehr, als dass ich lief, und konnte mittlerweile froh sein, die Brücke überhaupt noch lebend zu erreichen.

Ich stürzte einen steilen Abhang hinunter, blieb kurz benommen liegen und erkannte sodann entzückt, dass ich bereits rücklings auf dem Weg lag, den ich von den Gleisen aus zu erkennen geglaubt hatte.

Mein Herz raste vor Aufregung.

Es war also keine Täuschung gewesen, keine Ausgeburt meiner nach Rettung flehenden Fantasie, nein, er existierte wirklich.

Ich hatte ihn erreicht, und diese Erkenntnis gab mir neue Kraft, zumindest genügend, um wieder auf die erfrorenen Füße zu kommen.

Regungslos stand ich da, auf dem durch und durch gefrorenen Lehmboden und blickte blinzelnd in die Ferne.

Wie weit mochte es noch sein, bis zur Brücke?

Vielleicht dreihundert, vielleicht vierhundert oder gar fünfhundert Meter?

„Das schaffst du, das schaffst du" redete ich mir ein, ein endloser Singsang, immer diese drei Worte, monoton, wie ein Gebet.

Dann setzte ich mich wieder in Bewegung, Schritt für Schritt, und tatsächlich erreichte ich sie, mit allerletzter Kraft..

Hoffnung ist, was uns bleibt, wenn alles andere bereits verloren ist.

Hoffnung gibt Kraft. Sie hält uns am Leben, aber sie ist auch eine trügerische Gefährtin, denn als ich die Brücke erreichte, musste ich mir eingestehen, dass ich vergebens gehofft hatte.

Der hölzerne Überweg vor mir war nicht nur schmal, er war auch im höchsten Grade baufällig und es war gut möglich, dass hier seit Jahren kein Mensch mehr den Fluss zu überqueren versucht hatte.

Die verrotteten Planken waren gänzlich von Eis bedeckt und als ich, mehr um zu prüfen, ob sie meinem Gewicht wohl standhalten mochten, als in der Absicht, sie tatsächlich zu beschreiten, wagte einen Fuß darauf zu setzen, schlug ich bald der Länge nach hin.

Vor mir, am anderen Ufer des Flusses, lag einzig Dunkelheit.

Gut, Dunkelheit und einen Trampelpfad, welcher sich bald darauf in der Selbigen verlor, aber sonst nichts, ich war am Ende.

Am Ende meiner Kräfte, am Ende meines Glaubens an Rettung, und wohl auch am Ende meines so mühseligen Weges.

Regungslos lag ich im Schnee, mit geschlossenen Augen.

Die Gewissheit des nahen Todes kann Belastung, aber auch zugleich Befreiung sein. Ich wollte in jener Nacht, vor einer gefühlten Ewigkeit, nicht mehr weiter gehen, nicht mehr Kämpfen, und so ergab ich mich schließlich ganz meinem Schicksal.

Ein letztes Mal öffneten sich meine Lider, ging mein Blick Hilfe suchend gen Himmel, aber natürlich vergebens, wie erwartet.

Ich schaffte es noch mit Mühen, auf allen Vieren bis zur Mitte der spiegelglatten Brücke zu kriechen, brach hier dann aber erneut entkräftet zusammen und machte mich bereit zu sterben.

Es war still, nur der leise unter mir dahin fließende Fluss war zu hören.

Oben auf den Gleisen, hatte der Sturm ohne Unterlass gewütet.

Ich war die ganze Zeit von durchdringlichem, Nerven zerfetzendem Rauschen eingehüllt gewesen, hier unten im Tal aber, war es fast windstill.

Es war eine sternenklare Nacht, keine Wolke am Firmament.

Das Wasser plätscherte fast lautlos, nur die Bäume des nahen Waldes ächzten dann und wann klagend, waren ihre Äste doch so schwer mit Schnee beladen, dass sie drohten unter seiner Last zu zerbrechen.

Meine Sinne schwanden langsam, ich dämmerte weg und glaubte bald gar, das Zwitschern von fernen Vögeln vernehmen zu können.

Unberührte Natur, so weit das Auge reichte.

Eine weiße Pracht, und in ihrer Mitte ein schlaksiger Kerl im feinen Zwirn, mittlerweile wieder auf einer verrottenden Brücke stehend, bei dem Versuch sich eine - übrigens bis heute letzte - Zigarette anzuzünden.

Es gelang mir auch wirklich, trotz tauber Lippen und Finger, einen letzten Zug zu nehmen. Ich inhalierte tief, gierig, ließ den Rauch einen Moment in meinen Lungen verweilen, und stieß ihn anschließend genussvoll durch Mund und Nase gleichermaßen wieder aus.

„Eigentlich ein guter Platz zum Sterben", machte ich noch in Gedanken meinen Frieden mit der Welt, schloss sodann die Augen, lehnte mich mit einem Lächeln auf den Lippen rückwärts an das Brückengeländer und - stürzte in dieser Nacht bereits zum zweiten Male hinab in die Tiefe.

- Erwachen -

Es roch nach Kascha, Gretschnewaja Kascha.

Dieser, noch vor Borschtsch und Soljanka als weißrussisches Nationalgericht zu bezeichnende, urrussische Getreidebrei aus Buchweizen, Haferflocken, Roggenschrot und Maisgrieß, strömt beim Kochen einen wahrlich unverwechselbaren Duft aus.

Es riecht süßlich, aber zugleich auch herb, irgendwie mit nichts zu vergleichen, aber es war ohne Zweifel eben jener Duft, welcher sich damals im Schlaf in mein Unterbewusstsein schlich und mich im Traum unwillkürlich zurückversetzte, zurück in meine Kindheit.

Da mein Vater früher beruflich viel unterwegs gewesen war, wobei er nicht schlecht verdiente, und meine Mutter selbst mit der Erziehung nur eines Kindes alsbald überfordert zu sein schien, gönnten sich meine Eltern ab meinem 3. Lebensjahr den Luxus einer Haushälterin.

Diese Haushälterin war Inessa aus Smolensk. Ein Schrank von einer Frau, welche mit den Jahren nicht nur für Wäsche, Haus und Abwasch, sondern auch für mich und meine Betreuung zuständig war.

Sie lehrte mich Schwimmen, Doppelkopf und Russisch.

Sie hielt meine Hand, wenn ich mir wieder einmal beim Spielen die Knie blutig geschlagen hatte, und obwohl ich mich zu Beginn gar vor ihr fürchtete, schloss ich sie doch binnen Kurzem tief in mein kindliches Herz.

Ja, man kann ohne Übertreibung sagen, ich liebte sie wie meine eigene Großmutter, eine Großmutter, welche ich allerdings aufgrund ihres frühen Todes leider nie wirklich kennenlernen durfte.

Inessa, welche in besseren Tagen die Frau eines angesehenen Bauern und Großgrundbesitzers gewesen war, hatte früher selber Mägde und Knechte gehabt, aber Stalin hatte dann andere Pläne.

Die erste Welle der Enteignungen kam, ihr Mann wurde verhaftet, und so musste sie, einem Bollerwagen und zwei Kindern an der Hand, überhastet aus Ihrer Heimat fliehen.

Obwohl sie im Leben fast alles verloren hatte, denn von ihrem Mann hat Inessa niemals wieder gehört, und obwohl sie die Kommunisten verständlicherweise für das hasste, was sie ihr genommen haben, liebte Inessa ihre Heimat aus der Ferne nur noch um so inniger.

Sie vermisste ihr altes Leben, so fröhlich sie die meiste Zeit auch zu sein schien, und wann immer das Heimweh zu groß wurde, stand sie in unserer Küche, sang russische Volkslieder und kochte Kascha.

Tagelang hing der Geruch dann in unserem Haus, ließ sich einfach nicht vertreiben und prägte sich mir mit der Zeit unauslöschlich ein, als der Geruch einer im Ganzen glücklich zu nennenden Kindheit, meiner Kindheit.

Jetzt roch ich ihn also wieder, jenen vertrauten Getreidebrei, wo immer ich hier auch sein mochte, und wachte von seinem Duft langsam auf.

Dieser Umstand allein sorgte bereits für Verwirrung, glaubte ich mich doch tot, noch mehr allerdings verwirrte mich, dass ich nicht im Wasser des Flusses, sondern in einer Pfütze kalten Schweißes lag.

Mein Körper glühte.

Das Bettzeug war klatschnass, klebte mir am Körper, aber ich lag himmlisch weich, dazu in wohliger Wärme, eine absolute Wohltat nach den Anstrengungen der vergangenen Nacht.

Nach einer Sekunde des Erwachens aber schnellte ich empor, riss die Augen auf und erwartete fast, Inessa an meinem Bett stehen zu sehen, aber natürlich gab es sie nicht - das Zimmer war leer.

Sterne tanzten vor meinen Augen, pochender Schmerz durchfuhr meinen Körper und ich musste mich erst einmal wieder zurücklehnen.

Vorsichtig, wie man es bei einem Kater nach durchzechter Nacht zu tun pflegt, legte ich meinen Kopf langsam zurück auf die Kissen.

Jede Bewegung, jede noch so kleine Erschütterung, wie eine Explosion, wie der Faustschlag eines Boxers direkt an die Schläfe.

Wo war ich? Wie war ich hierher gekommen?

Das Zimmer in welchem ich mich befand, schien eine Art Gästezimmer zu sein. Eher karg eingerichtet und gänzlich ohne persönliche Gegenstände des täglichen Gebrauchs, welche eventuell Aufschluss über den Bewohner dieses Hauses gegeben hätten.

Alles war sauber, ordentlich und penibel aufgeräumt.

Neben dem eisernen Bett, in welchem ich lag, gab es nur ein Nachtschränkchen samt Nachttischlampe, einen Stuhl in der Ecke und einen extrem großen Kleiderschrank, dessen massive, geschlossene Türen keinen Blick ins Innere dieses hölzernen Ungetüms zuließen.

Angesichts der Benommenheit, welche allein der bloße Versuch sich im Bett aufzusetzen verursacht hatte, erschien mir der Gedanke daran, aufzustehen und sich umzusehen, völlig abwegig zu sein.

So lag ich denn einfach da, verwirrt aber lebendig, im von der einfachen Deckenlampe nur spärlich erleuchteten, gänzlich fensterlosen Zimmer.

Eine Zeit rang ich mit dem Gedanken, nach Hilfe zu rufen, blieb aber aus Furcht vor dem, was beim leisesten Lebenszeichen meinerseits durch die Zimmertüre hinein treten mochte, zunächst einmal still.

So viele Fragen, so viele Gedanken kreisten in meinem Kopf, aber ich musste mir bald eingestehen, dass ich wohl kaum eine Wahl hatte.

Was konnte ich schon tun?

Mich schlafend stellen etwa, bis ich wieder genug bei Kräften wäre, um an eine mögliche Flucht denken zu können?

Keine hundert Meter weit wäre ich in meiner Verfassung gekommen, und so beschloss ich endlich, mich doch bemerkbar zu machen. Irgendjemand hatte mich schließlich hierher gebracht, mir geholfen und somit das Leben gerettet.

Diese Person hatte es gut mit mir gemeint, war ich doch am Leben, und das war wirklich alles, was im Moment zählte.

Wo immer ich jetzt auch war, es war mehr, als ich mir noch vor Stunden auf der vereisten Brücke hatte erhoffen können.

Es gab keinen anderen Weg, und so nahm ich all meinen Mut zusammen, erhob meinen Kopf so weit es ging, richtete mich ein wenig auf, atmete tief ein, öffnete meinen Mund und erschrak.

Dieses Krächzen, war das wirklich meine Stimme?

„Aaaaaarrrrgggghhh..", ein einziger, gequälter Laut entfuhr meiner Kehle, das war alles, dann verstummte ich.

Einen kurzen, krächzenden Schrei nur, mehr ließen sich meine Stimmbänder nicht entlocken. Und selbst diesen nur so leise, dass schon aufgrund der geschlossenen Zimmertüre niemand auf mich aufmerksam werden konnte.

Mein Hals brannte höllisch, war rau wie Schleifpapier.

„Halsentzündung" dachte ich, mit vor Schmerz verzogenem Gesicht.

„Muss ich mir wohl im eisigen Wind zugezogen haben" wanderten meine Gedanken weiter zurück, doch da schmeckte ich auch schon ein Gemisch aus Blut und Eiter auf der Zuge, kein gutes Zeichen.

Entmutigt sank ich zurück ins Bett und schloss sogleich erschöpft meine Augen. Obwohl ich starke Schmerzen hatte - mein ganzer Körper fühlte sich an, wie gemangelt und zum Trocknen aufgehangen - übermannte mich sogleich tiefer Schlaf, aus welchem ich allerdings bereits kurze Zeit später erneut hochfuhr.

Da war etwas, dort draußen, hinter dem Haus!

Ich hatte es gehört, zugegebenermaßen noch im Halbschlaf, aber dennoch war ich mir in diesem Punkt ziemlich sicher.

Angespannt lauschte ich, und dann endlich, erklang ein vertrautes Geräusch. Das metallische Geräusch eines ins Schlüsselloch gesteckten und dann ruckartig herumgedrehten, schweren Schlüssels.

Bevor ich begriff, ward auch schon die Haustüre geöffnet, fiel kurz darauf wieder ins Schloss, wurde sodann erneut geöffnet, heftig zugeschlagen, und der einhergehende Knall, riss mich vollends aus dem lähmenden Kurzschlaf.

Ich schreckte auf und war sogleich hellwach.

Jemand war gekommen, gleich mehrere Personen, ich konnte ihre Schritte deutlich im Haus hören!

Mein Herz schlug mir bis in die Kehle hinauf.

Mein Kopf dröhnte, aber selbst durch die immer noch geschlossene Zimmertüre drangen Gesprächsfetzen an mein Ohr.

Es gelang mir leider nicht, alles zu verstehen, aber von Zeit zu Zeit wurden die Stimmen lauter, klarer und auf das Höchste erregt.

Man stritt sich offenbar, und wie ich den zornigen Äußerungen entnehmen konnte, stritt man sich ganz klar über mich!

Uneinigkeit herrschte darüber, ob ich mich hier in diesem Bett befinden sollte.

Mein Magen krampfte sich schmerzhaft zusammen.

„Wie konntest du ihn zu uns bringen", tobte die männliche Stimme, gefolgt von einer, sich gegen die Anschuldigung verteidigenden weiblichen Stimme.

„Hätte ihn wohl kaum verrecken lassen können, oder?" argumentierte diese treffend, ein Argument allerdings, welches dennoch nicht gerade zu meiner Entspannung beizutragen in der Lage war.

Obwohl ich, wie gesagt, des Russischen seit meiner Kindheit mächtig bin, war es mir fast unmöglich, ihrem Gespräch weiter als über das Grundthema hinaus zu folgen.

Es glich eher einem unverständlichen Gemurmel, denn gesprochenen Worten, aber kurz bevor die Türe ein letztes Mal aufgerissen und lautstark geschlossen wurde, hörte ich die Stimme erneut und überaus deutlich.

„Du gefährdest uns alle, das ist dir hoffentlich klar", brüllte jener, mit meiner Rettung offenkundig nicht recht einverstandene Mann, polterte sodann fluchend zur Türe hinaus und es kehrte Ruhe ein.

Kein Laut war zu hören.

Das Haus lag stille, ich ebenso, allerdings mit aufgerissenen Augen im Bett und lauschte sekundenlang in die völlige Ungewissheit hinein. Verblüfft, und durch meinen Gesundheitszustand völlig wehrlos, harrte ich so den Dingen, die da kommen mochten.

- Anechka -

Eine Weile blieb es absolut ruhig.

Wie lange diese währte, kann ich unmöglich sagen, erinnere nur noch, dass sie mir damals unerträglich lang erschien.

Was tat diese Frau gerade, jenseits meiner Zimmertüre?

Konnte ich sie nur nicht hören, oder war ich gar wieder allein?

War sie, jene Frau, welche meine Retterin gewesen war, nun noch im Haus, oder zusammen mit der männlichen Stimme gegangen?

Im Zimmer gab es keine Uhr, und da ich - als echter Lebemann - es stets abgelehnt hatte, mich nach Terminen und Verabredungen zu richten, besaß auch ich kein Instrument der Zeitmessung.

Sekunden wurden zu Minuten, Minuten bald zu Stunden.

Ich war so angespannt, dass ich kaum zu atmen wagte, und konnte doch nichts tun. Nichts, als dazuliegen, lauschend, immer darauf bedacht, möglichst keinen Ton von mir zu geben.

Da, endlich durchbrach etwas die Stille.

Ein Geräusch von leisen Schritten näherte sich zügig meiner Türe und es gelang mir gerade noch rechtzeitig, mich schlafend zu stellen, da wurde Selbige auch bereits geöffnet.

Ganz vorsichtig offenbar, war es doch kaum zu hören, wie das Türblatt leise in den Scharnieren aufschwang.

Was folgte, war eine zunehmend unangenehme Stille, in der ich förmlich spüren konnte, wie jemand im Zimmer stand und mich schweigend von oben bis unten musterte.

Es kostete mich einige Überwindung, meine Augen geschlossen zu halten, aber ich blieb tapfer und zeigte keine noch so kleine Regung.

Ein weiteres Mal stand die Zeit förmlich still, aber schließlich wurde die Türe wieder geschlossen, und zwar genau so leise, wie sie geöffnet worden war.

Die Gefahr schien vorüber, ich war wieder allein.

Mit einem leisen Seufzer der Erleichterung atmete ich aus, öffnete die Augen - und erschrak dermaßen, dass ich nur mit Mühen einen panischen Aufschrei unterdrücken konnte.

Auf dem Stuhl in der Ecke des Zimmers, direkt neben dem Türrahmen, saß eine fremde, junge Frau!

Sie war schlank, etwa ein Meter siebzig groß, hatte lange, dunkle Haare und starrte mich mit ausdruckslosem Gesicht an.

Mein erschrockener Gesichtsausdruck schien sie zu amüsieren, denn für einen kurzen Moment huschte plötzlich ein warmes, leicht spöttisches Lächeln über ihr zuvor so kaltes, faltenloses Gesicht.

Es war nur ein kurzes Aufblitzen, währte nicht länger, als ein Wimpernschlag, aber das reichte aus.

Noch bevor Skepsis und Ablehnung sich erneut ausbreiteten, bevor ihr Blick wieder hart wurde und sie die Kontrolle über sich zurück gewann, offenbarte dieses kleine Lächeln eine natürliche Schönheit, welche ich so auf der Welt noch nicht gesehen hatte.

„Da musst du früher aufstehen, Freundchen!"

Ihre Worte trafen mich wie Schläge, aber ehe ich etwas erwidern konnte, fuhr sie bereits mit bestimmter, kräftiger Stimme fort.

„Verstehst du mich, sprichst du meine Sprache?" fragte sie, aber ein unverständliches: „Aaarrrggghhh..." aus meiner schmerzenden Kehle war alles, was ich ihr als Antwort zu geben in der Lage war.

Die Schmerzen waren unerträglich.

Es brannte, loderte als hätte ich einen Löffel glühender Kohlen verschluckt.

Ich riss mich so gut es ging am Riemen, biss die Zähne zusammen und nickte schließlich einmal zur Bestätigung, dass ich sie verstanden hatte, mit schmerzverzerrtem Gesicht.

„Gut" sagte sie, offensichtlich besorgt aber auch etwas erleichtert, lehnte sich auf dem Stuhl nach vorne, faltete die Hände und sprach ruhig weiter.

„Ich habe dich unten an der Uferstelle gefunden und hierher gebracht. Du warst eher ganz als nur halb tot, bereits blau gefroren.

Im Fieberwahn hast du in einer Sprache gesprochen, welcher ich leider nicht mächtig bin. Es ist mir gelungen, das Fieber zu senken, und auch den Schnitt an deiner Hand habe ich steril verbunden."

Als Reaktion auf ihre Worte wanderte mein Blick unwillkürlich hinunter zu meiner rechten Hand, welche neben mir auf der Bettdecke ruhte. Ich schaute ungläubig, aber tatsächlich. Statt der beim Sturz aus dem Zug erlittenen Wunde, erblickte ich ein weißes Stofftuch, welches um meine Hand gewickelt, am Ende entzwei gerissen und fachmännisch verknotet worden war.

Wie ich sodann feststellte, war die junge Frau meinem Blick offenbar gefolgt, denn als ich den Kopf wieder hob und sie ansah, blickte sie mich bereits mit überheblichem, spöttischem Gesichtsausdruck an.

„Du kannst mir ruhig glauben! Belügen werde ich dich sicherlich nicht!" sagte sie sodann schnippisch, dabei deutlich den Kopf schüttelnd.

Ich war verdutzt ob ihrer Angriffslust, aber ebenso übertölpelt.

„Ehrlich gesagt", fuhr sie nahtlos fort, „bin ich nicht gerade entzückt von deiner Anwesenheit hier. Aber, ich habe dich gefunden, und somit obliegt es wohl auch mir, mich erst einmal um dich zu kümmern."

„Nun gut", dachte ich bei mir, und wenig überrascht.

Dass sie nicht gerade entzückt darüber sein konnte, dass ich hier war, hatte ich ja bereits dem zuvor belauschten Gespräch entnehmen können.

Aus irgendeinem Grund wollte man mich hier also nicht haben, das war keine Neuigkeit, aber dennoch atmete ich nun auf, war ich doch erleichtert, offenbar in Sicherheit zu sein.

Das Fieber wütete in meinem entkräfteten Körper, mein Kopf dröhnte, meine verbundene Hand pochte und mein Hals schmerzte furchtbar:

Es war also bitter nötig, dass sich jemand „um mich kümmerte", wie sie es so nett ausgedrückt hatte.

Diese Frau schien mir nichts Schlimmes zu wollen, ganz im Gegenteil. Sie hatte sich offenkundig während meiner Ohnmacht gut um mich gekümmert, mir gar das Leben gerettet. Gesundheitlich war ich schwer angeschlagen, fühlte mich miserabel und desorientiert, aber nun zumindest in guter Hand.

Da es mir bisher nicht gelungen war, mich ihr über ein Nicken hinaus mitzuteilen, unternahm ich sofort einen weiteren Versuch zu sprechen.

Wer sie auch war und was auch immer sie mit mir vorhaben mochte, ich wollte mich wenigstens für ihre bisherige Hilfe bedanken, mich für die Umstände, welche ich ihr gemacht hatte, entschuldigen.

„Schweig" unterbrach sie mich barsch, noch bevor ich auch nur meinen Mund geöffnet hatte, und mit einer Selbstverständlichkeit, als wäre es das Normalste auf der Welt.

Sie fuhr mir einfach über das Maul, und selbst heute, rückblickend auf diesen, mittlerweile fernen Tag, weiß ich nicht zu sagen, wieso ich ihr gehorchte.

Sicherlich, ich war verblüfft, bin geradezu überrumpelt worden, aber war da wirklich nicht mehr? Messe ich diesem Moment, unserer ersten Begegnung, zu viel Bedeutung bei, wissend, was noch folgen sollte?

Nun, was auch immer der Grund für mein Handeln gewesen sein mag, ich hielt jedenfalls umgehend meinen Mund.

„Brav" flüsterte sie daraufhin knapp, merklich mit mir zufrieden und so leise, dass ich es selbst im ruhigen Zimmer kaum hören konnte.

Für einen Augenblick saßen wir einfach nur da, sprachlos zusammen.

Ich im Bett, sie auf dem Stuhl, und sahen uns eingehend an.

Ich war verunsichert.

Hatte sie es wirklich gesagt, dieses Wort, oder war meine von Fieber und Schwäche zusätzlich gefütterte Fantasie mit mir durchgegangen?

Ich grübelte, aber es gelang mir einfach nicht, ihr Verhalten zu deuten.

Unsicherheit stieg plötzlich in mir auf, doch während ich sie unruhig, erwartungsvoll anblickte, huschte unvermittelt erneut jenes Lächeln über ihr Gesicht, welches sie in meinen Augen so unglaublich bezaubernd wirken ließ.

Es war, als bräche ihre Schale ein Stück weit auf, wirklich nur ein Bisschen, doch das genügte schon, den kostbaren Inhalt zu offenbaren.

Etwas verwirrt ob unserer Situation, aber zugegebener Maßen auch irgendwie geschmeichelt, erwiderte ich ihr Lächeln umgehend freudig.

Eine Geste, welche Sie wiederum erröten ließ, ganz schwach, im Schummerlicht der Deckenlampe kaum wahrzunehmen.

Dann aber fasste sie sich wieder, und Herzlichkeit und Güte entschwanden so schnell aus ihrem Blick, wie sie gekommen waren.

„Wie gesagt, es ist an mir, mich um dich zu kümmern" wiederholte sie gedankenverloren und anscheinend auf der Suche nach dem roten Faden ihrer Rede. Hüstelte sodann, fand den Einstieg zurück und fuhr schließlich, mit wesentlich mehr Nachdruck in der Stimme, fort:

„Du wirst das Bett bis auf Weiteres nicht alleine verlassen. Ich will nicht, dass du stürzt und dich erneut verletzt, verstanden?"

Ihre Worte verhallten im Raum, es folgte Stille.

Abermals saß sie schweigend da und sah mich einfach nur an, diesmal allerdings, ohne dabei zu lächeln, ganz im Gegenteil!

Eine Spur Ungeduld lag nun in ihrem Blick, ganz so, als würde sie auf eine längst fällige Geste meinerseits warten.

Es dauerte einen Moment, aber dann verstand ich.

Ich nickte zustimmend, versicherte ihr somit, dass ich mein Bett nicht alleine verlassen würde, schien es mir doch eh nicht ratsam zu sein.

Meine Antwort stellte die seltsame Fremde offenbar zufrieden, schwand doch sofort der fragende Gesichtsausdruck, aber dennoch blieb die erhoffte Belobigung aus.

Das genaue Gegenteil, sie wand sich gar endgültig von mir ab, stand auf und verließ wortlos das Zimmer.

Allerdings nur, um kurz darauf mit einer Tasse in der Hand zurückzukehren, einer Tasse, deren Inhalt augenscheinlich für mich bestimmt war. Zielstrebig trat sie an jenes Ende des Bettes, auf welchem mein Kopf ruhte, beugte sich zu mir hinab und gab mir überaus vorsichtig zu trinken.

Das Wasser war herrlich.

Es füllte meinen Mund, kühlte meinen schmerzenden Gaumen und rann wohltuend die entzündete Kehle hinab. Ich war durstig, trank hastig, aber schon nach wenigen Schlucken entzog sie mir die Tasse wieder, richtete sich auf und sah belustigt auf mich herab.

„Das reicht fürs Erste, wir wollen doch nicht, dass du Krämpfe bekommst, oder?" fragte sie, blickte mich ein weiteres Mal auf meine Zustimmung wartend an, und ich nickte prompt, obwohl ich mir gerne noch mehr der Köstlichkeit gegönnt hätte.

Behutsam ließ ich meinen Kopf zurücksinken, entspannte mich ein wenig, schloss für einen kurzen Moment erschöpft die Augen - und sofort überkam mich bleierne, schwere Müdigkeit.

Wo war ich, und wer war die Frau?

Wem gehörte die männliche Stimme, die ich vorhin im Haus gehört hatte, und wie sollte es nur mit mir weiter gehen?

Fragen über Fragen tanzten in meinem fiebrigen, schläfrigen Schädel, gaben einfach keine Ruh..

Da ich aber eh keine Möglichkeit hatte, sie zu stellen, blieb mir nichts als zu hoffen, dass sich einige von ihnen alsbald durch das beantworteten, was diese unbekannte Frau weiterhin sagen würde.

„Diese unbekannte Frau" dachte ich wunderlich bei mir, hatte sie mir bisher ja nicht einmal ihren Namen verraten.

Ungewöhnlich, ihre ganze Art, aber sie hatte etwas, so viel stand fest.

Es gelang mir nicht, klar zu benennen was es war, aber sie hatte es irgendwie geschafft durch ihr bestimmtes Auftreten meine Furcht vor diesem Ort zunächst einmal zu vertreiben. Ich fühlte mich in ihrem Beisein auf seltsame Weise sicher, fast schon geborgen.

Noch während ich darüber nachdachte, was sie da wohl in mir getriggert haben mochte, hatte sie bereits die Tasse auf das Nachtschränkchen gestellt, wieder auf dem Stuhl Platz genommen und richtete erneut das Wort an mich:

„Ich weiß, dass du erschöpft bist. Ich kann mir gut vorstellen, dass du Fragen an mich hast, aber das spielt im Moment keine Rolle. Ich bin diejenige, die hier die Fragen stellt, und du wirst wahrheitsgemäß antworten, ist das klar?"

Nachdem sie ihre Frage beendet hatte, blickte sie mich wieder ungeduldig an, wie es wohl nicht anders zu erwarten gewesen war.

Sie verlangte wie selbstverständlich mein zustimmendes Nicken, ganz so, als wäre ich ein dressiertes Tier im Zirkus, welches auf ein Fingerschnipsen hin ohne zu fragen durch brennende Reifen springt.

Ich kann mir an dieser Stelle nicht verkneifen bereits darauf hinzuweisen, dass es zwischen uns wirklich noch so kommen würde, und ich ab einem gewissen Zeitpunkt auf ihr Fingerschnipsen hin nur allzu gerne sprang, aber damals waren wir - oder wohl besser gesagt ich - einfach noch nicht so weit, es auch zu schätzen zu wissen.

Nein, ganz im Gegenteil, ich fühlte mich ehrlich gekränkt!

„Was ich denke, spielt keine Rolle? Na klasse!", dachte ich störrisch und sah es gar nicht ein, zu dieser Frechheit auch noch meine Zustimmung zu geben. Stattdessen tat ich so, als hätte ich nichts gehört und versuchte, sie mit möglichst ausdruckslosem Gesicht, fast beiläufig anzusehen.

Passiver Widerstand, wenn wir meine Ignoranz ihr gegenüber mal so nennen wollen, so dachte ich damals, war alles, was mir blieb.

Ich konnte nicht sprechen, nicht kämpfen, war nicht einmal in der Lage davon zu rennen, aber eines war ich wirklich, ich war stolz.

Zu stolz vielleicht, allerdings gewiss nicht gewillt, mich hier so einfach herumschupsen zu lassen!

Zugegeben, sie hatte mich gerettet und sich dadurch anscheinend Ärger eingehandelt, aber was glaubte sie denn, wer sie wäre?

Tapfer, meinen leicht dümmlichen Gesichtsausdruck beibehaltend, mit keinem Blick verratend, dass ich sehr wohl verstanden hatte, saß ich schweigend da.

Mein Gegenüber wartete eine ganze Weile geduldig, ebenso schweigend und taxierend, was mir da wohl ins Gesicht geschrieben stand.

Dann aber sprang sie plötzlich von ihrem Stuhl auf, trat mit einem einzigen, schnellen Schritt direkt an mich heran und ballte bedrohlich die Fäuste.

Zornig, herrisch und ganz ohne Zweifel auch herausfordernd blickte sie auf mich herab, schier außer sich vor Wut.

Durchaus erschrocken, wich ich aber dennoch nicht zurück und für einen Moment lieferten wir uns ein stilles Duell mit Blicken.

Zornesröte stieg in ihr auf und da sie es, dem bedrohlichen Funkeln in ihren aufgerissenen Augen nach zu urteilen, wirklich ernst zu meinen schien, gab ich schließlich nach und wand meinen Blick ab.

Ich senkte meinen Kopf nur etwas, den Blick nun stur hinunter auf die Bettdecke gerichtet und nickte leicht, ihren Worten somit zustimmend.

Verletzt war ich, entkräftet dazu, aber dennoch erhielt mein männliches Ego in diesem Moment einen gehörigen Dämpfer, so muss man es wohl sehen.

Noch nie hatte ich mich bisher derart gebeugt, mich dermaßen unterlegen gefühlt, und schon gar nicht gegenüber einer Frau!

In mir kochte es, aber auf eine bisher unbekannte Weise imponierte sie mir auch, dass musste ich mir zähneknirschend eingestehen.

„Schon besser" zischte es leise in mein Ohr, und obwohl ich sie nicht sehen konnte, kam ich dennoch nicht umhin, wenigstens den triumphalen Unterton in ihrer Stimme bemerken zu müssen.

„Das kann ja heiter werden" dachte ich bei mir, aber als ich kurze Zeit später zu ihr aufblickte, war das zornige Feuer in ihren Augen bereits wieder erloschen. Sie stand zwar immer noch bewegungslos da und fokussierte mich, wobei ihre Hände jetzt allerdings nicht mehr geballt waren, sondern entspannt an ihren Seiten zu Boden hingen.

Ihr Gesichtsausdruck glich nun eher dem eines faszinierten Hundebesitzers, der verzückt das neue Kunststückchen betrachtet, welches er seinem vierbeinigen Freund gerade neu beigebracht hat.

Es war nicht so, dass sie unfreundlich wirkte, aber als sie meinen Blick erwiderte, ließ ihr Mienenspiel keinen Zweifel daran, wer von uns beiden im Moment Herrchen und wer der Hund des anderen war!

Ich schluckte trocken, um meine Verlegenheit zu überspielen, und hatte dennoch prompt wieder einen mächtigen Klos im Hals.

Eine Sekunde später verfluchte ich mich bereits dafür, denn mein wunder Hals brannte nun nur noch um so unerträglicher.

Ich verzog vor Pein das Gesicht, während Tränen des Schmerzes und der Scham mir in die Augen schossen, sagen, konnte ich dazu nichts.

„Gut, das wäre also schon mal geklärt, richtig?" bemerkte sie sodann, nun ganz offensichtlich triumphierend, aber auch mit jener, angesichts dieser demütigenden Situation deplatziert wirkenden, Zärtlichkeit in der Stimme, welche mir bereits zuvor aufgefallen war.

Das alles zusammen, Schmerz, Demütigung und Schwäche, gab mir schließlich den Rest. Ich errötete, worauf sie nur um so breiter grinste und mich fixierte, bis ich zustimmend nickte, ihrem Blick auswich und mich endlich unterwarf, den Meinigen hierbei wieder zur Bettdecke hinab senkend.

Sie hatte gewonnen, wir beide wussten das, jedenfalls für heute.

Meine Schläfen pochten. Mein ganzer Körper und mittlerweile irgendwie auch meine Seele taten furchtbar weh.

Ich wagte kaum aufzuschauen und sie ließ mich wortlos sitzen, mit gesenktem Haupt. Ob, um es zu genießen, oder vielleicht nur, um sich ungestört die nächsten Schritte überlegen zu können, vermag ich nicht zu sagen, vielleicht ja auch beides zusammen.

„Warst du allein unterwegs, als ich dich gefunden habe?", fuhr sie endlich und ohne jede Spur von Triumph, sondern mit gehörigem Ernst in der Stimme fort.

Ich war dankbar für diesen Neubeginn, wusste genau, worauf sie wartete und nickte bald darauf brav, ohne auch nur aufzublicken.

„Also weiß niemand, dass du in dieser Gegend bist?", fragte sie weiter, es folgte erneute Stille, ich nickte abermals.

„Dann wird auch niemand kommen, um dich hier zu suchen, richtig?", bohrte sie weiter, wieder Stille, wieder Nicken meinerseits.

Stille, Nicken, Stille, Nicken, so ging es noch eine ganze Weile weiter, bis ihre Neugierde befriedigt und ich so erschöpft war, dass ich mich wieder zurück ins Kissen sinken lassen musste.

Zum ersten Mal, seit ich meinen Blick vor ihr gesenkt hatte, sah ich ihr jetzt wieder in die Augen. Sie schien abwesend, als würde sie krampfhaft überlegen, abwägen und nach einer Entscheidung suchen.

Dann aber erwiderte sie plötzlich meinen Blick, lächelte mich an und sprach freudig: „Du darfst bleiben. Ich denke, du bist hier sicher. Entschuldige bitte, dass ich dich derart rabiat verhört habe, aber ich musste es tun, musste schließlich ganz sicher gehen."

Ich nickte ein letztes Mal, reflexartig als Zeichen dafür, dass ich verstand, warum sie sich so verhalten hatte, aber eigentlich verstand ich es nicht.

Natürlich musste sie vorsichtig sein, so weit leuchtete mir alles ein.

Ich war ein Fremder und schließlich, wenn auch im Moment völlig entkräftet, so doch ein Mann, welchen sie sich unbekannterweise ins Haus geholt hatte.

Vielleicht war ich ein entflohener Sträfling, ein Vagabund oder Schlimmeres, aber zu meiner Verwirrung hatte sie mich danach überhaupt nicht gefragt.

Ihre einzige Sorge galt anscheinend der Frage, ob ich wirklich allein und ohne eine Spur zu hinterlassen hierher gekommen war.

Was verbargen sie nur an diesem Ort? Wenn nicht durch mich selbst, woher drohte dann Gefahr, allein, weil ich hier gestrandet war?

Es machte keinen Sinn darüber nachzudenken, ich wusste das, aber es war ungleich schwerer, diese Tatsache auch zu akzeptieren!

Etwas Kaltes legte sich unerwartet auf meine Stirn, ich erschrak und bemerkte erst jetzt, wie tief in Gedanken versunken ich wirklich gewesen war.

Die unbekannte Frau stand immer noch neben mir und hatte ihre Hand, wohl um mein Fieber zu prüfen, besorgt auf meine heiße Stirn gelegt.

Sie wirkte um einiges entspannter, musste bei meinem erschrockenen Anblick gar erneut lächeln und ich bereute ebenso ein weiteres Mal, dass ich nicht wenigstens den Namen zu diesem freundlich hinabblickenden Gesicht kannte. Ich seufzte leise. Sie bemerkte es prompt, zog die Augenbrauen fragend nach oben, entsann sich dann aber der Tatsache, dass ich ja nicht sprechen konnte und schenkte mir ein weiteres, diesmal bedauerndes Lächeln.

Einen Augenblick verweilte sie so, dann sagte sie plötzlich: „So, jetzt wird geschlafen, du hast es nötig", zog wie erschrocken ihre Hand zurück und trat schnurstracks auf die Türe zu.

Sie öffnete Selbige, wollte schon einen Schritt hindurch machen, verharrte dann aber unvermittelt, drehte sich noch einmal zu mir um und fügte schüchtern: „Ich heiße übrigens Anechka" hinzu, bevor sie dann doch unwiederbringlich meinem Sichtfeld entschwand.

„Anechka" wiederholte ich in Gedanken ihren Namen und war froh, dass ich an sie nun nicht mehr anonym als „die unbekannte Frau" denken musste.

„Anechka, die Gnade, die Anmut. Der Name passte ja", erinnerte ich mich der Bedeutung ihres russischen Namens und konnte mir bei dem Gedanken daran, wie sie mich noch vor Minuten förmlich durch die Mangel gedreht hatte, ein breites Grinsen darüber nicht verkneifen.

„Was hatte sie da eben bloß mit mir gemacht?", fragte ich mich entkräftet, doch bevor ich mir noch weiter Gedanken darüber machen konnte, fielen mir bereits die schweren Augenlieder zu und ich bald selbst in komatösen, von Albträumen geplagten Schlaf.

- Nur ein Traum -

Sie jagten mich, alle, das ganze Dorf.

Es war nur ein Traum, aber wie das mit Träumen nun einmal so ist, in dem Moment, wo man gehetzt wird und Todesangst verspürt, ist einem diese Tatsache leider nicht klar. Alles ist so real!

Man spürt den Wind, den nassen Boden unter den Füßen, kann den Atem der Verfolger im Nacken spüren und sogar ihre Hände, die nach einem greifen.

Ich rannte also, meinen geschwächten Körper über alle Maßen hinaus strapazierend, aber ich konnte ihnen einfach nicht entkommen.

Sie waren unerbittlich, zudem in der Überzahl, und sie warteten bereits auf mich. Hinter jedem Baum, jeder Häuserecke und in jedem Versteck welches ich, von wilder Panik getrieben, auch aufsuchte.

Gesichter hatten sie nicht.

Es waren Fremde, aber aus irgendeinem Grund schienen sie mich zu kennen, zu verachten, und machten nun Jagd auf mich um mein, mit 29 Jahren noch junges Leben, rüde zu beenden.

Ich rannte und rannte, stürzte Böschungen hinunter, zerriss mir an Dornen meine Kleider, schrammte mir Beine und Hände, aber all das war vergebens.

Das Seltsame aber war, ich wusste es bereits!

Während ich noch floh, war es mir doch völlig bewusst, sie würden mich kriegen, was immer ich auch tat, irgendwann, so oder so.

Schließlich, einige panische Sekunden später, hatten sie mich.

Alle Gegenwehr war zwecklos.

Man übermannte mich, fesselte mich an Hand- und Fußgelenken, stülpte mir einen Sack über den Kopf und schleifte mich davon.

Plötzliche Dunkelheit umfing mich, bleiern und beängstigend.

Das Atmen viel mir schwer, aber trotz aufkeimender Beklemmung fühlte ich mich auch in gewisser Weise erlöst. Die Jagd war nun vorbei, ich war ihr Gefangener und konnte nichts mehr tun, als mich in mein ungewisses Schicksal zu fügen.

Die Fremden bugsierten mich derweil durch Wald und Wiesen, wobei sie nicht gerade zimperlich mit mir umgingen, stoppten dann für einen kurzen Augenblick – wohl um ein schweres Tor zu öffnen - zogen mich noch ein Stück weiter auf hartem Untergrund und ließen mich sodann wortlos zurück.

Da lag ich. Blind, bäuchlings, mit nach hinten gefesselten Händen, unfähig mich zu rühren und horchte in die mich umgebende Stille.

Nichts war zu hören, aber dann griff mich plötzlich jemand bei den Schultern, zerrte mich auf die Knie, riss den Sack mit einem kräftigen Ruck von meinem Kopf und sprach mich unvermittelt an:

„Na, da haben wir ja einen schönen Fang gemacht, was?"

Ich blinzelte verzweifelt.

Meine Augen hatten sich noch nicht wieder ans Tageslicht gewöhnt, doch auch wenn es mir nicht gelang, jene Person zu erkennen, welche da im Sonnenschein vor mir stand, so erkannte ich doch gleich ihre Stimme und den triumphalen Tonfall darin. Es war Anechka!

„Ein bisschen hell hier draußen, willst du lieber wieder in deinen Sack zurück?" fragte sie belustigt, mit offensichtlich gespielter Besorgnis, während ich noch darum bemüht war, sie mit zusammengekniffenen Augenliedern einigermaßen fixieren zu können.

Einen Moment stand sie so da und blickte mit böswilligem Spott auf ihren Lippen zu mir hinab. Dann aber, beugte sie sich schnell, mit geradezu katzenhafter Geschmeidigkeit zu mir hinab, packte mich an der Kehle und drückte erbarmungslos zu.

Ich rang nach Atem.

Mein ganzer Körper verkrampfte sich umgehend und das Seil, welches meine gesichtslosen Häscher als Fessel benutzt hatten, spannte sich knarzend hinter meinem Rücken. Es schnitt dabei schmerzhaft tief in meine Handgelenke, doch so sehr ich auch daran zerrte, es gelang mir nicht, mich auch nur im Entferntesten zu befreien.

Ich röchelte bald, versuchte, mich in der Hoffnung zur Seite fallen zu lassen, mich ihr somit wenigstens für den Moment einmal entziehen zu können, doch Anechkas Griff war viel zu stark.

Sofort durchschaute sie, was ich da mit meiner Gewichtsverlagerung zu erreichen hoffte, lehnte sich mir entgegen und blieb unbeeindruckt stehen.

Erneut versuchte ich nun, mich mit Gewalt der Fesseln zu entledigen, aber auch dieser Versuch misslang. Mir blieb nichts übrig, als es zu ertragen und meine Peinigerin hilflos, angsterfüllt anzustarren.

Mein Herz raste, jeder Schlag pochte in meiner zugeschnürten Kehle.

Die Augen traten mir aus den Höhlen. Ich lief blau an und war einer Ohnmacht nahe, als sie dann doch im letzten Moment ihren Griff lockerte und ihr Opfer - japsend wie ein Fisch auf dem Trockenen - benommen zu Boden stürzen ließ.

Es dauerte eine ganze Weile, bis ich wieder zu Atem kam und den stechenden Schmerz in meiner rechten Schulter bemerkte, welche ich mir beim Sturz auf das harte Pflaster soeben ausgekugelt hatte.

Es schmerzte mörderisch!

Tränen schossen mir in die Augen, doch da die Fesseln es unmöglich machten den schmerzenden Körperteil zu entlasten, blieb ich zunächst bewegungslos zu ihren Füßen liegen und sah mich um.

Das Tor, durch welches man mich eben geschleppt hatte, konnte ich nicht sehen. Es musste sich wohl in meinem Rücken befinden, denn vor mir lag einzig eine große, leere und mir unbekannte alte Scheune.

„Hat der Arme ein Aua?" spöttelte Anechka, sich offenkundig daran labend, dass ich mich vor Qualen wand. Dann lachte sie kurz aber durchdringend, machte vor mir kehrt und trat zu einer Feuerstelle hinüber, welche sich an der linken Seite des vor mir liegenden, verlassenen Gebäudes befand.

Der Schmerz war unerträglich.

Es gelang mir mit Mühen, mich zurück auf den Bauch zu rollen, aber auch in dieser Position war es - mit nach hinten verschränkten, streng verschnürten Armen – unmöglich, die Schulter nicht doch wieder über das erträgliche Maß hinaus zu beanspruchen.

„Was will diese Furie bloß von mir, ich habe ihr doch nichts getan?" fragte ich mich selbst unter Tränen, doch in diesem Augenblick kehrte meine Erinnerung an das Geschehene auch bereits zurück.

Natürlich, das war es, ich hatte versucht zu fliehen!

Ja, mit einem Mal wusste ich es wieder.

Ich hatte versucht zu entkommen, obwohl es mir doch strengstens verboten worden war, das Gelände auch nur einen Fußbreit zu verlassen.

Deshalb also, so begriff ich nun, hatten sie mich alle gejagt und deswegen, war Anechka auch so außer sich vor Wut.

„Wer nicht hören will, der muss eben fühlen!"

Ihre Stimme riss mich brutal aus meinen Gedanken.

Ich erschrak, blickte auf und reckte meinen Kopf empor, um sie wenigstens sehen zu können, wo ich ihr schon hilflos ausgeliefert war.

Erneut durchzuckte mich ein scharfer Schmerz.

Die lädierte Schulter protestierte kurz ob der Bewegung, aber es gelang.

Tatsächlich, da stand sie. In Rock und Korsage gehüllt, ihre Haare zu einem Pferdeschwanz zusammen gezurrt, die Hände in schweren, klobigen Lederhandschuhen versunken und sah zu mir hinüber.

„Wir werden dich wohl kennzeichnen müssen, damit du nicht wieder davonrennst, nicht wahr?" fragte sie, natürlich erneut rein rhetorisch.

Zeitgleich ergriff meine ehemalige Retterin ein vor ihr im Feuer liegendes Brandeisen und kam - jeden Schritt des Weges ob meiner offensichtlichen Angst schamlos genießend - betont langsam breit grinsend auf mich zu.

Panik stieg in mir auf.

Das konnte sie doch nicht ernst meinen, oder?

Flehendlich blickte ich sie an, auf ein Zeichen von Gnade hoffend, doch ihr diabolischer Gesichtsausdruck beseitigte schnell alle Zweifel an der Seriosität ihres Vorhabens.

Sie würde es wirklich tun, dessen war ich mir jetzt ganz sicher.

Sie würde mich verbrennen, meine Haut, bei lebendigem Leibe!

Zwei Schritte noch, dann hatte sie mich erreicht, aber als sie sich gerade über mich beugte, das rot glühende Brandeisen in der linken Hand, mit der Rechten die Hose über meinen Hintern nach unten zerrend - erwachte ich mit einem schrecklichen, gellenden Schrei.

„Es ist alles gut. Du bist in Sicherheit, es war nur ein Traum" hörte ich, schwer atmend und völlig außer mir, eine vertraute Stimme neben mir sagen.

Es sollte beruhigend wirken, und doch zuckte ich bei ihrem Klang sofort erneut vor Schreck fürchterlich zusammen.

Was ich hörte, war die Stimme aus meinem Traum - es war Anechka.

- Auf eigenen Füßen -

Auch wenn der Schlaf, bedingt durch die aufwühlenden Träume welche ich hatte, während ich schlief, nicht besonders erholsam gewesen war, so fühlte ich mich danach gleichwohl deutlich besser.

Mein Kopf schmerzte immer noch gewaltig, ich musste ihn mir beim Sturz wirklich fast gespalten haben, aber das unsägliche Brennen im Hals, die entzündete Kehle, hatte sich etwas beruhigt.

Ich orientierte mich kurz, fand heraus, wo ich hier überhaupt war, und versuchte sodann, die Frau neben mir - welche mich besorgt ansah – endlich anzusprechen.

„Ich… ich.. ich habe nur schlecht geträumt", war die radebrechende Erklärung für meinen Aufschrei, und tatsächlich, auch wenn meine Stimme fürchterlich rau und zudem noch arg dünn klang, gelang es, mich ihr zum ersten Mal verständlich zu machen.

Meine Peinigerin runzelte als Reaktion auf meine Worte kurz verwundert die Stirn, wand sich anschließend mit einem arglistigen Grinsen auf ihren vollen Lippen von mir ab und sprach mit spöttelndem Ton:

„Hmmmm, ganz so schlimm scheint es mir ja nicht gewesen zu sein", wobei sie lässig mit ausgestrecktem Zeigefinger auf mein, sich durch die Bettlaken abzeichnendes, erigiertes Glied deutete.

Treffer versenkt, die Bemerkung verfehlte bei mir keinesfalls ihr Ziel.

Ich erstarrte, errötete, wusste nichts zu sagen und senkte so, wie ein beim Flunkern ertappter Schuljunge, langsam schamvoll meinen Blick.

Anechka gluckste vor Freude, kostete ihren Triumph über mich wahrlich in vollen Zügen aus, aber im Grunde hatte sie völlig recht.

So erschreckend und verstörend der Inhalt meiner nächtlichen Fantasien auch gewesen war, und das waren sie für mich wirklich, jedenfalls damals noch, so sehr hatte es mich andererseits erregt.

Ihre Worte brüskierten mich, aber nicht nur aufgrund meiner morgendlichen Erektion. Nein, so etwas passierte schließlich fast allen Männern meines Alters im Schlaf, viel mehr schämte ich mich in Wirklichkeit für das, was Grund dieser unbewussten Versteifung gewesen war.

Wie konnte es mich erregen, gejagt, gefesselt und gequält zu werden?

Zugegeben, ich hatte in meinem bisherigen Leben bereits reichlich Gesellschaft von Damen gehabt, wobei die eine oder andere unter ihnen es auch durchaus genoss, beim Sex mit einem Schal oder Ähnlichem ans Bett gefesselt zu werden. Ich war nicht prüde, und so ganz unbekannt war mir diese skurrile Art des Liebesspiels auch nicht.

Im Traum hatte ich gar bereits zuvor zuweilen bizarr zu nennende, erotische Fantasien gehabt, in denen Gefühle von Macht und Ohnmacht eine Rolle gespielt hatten, aber niemals in Verbindung mit Schmerz. Niemals, war es bisher derart weit gegangen!

„Du hast dir mächtig die Birne geprellt und bist nur noch nicht wieder ganz auf dem Damm. Ganz ruhig, alles ist o.k." versuchte ich mich selber zu besänftigen, aber der innere Zweifel blieb, so sehr ich auch versuchte, meinen eigenen Worten Glauben zu schenken.

„Ist schon gut. Wissen wir wenigstens, dass er noch funktioniert", riss Anechka mich neckisch aus meinen Bemühungen, und als ich sie fast schüchtern ansah, blickte ich zu meiner Überraschung in das freundliche Lächeln einer sehr attraktiv zu nennenden jungen Frau.

Es fiel mir damals schwer, ihr Alter genau einzuschätzen.

Ich glaubte an jenem Tage, sie sei so um die 23 Jahre alt, aber jetzt, da ich mittlerweile ihr Geburtsjahr kenne und weiß, dass ich sie damals sechs Jahre jünger gemacht habe, verstehe ich auch wieso.

Es ist im Grunde ganz einfach, Anechka war nicht geschminkt.

Sie trug kein Rouge, keinen Lippenstift oder sonstige Kosmetik welche Frauen, die ich aus den Metropolen Europas oder genauer gesagt, aus deren Bordellen und Gasthäusern her kannte, in wahren Mengen auf ihren Gesichtern zu tragen pflegten.

Masken gleich, angeblich um so ihren jeweiligen Typ zu betonen, aber in den meisten Fällen doch wohl eher, um Makel zu verdecken oder, was der eigentliche Witz bei der Sache ist, um somit jünger zu wirken.

Anechka hatte all dies nicht nötig, ihr Lächeln war entwaffnend.

Ihrer Schönheit schien sie sich nicht bewusst zu sein, jedenfalls kokettierte sie nicht damit, und ich glaube, dass gerade darin der besondere, für mich betörende Reiz ihrer Erscheinung lag.

Hinzu kamen noch ihre weichen, aber durchaus feinen Gesichtszüge und das lange, streng hinter dem Kopf zum Pferdeschwanz zusammengebundene Haar, welches den Eindruck noch verstärkte und sie in meinen Augen beinahe unschuldig wirken ließ.

Dass dies bei Weitem nicht mehr der Fall war, wusste ich ja noch nicht, und so entstand bei mir seinerzeit der Eindruck, dass sie um etliche Jahre jünger sein musste, als ich es zu jener Zeit selber war.

Immer noch errötet, und zudem baff, ob des sich mir bietenden Anblicks, erwiderte ich ihr Lächeln mit einem schüchternen Grienen, nahm all meinen Mut zusammen und stellte mich ihr endlich persönlich vor: "Hallo Anechka, mein Name ist Francis."

„Freut mich, Francis", kam postwendend als Antwort, wobei ihre Stimme ganz sanft, fast zärtlich klang, als sie meinen Namen das erste Mal aussprach. Für die Dauer eines Wimpernschlages war ich hin und weg, überwältigt von dem Gefühl, bei ihr und noch am Leben zu sein. Für einen ebenso winzigen Augenblick glaubte ich gar, Spuren dieser spontanen Zuneigung auch im Mienenspiel meines Gegenübers erblicken zu können, dann aber, kehrte ich in die harte Realität zurück.

Heute, da ich darüber zu entscheiden habe, ob ich dieser Frau mein restliches Leben widmen werde, scheint jener Augenblick bedeutender, fast magisch.

Zu jener Zeit aber, hatte ich andere Sorgen.

Wo war ich hier überhaupt, und was hatte man mit mir vor?

Was hatte die männliche Stimme im Haus damit gemeint, dass ich sie noch alle durch meine bloße Anwesenheit in Gefahr bringen würde?

„Kannst du mir bitte sagen, wo wir hier.." presste ich also getrieben von Neugierde und aufsteigender Panik hervor, mehr aber ließen meine angegriffenen Stimmbänder einfach nicht zu.

Ein gequältes Krächzen folgte, dann erstarb meine Stimme abermals, mit jenem, mir leidlich bekannten, schmerzhaften: „Aaarrrggghhh".

„Sei still! Du darfst dich nicht zu sehr anstrengen, es ist ein Wunder, dass du überhaupt schon wieder sprechen konntest", reagierte Anechka besorgt, wobei sie mich zugleich mit mahnendem Blick musterte.

Ich war zunächst enttäuscht. Dann aber, gänzlich hilflos, von Fieber geplagt und unfähig, mich meiner schönen Retterin irgendwie anzuvertrauen, vergaß ich für einen Augenblick die ungewöhnliche Situation, in der wir uns befanden. Es überkam mich einfach, ich konnte nicht widerstehen.

Langsam, ganz behutsam streckte ich meine Hand aus, versuchte die ihre zu berühren, aber sie wich sofort zurück.

„Was fällt dir ein", schrie sie mich plötzlich an, wobei allerdings eher ein Schuss Verunsicherung und Angst, denn Wut in ihrer Stimme lag.

Sie schien erschrocken darüber zu sein, dass ich mich ihr auf diese intime Weise zu nähern versucht hatte, nicht böse, es war anscheinend eher Selbstschutz denn wahre Ablehnung.

Dennoch zuckte ich ob ihrer Lautstärke nun meinerseits erschrocken zusammen, zog meine Hand unwillkürlich wieder zurück und blickte sie verwirrt aus vor Erstaunen geweiteten Augen an.

„Hier", mit einer schnellen Handbewegung zog Anechka einen Schreibblock hervor, welchen sie hinter ihrem Rücken, zwischen sich und der Stuhllehne verborgen gehalten hatte, warf ihn vor mir auf die Bettdecke, griff anschließend in ihre Tasche, förderte einen Füllfederhalter zutage und warf auch diesen vor mir auf das Bett.

„Ich habe dir ein paar Fragen notiert, welche du mir wahrheitsgemäß beantworten wirst, hast du mich verstanden?"

Ihr Ton hatte nun etwas Bedrohliches, gar Herrisches an sich.

Ganz offenbar darum bemüht, die Situation wieder unter Kontrolle zu bringen, blickte sie mich sodann fordernd und fragend zugleich an, und ich nickte bald darauf brav, wie bereits so oft zuvor.

Meine Reaktion, das von ihr geforderte und prompt erfolgte zustimmende Kopfnicken also, schien Anechka unwillkürlich zu beruhigen. Ein Kopfnicken, eine einzige Fügung unter ihren Willen nur, mehr brauchte es nicht, und schon verschwand ihre Unsicherheit so schnell, wie sie gekommen war.

„Musst du vielleicht zur Toilette, immerhin sind es jetzt bereits zwei Tage und Nächte?" fragte sie, nach einer kurzen, schweigsamen Pause, lächelnd und ohne jedes Anzeichen von Missstimmung.

„Zwei Tage und Nächte? Wovon redet sie nur?" dachte ich zunächst stutzig, aber da meine Blase zwar drückte, jedoch nicht in dem Maße, wie es nach solch langer Zeit des Liegens eigentlich hätte der Fall sein sollen, wurde mir bald schlagartig klar, dass es wohl nicht nur mein Schweiß allein gewesen sein konnte, welcher mein Bett im Fieberwahn dermaßen durchnässt hatte.

„Oh mein Gott, wie peinlich, du hast dich angepisst!"

Die Erkenntnis traf mich wie ein Schlag. Meine Ohren, meine Wangen, mein ganzes Gesicht schien plötzlich zu glühen, und ich musste meinen Blick ein weiteres Mal senken, so schämte ich mich.

„Hmmmm,. denke, das ist ein Ja, oder?" fuhr Anechka keck fort, meine Blöße und ihre Überlegenheit einmal mehr in vollen Zügen genießend, erhob sich vom Stuhl, ergriff mein Bettzeug und zog es mit einem einzigen, kräftigen Ruck zu Boden.

Die Schreibutensilien darauf flogen in hohem Bogen durch den Raum und blieben schließlich krachend irgendwo liegen. Aber das interessierte mich kaum, war ich doch unter der Decke völlig nackt.

Ich erschrak, zuckte erneut zusammen, verdammt war das kalt!

Verzweifelt versuchte ich schnell, meine Scham möglichst mit den Händen zu bedecken, aber Anechka amüsierte dies bloß, hatte sie mich doch bereits zuvor im Adamskostüm gesehen.

Damals, in jener Nacht, als ich von der Brücke in den eisigen Fluss stürzte, war sie es schließlich gewesen, welche mich in dieses Bett hier verfrachtet und mich somit vor dem Erfrieren bewahrt hatte.

„Na, was hast du denn erwartet?" spöttelte sie, stand breit grinsend da und fügte dann lachend: „Keine Angst, ich gucke dir schon nichts weg, jedenfalls nichts Wichtiges" hinzu.

Sie lachte immer lauter, aber es war ein gemeines, kein fröhliches Lachen, welches mich zugleich tief demütigte und elektrisierte.

Da war es also wieder, jenes seltsame Gefühl süßen Ausgeliefertseins, welches in meinem Unterleib kribbelte, und noch immer war mir nicht klar, was hier eigentlich mit mir geschah.

Ich lag im Bett, nackt, vor einer fremden Frau, die sich gerade über mich lustig machte, und dennoch hasste ich sie nicht dafür, ganz im Gegenteil, ich zerfloss geradezu in ihren Händen.

Es war beschämend und dennoch ließ ich es einfach geschehen. Zugegeben, ich war auch noch viel zu geschwächt, mich wirklich körperlich wehren zu können, aber bei ehrlicher Betrachtung musste ich mir schon eingestehen, dass dies bei Weitem nicht mehr die ganze Wahrheit zwischen uns war.

Ich protestierte nicht mehr, widersprach kaum noch, nickte auf Verlangen und genoss, wie liebevoll, zärtlich, bestimmt und grausam zugleich diese Frau sein konnte. Ja, ich genoss das Wechselbad der Emotionen, welches sie in mir zu entfachen in der Lage war, und mehr noch, irgendwie fühlte ich mich auch behütet dadurch, dass Anechka wie selbstverständlich die Kontrolle übernahm. Solange sie führte, mich folglich in dieser Weise durch ihre eigene Stärke unterwarf, war auch ich stark und sicher, oder fühlte mich doch wenigstens so.

„Mal sehen, ob du bereits etwas laufen kannst."

Mit diesen Worten beugte sie sich über mich, ergriff meine Schultern und half mir, mich aufzurichten.

Sie setzte mich mit einem Ruck auf die Bettkante, wobei meine Beine, denen einer Puppe gleich über die Kante zu Boden baumelten, und ich kam ihr dabei unbeabsichtigterweise nun doch so nah, dass ich die Wärme ihrer wohlgeformten Brüste auf meiner Haut spüren konnte.

Für einen kurzen Moment stand sie ganz dicht vor mir, mein Gesicht auf Höhe ihrer wogenden Brust, aber dann, nachdem sie sich vergewissert hatte, dass ich nicht vornüber kippen würde, trat sie auch schon einen langen Schritt zurück und musterte mich abermals.

„Das ging ja schon ganz gut" lobte sie erfreut, allerdings nicht, ohne mich anschließend sofort auf den harten Boden zurück zu holen.

„Wurde ja auch Zeit, wir wollen doch nicht, dass sich der Kleine wieder nass macht, nicht wahr?", stichelte sie gleich wieder, augenscheinlich höchst beglückt von der Tatsache, mich derart einfach treffen und herabwürdigen zu können.

Erneut folgte eine kurze Pause, gerade lang genug, mich ausreichend zu beschämen, dann aber besann Anechka sich wieder und befahl mir barsch, meine Arme vor dem Oberkörper auszustrecken.

Ich gehorchte aufs Wort, reichte ihr meine Hände hin und sie umschloss sogleich meine Handgelenke, zog daran und half mir behutsam auf die Füße.

Ich war erstaunt. Erstaunt, dass es gelang und ich, wenn auch unbeholfen, einigermaßen stehen konnte, aber noch mehr darüber, wie viel Kraft tatsächlich in dieser zierlichen Person steckte.

Anechka legte mir wohlwollend einen Arm um die Hüfte, prüfte kurz, ob ich auch sicher stand, und führte mich anschließend langsamen Schrittes aus dem Zimmer hinein in einen kleinen Flur.

Zum ersten Mal verließ ich also jenes Zimmer, in welchem ich unter so mysteriösen Umständen gestrandet war, aber sehen konnte ich nichts, denn im vor uns liegende Korridor war es derart dunkel, dass ich kaum meine Hand vor den Augen hätte erblicken können.

Unsicher, einen guten Teil meines Gewichts auf Anechka stützend, tapste ich durch die Finsternis, bis wir unvermittelt stehen blieben, so, dass sie eine Türe aufsperren und ich anschließend einen Blick in das sich dahinter befindende Badezimmer werfen konnte.

Rechts und links von uns, das erkannte ich im nun einfallenden Sonnenlicht, befanden sich noch weitere Räume, welche aber zu meinem Bedauern verschlossen waren.

Mehrere unbekannte Räume, in welche ich selbstredend gerne ebenso einen neugierigen Blick geworfen hätte, aber nach meinen Wünschen richtete sich hier niemand, so weit hatte ich bereits verstanden.

Mit einem sanften, aber dennoch bestimmten Schubser, gab mir meine menschliche Stütze zu verstehen, dass sie nicht plante, hier endlos zu verharren, und so gingen wir weiter, hinein in das spärlich ausgestattete Bad.

Es waren zwar nur wenige Meter, von der Türe, an der Dusche vorbei bis zur Toilette, aber für mich dennoch eine halbe Weltreise, und so nahm ich schließlich erleichtert und keuchend vor Anstrengung unter Anechkas Mithilfe auf der Toilettenschüssel platz.

Meine Lunge rasselte, ich bekam nur schwer Luft, und ein Gefühl der Benommenheit breitete sich beängstigend in meinem Schädel aus.

Ich schloss für eine Sekunde die Augen, versuchte tiefe, ruhige Lungenzüge zu nehmen, und als ich sie wieder öffnete, stand Anechka bereits halb in der Zimmertüre und blickte mich sorgsam an.

Darum bemüht, mir wenigstens einen kleinen Teil meines Stolzes zu bewahren, zog ich, als Zeichen dafür, dass mit mir alles in bester Ordnung war, kurz angespannt die Mundwinkel nach oben.

Eine kleine Geste nur, welche sie aber scheinbar beruhigte, und somit umgehend durch ein freundliches Augenzwinkern quittiert wurde.

„Gut. Bleib sitzen, ich mache in der Zwischenzeit dein Bett", wies sie mich dennoch streng an, keinesfalls eigenmächtig aufzustehen, und trat hernach, nicht ohne mir noch einen letzten Blick zuzuwerfen, hastig aus der geöffneten Türe hinaus zurück in den Flur.

Ich war allein, endlich unbeobachtet, doch brachte dieser Umstand keine Erleichterung mit sich, fror ich doch am ganzen Körper und hatte mich in meinem ganzen Leben nie derart unmännlich gefühlt.

„Junge, Junge, wo bist du hier nur reingeraten", sagte ich leise zu mir selbst, und zwar bedacht so leise, dass man mich auf keinen Fall im Nebenzimmer hören konnte.

Sie, meine so genannte Lebensretterin, sollte bloß keinen Anlass haben, mich erneut zum Ziel ihrer erniedrigenden Art von Humor zu machen, denn auch, wenn ich mich zu dieser willensstarken Frau unerklärbar hingezogen fühlte, so fürchtete ich sie doch auch zugleich.

Sie und die Macht, welche sie über mich gewonnen hatte.

- Fragen über Fragen -

Nachdem Anechka ins Bad zurückgekehrt war, mich anschließend in mein neu bezogenes Bett gebracht und mir ausreichend zu trinken verabreicht hatte, ließ sie mich umgehend wieder allein.
Dies allerdings nicht, ohne vorher noch an die Fragen im mitgebrachten Block zu erinnern, und daran, dass ich sie absolut wahrheitsgemäß und vollständig zu beantworten hatte.
„Schau`n wir mal" dachte ich, nachdem ich mich unter der Bettdecke eine Zeit lang aufgewärmt hatte, griff mit meiner frisch verbundenen Hand nach Schreibblock und Stift - welche dank Anechka neben meinem Bett auf dem Nachttisch bereitlagen - und musste sogleich feststellen, dass ich Beides kaum halten konnte.
Ein scharfer Schmerz durchfuhr abrupt meine Hand, wann immer ich versuchte sie zu schließen, drang bis in den Unterarm hinauf.
Nur mit Mühen gelang es mir, nicht alles auf den Boden fallen zu lassen, so stark und überraschend kam er.
„Schöner Mist, wie soll ich so denn schreiben?" fluchte ich immer noch, während ich bereits das stabile Deckblatt zurück schlug und meine Augen sich vor Erstaunen weiteten.
„Ein paar Fragen" hatte sie gesagt, aber das hier musste doch wohl ein schlechter Witz sein!
Fein säuberlich, in geschwungenen Lettern waren ihre Fragen niedergeschrieben, wobei sie stets darauf geachtet hatte, einige Zeilen Raum für meine Antworten zu lassen. Insgesamt waren es auf diese Weise vierzehn Seiten geworden, mit weit über 50 Fragen darauf.
„Ganz toll" grollte ich in mich hinein, aber dennoch fing ich sogleich an, die Fragen mühsam zu beantworten.
Es gab ja auch nichts anderes zu tun, aber mehr noch als ein paar Stunden Langeweile ängstigte mich, was Anechka sich wohl für mich ausdenken würde, sollte ich ihren Anweisungen nicht Folge leisten.
Ja, es stimmt, ich fürchtete ihre Reaktion, aber das war nicht alles.
Wenn ich ehrlich war, fürchtete ich weit mehr, sie zu enttäuschen.
Es mag für sie, als Leser jener Zeilen, die ich aus der Erinnerung heraus schreibe, schwer nachzuvollziehen sein, aber es war tatsächlich so. Obwohl ich kaum mehr als sechzig Stunden in ihrem Haus verbracht hatte - von denen ich wohl weit über die Hälfte geschlafen haben mochte - hatte Anechka mich bereits verändert. Teilweise mag diese Veränderung wohl auch auf meine Nahtod-Erfahrung in jener verschneiten Nacht im Smoking zurück zu führen sein, aber rückblickend und in dem Wissen, was noch folgen sollte, scheint mir jenes Erlebnis eine zu banale Rechtfertigung zu sein.
Diese Frau nahm mich in Besitz. Sie drang in meine Seele und brachte mich dazu, dass ich ihr unbedingt gefallen wollte.
Ich wollte, dass sie mit mir zufrieden war. Ich wollte ihre Anerkennung, ihr Lob, ihr Billigung, und das immer mehr, um (fast) jeden Preis.
Es fehlen mir die rechten Worte ihnen jenes Gefühl nahe zu bringen, welches sie in mir auszulösen imstande war und noch immer ist, aber ich hoffe, am Ende meiner Geschichte werden sie in der Lage sein, uns zu verstehen.
Die ersten Fragen waren schnell beantwortet und bezogen sich direkt auf meine Person. Name, Herkunft, Alter, Nationalität, alles bis hin zu meinem beruflichen Werdegang. Auf den folgenden Seiten dann, ging es um die Nacht

in der Anechka mich gefunden hatte, und wie ich überhaupt in jene lebensbedrohliche Situation gekommen war.

Ich beantwortete alles nach bestem Wissen und Gewissen, aber mit der Zeit schmerzte meine Hand immer stärker. Meine Schrift wurde zusehends undeutlicher, ihre Fragen in gleichem Maße persönlicher.

Ich stockte, was kümmerte es diese Frau schon, welches Verhältnis ich zu meinen Eltern hatte?

Natürlich konnte sie nicht wissen, dass beide schon seit Jahren verstorben waren, aber ob ich von meiner Mutter gestillt worden war, oder wie viele Sexualpartner ich in meinem Leben bisher gehabt hatte, das ging sie doch nun wirklich nichts an, oder?

Was kümmerte es sie denn, wie oft ich normalerweise masturbierte und welcherlei Fantasien ich dabei bereits wiederholt gehabt hatte? Nein, ich war nicht bereit, mich ihr in solchem Ausmaß zu offenbaren, und so übersprang ich einige Fragen, ließ die Antworten einfach offen.

Meiner Meinung nach war es einzig und allein für mich von Bedeutung, ob ich bereits gleichgeschlechtliche sexuelle Erfahrungen gemacht, oder vielleicht heimlich davon geträumt hatte sie zu machen.

Verdammt noch mal, was sollte das Ganze überhaupt, bisher kannte ich von ihr doch noch nicht einmal den vollständigen Namen!

Ich gab mir zwar Mühe, aber trotzdem blieben wohl gut die Hälfte der für die Beantwortung der Fragen freigelassenen Zeilen zwischen ihren Worten leer, geschuldet einzig meinem Unwillen sie zu beantworten.

Kurze Zeit später, genauer gesagt, als Anechka samt einem Tablett in ihren Händen ins Zimmer trat, sollte ich feststellen, dass sie meine Meinung über den Fragebogen nicht im geringsten interessierte.

Freundlich lächelnd stellte sie das Tablett, auf welchem sich, wie mir der Geruch eindeutig verriet, eine Schüssel Kascha befand, sorgsam auf dem Nachttisch neben meinem Bett ab.

Jener Geruch, welchen ich bereits im ganzen Haus gerochen hatte, als sie den Getreidebrei Tags zuvor zubereitete hatte, füllte bald den ganzen Raum, und mein Magen zog sich beim Gedanken an warmes Essen umgehend schmerzhaft zusammen.

Ich bemerkte erst jetzt, dass ich völlig ausgehungert war, Anechka aber ergriff zuerst mit den Worten: "Na, schon fertig?" den auf der Bettdecke vor mir liegenden Block, ließ ihre Augen flüchtig über meine Antworten gleiten und das freundliche Lächeln verschwand.

Sie blickte auf, sah mich mit leicht zusammengekniffenen Augen streng an und es schien mir fast, als versuchte sie abzuschätzen, ob es einen triftigen Grund für mein teilweises Scheitern gab, oder es auf erneuten Ungehorsam meinerseits zurückzuführen war.

„Hast du einige der Worte denn nicht verstanden?" fragte sie mich listig, nachdem es ihr anscheinend nicht gelungen war, mich und meine Absicht gänzlich zu durchschauen.

Zugegeben, ich hatte bei einigen Worten zunächst überlegen müssen, denn immerhin war es Russisch, also nicht meine Muttersprache, aber letztlich hatte ich doch alle Fragen zumindest dem Sinn nach übersetzen können.

Ich hatte genau verstanden, was sie von mir wissen wollte, und so schüttelte ich, einigermaßen selbstbewusst, bald verneinend den Kopf.

Ihre Miene verfinsterte sich schlagartig. Auch der letzte Rest von Freundlichkeit verschwand, vertrieben von jener Mischung aus Kampfeslust und Unverständnis, welche ich ja bereits von ihr kannte.

„Ich dachte, wir hätten das geklärt?" richtete sie erneut das Wort an mich, wobei ihr Tonfall verriet, dass sie innerlich wahrhaft kochte.

Ich ließ wohl besser Vorsicht walten, wollte ich es diesmal nicht doch noch zu einer physischen Konfrontation zwischen uns kommen lassen, aber dann gewann mein Männerstolz doch die Oberhand.

„Oh nein, nicht noch einmal" dachte ich, mich trotzig gegen eine erneute Unterordnung stemmend, hielt meinen Kopf oben, blickte sie tapfer an, fokussierte sie genau und versuchte dann meinerseits in ihrem Blick zu lesen, wie weit sie wirklich gehen würde.

Keiner rührte sich, keiner war willens den Blick abzuwenden.

Sekunden verrannen, endlos lange Sekunden, aber dann - nach einer gefühlten Ewigkeit - zuckte Anechka plötzlich einfach mit den Schultern.

Eine simple Geste nur, schon fiel alle Anspannung von ihr ab, und sie lächelte mich mit aufgesetzter Freundlichkeit breit an.

Ein Schulterzucken? Das hatte ich nicht erwartet, ich war verblüfft.

„Gut, dann hast du auch sicher keinen Hunger, oder?" sagte sie sodann heiter, warf den Schreibblock achtlos zurück zu mir auf das Bett, trat zum Nachttisch hinüber, ergriff das Tablett mit den köstlich riechenden Speisen und ging Richtung Türe.

Ich - machte nichts, gar nichts.

Ich war viel zu überrumpelt um reagieren zu können, und auch wenn ich mich erleichtert fühlte, dass es nicht zum Kampf zwischen Anechka und mir gekommen war, so wusste ich instinktiv doch bereits, dass ich Selbigen gerade erneut verloren hatte.

Sie hatte mich geschlagen, nicht mit Hand oder Faust, sondern mit ihrem Verstand. Geschlagen, einfach nur indem sie meine Schwäche ausnutzte, meine Abhängigkeit einsetzte um mich zu dominieren.

Ich war stark geblieben, hatte sie herausgefordert, aber Anechka hatte den Spieß einfach umgedreht, so wie sie es noch oft tun würde, in der Zeit die wir hier zusammen verbrachten.

Dann, als sie bereits die Türklinke ergriffen hatte, raffte ich mich endlich auf, überwand meine Sprachlosigkeit und reagierte.

„Bitte" entfuhr es mir, und bald darauf errötete ich vor Scham.

Es war nur ein Wort, mehr gehaucht denn geflüstert, geschweige denn laut gesprochen, aber es reichte völlig.

Anechka blieb stehen, drehte ihren Kopf zu mir um und sah mich selbstgefällig von oben bis unten an. Ihre Augen funkelten vor Freude.

Für einen kurzen Moment kostete sie ihren Triumph schamlos in vollen Zügen aus, besann sich dann aber, wand sich mit den Worten: „Gerne Francis, wenn alle Fragen zu meiner Zufriedenheit beantwortet sind" erneut um, öffnete die Türe und schlüpfte kichernd hindurch.

Ich blieb zurück, hungrig, zerknirscht und besiegt.

Dennoch aber musste ich alsbald selber lachen, konnte ich doch Anechka, aufgrund der Geschehnisse offenbar in bester Laune, schon bald darauf durch die Türe hindurch ein frohes Liedchen pfeifen hören.

„The winner takes it all" dachte ich schließlich erheitert bei mir, als ich mich gerade erneut anschickte, ihre Fragen zu beantworten, und ja, so langsam fand ich gefallen daran, dieser Frau zu unterliegen.

Ich würde ihre Fragen beantworten, wie peinlich sie auch waren.

Nicht allein aus dem Grund, dass ich Nahrung zum Überleben brauchen würde und auch dafür, schnellst möglich wieder auf die Beine zu kommen, nein, das war es natürlich nicht ganz.

Ich war zwar hungrig, geradezu ausgehungert, aber neben dem Hungergefühl empfand ich auch eine starke Verpflichtung.
Sie hatte sich ihre Antworten ehrlich verdient, das musste ich ohne Einschränkungen oder Ausflüchte anerkennen.

- Noch drei Fragen mehr -

Als das fröhliche Pfeifen jenseits meiner Zimmertüre einige Zeit später plötzlich erstarb und Anechka, nur kurz darauf gefolgt, zu mir zurückkehrte, hatte ich die restlichen Fragen bereits beantwortet.
Das Tablett hatte sie selbstverständlich dabei, und auch wenn der Geruch der Kascha die ganze Zeit über im Zimmer präsent gewesen war, so verkrampfte sich mein leerer Magen doch erneut schmerzlich, als sie die dampfende Schüssel zurück auf den kleinen Nachttisch direkt neben meinem Kopfende stellte.
Ich war hungrig und von den Anstrengungen des Schreibens ermattet. Meine Hand schmerzte zudem fürchterlich, aber all dies war bald vergessen, nämlich in der Sekunde, als Anechka mir überraschend einen flüchtigen Kuss auf die Stirn drückte.
Sie küsste mich, nachdem sie den Block ergriffen, ihn durchgeblättert und festgestellt hatte, dass alles zu ihrer Zufriedenheit erledigt war.
Dann flüsterte sie mir leise: „Na, geht doch" ins Ohr, und ich genoss Berührung und Lob, wie ein Junkie den lang erwarteten Schuss.
Gott - roch diese Frau gut!
Ich hüstelte verlegen, errötete leicht und versuchte, mit einem Lächeln, und einer abwinkenden Geste zu verbergen, wie verlegen mich ihre Zuneigung in Wirklichkeit machte.
Was war nur mit mir los?
Ich war, was körperlichen Kontakt mit Frauen anging, wirklich alles andere als jungfräulich, aber mit ihr war es seltsamerweise anders.
Ein einzelner Kuss. Selbst dieser „nur" auf die Stirn, und plötzlich war ich wieder der pubertäre Schuljunge, der beim leisesten Anzeichen weiblicher Zuneigung errötet und schüchtern kichert.
Es war schon seltsam, was mit mir geschah, aber auch in Anechkas Gesicht glaubte ich Schüchternheit zu erkennen, als sie mich nach dem Kuss anblickte, wohl um zu sehen, ob sie zu weit gegangen war.
Ich versuchte, wie gesagt, die Situation zu überspielen, aber sie ließ es nicht zu. Sie blickte mir tief in die Augen, als wollte sie in ihnen lesen, als stünde dort geschrieben, ob man mir vertrauen konnte.
Ich fühlte mich ihr nah, aber da war noch etwas, ein anderes Gefühl.
„Ich lüge nicht, du kannst mir vertrauen", dachte ich damals, in jenem Moment, als wir uns das erste Mal näher kamen. Heute aber weiß ich, dass es mehr war. Ich wollte nicht nur ihre Zweifel mir gegenüber beseitigen, nein, es ging weiter als das, ich wollte, dass sie mich durchschaute, dass sie in mir lesen konnte, wie in einem Buch.
Es sollte keine Geheimnisse zwischen uns geben, keine Zweifel und Ängste, ich wollte ihr nah sein und eins mit ihr werden.
Ich war ihr bereits verfallen, wusste ich es auch noch nicht.
Rückblickend glaube ich sogar, dass Anechka es gespürt hat.

Die Zuneigung, die Sehnsucht nach Hingabe, das Verlangen von ihr in Besitz genommen zu werden, müssen einfach überdeutlich in meinem Gesicht gestanden haben. In großen, fetten Lettern, aber damals verstand ich noch nicht, wieso sie plötzlich vor mir zurückschreckte.

Ihr Lächeln und das Funkeln in ihren Augen verschwand. Sie trat einen Schritt zurück, als hätte sie einen Geist gesehen, und ihre Miene versteinerte.

Es war fast, als würde sie eine Rüstung anlegen. Ich runzelte verwundert die Stirn, mir völlig im Unklaren darüber, was ich falsch gemacht haben konnte.

„Wurde aber auch Zeit, das nächste Mal gehorchst du gleich", sagte sie sodann mit scharfer Stimme und einem etwas zu dominant wirkenden Blick. Anscheinend hatte sie ihre Selbstsicherheit bereits wiedererlangt, und auch mich riss sie so aus meinen Gedanken.

Ich nickte, war ehrlich gesagt froh darüber, dass sich die Situation wieder normalisiert zu haben schien, und blickte sie erwartungsvoll an.

„Ach ja, das Essen", sagte sie, „hast bestimmt schon Hunger, was?"

Anechka grinste, wohl in Erinnerung daran, wie sie mich vorher mit dem Essen ausgetrickst hatte, trat zum Nachttisch, griff die - in der immer noch dampfende Suppenschüssel liegende - Kelle, und füllte eine bereitgestellte töpferne Essschale bis zum Rand.

Anschließend fügte sie noch einen Esslöffel hinzu, ergriff die Schale mit beiden Händen und machte Anstalten, sie mir ins Bett zu reichen.

Meine verletzte Hand zitterte bedenklich, als ich sie ausstreckte, um die Schale in Empfang zu nehmen.

Auch Anechka hatte dies offenbar bemerkt, denn sie besann sich plötzlich eines Besseren und stellte die Kascha zurück.

„Deine Hand muss vom Schreiben schmerzen, ich werde dich besser füttern" sagte sie, fügte noch lächelnd: „Das macht auch mehr Spaß" hinzu, nahm die Suppenschüssel vom Tablett, setzte sich auf den Stuhl neben mich, beugte sich zu mir herunter und begann, mir löffelweise Kascha zu kredenzen.

Sie war wirklich köstlich.

Anechka hatte die Speise noch mit Honig verfeinert, und bald wurde mir auch klar, was sie unter Spaß verstand. Von Zeit zu Zeit, wohl jedes dritte oder vierte Mal nämlich, zog sie mir neckisch den vollen Löffel weg, sobald ich versuchte ihn in den Mund zu nehmen.

Offenbar wurde sie dieses Spiels nicht so schnell überdrüssig. Sie mochte es bestimmt ein Dutzend Male mit mir getrieben haben, stets von einem zufriedenen Kichern ihrerseits begleitet, wenn mein Mund wieder einmal ins Leere schnappte.

Es war demütigend, aber ich genoss es auch. Genoss ihre Fröhlichkeit, ihr Lachen, und wenn ich ehrlich bin, genoss ich es auch, ihrer Willkür ausgeliefert zu sein, wenn auch in bescheidenem Maße.

„Das Schlucken geht ja schon ganz gut. Bald kannst du wieder sprechen", sagte Anechka mit ehrlicher Freude in der Stimme, nachdem ich die ganze Schale leer gegessen hatte.

Sie erhob sich, stellte alles zurück auf das Tablett und trug Selbiges schnellen Schrittes aus dem Zimmer.

Ich lag im Bett und grinste zufrieden.

Die Kascha wärmte meine Eingeweide, auch meinem Kopf ging es deutlich besser. Bald schon würde ich wohl in der Lage sein aufzustehen und zu gehen, wohin ich wollte.

„Wohin ich wollte", der Gedanke erschreckte mich fast, denn wollte ich überhaupt hier weg?

Würde sie mich fortschicken, sobald ich in der Lage wäre zu gehen?

„Mich fortschicken?", was zur Hölle dachte ich da überhaupt?

Die Frage war doch wohl eher, ob man mich gehen lassen würde. Jedenfalls, wenn ich an das belauschte Gespräch zwischen Aneschka und jenem Mann dachte, welchen ich bisher nicht zu Gesicht bekommen hatte.

Ja, gut, ich fühlte mich zu dieser Frau hingezogen. Sie berührte mich auf eine Weise, wie ich es noch nicht erlebt hatte, aber ich musste jetzt klaren Kopf bewahren. Vielleicht schwebte ich, auch wenn ich führsorglich aufgenommen worden war, hier dennoch in Gefahr.

„Die nehme ich wohl besser mit", hörte ich plötzlich Anechkas Stimme, und stellte zu meiner Überraschung fest, dass sie bereits wieder neben mir stand.

Ich hatte ihre Rückkehr gar nicht bemerkt, aber als sie die Verwunderung darüber in meinem Blick sah, und mich erneut zärtlich anlächelte, vertrieb dieses Lächeln augenblicklich all die düsteren Gedanken, denen ich mich gerade hingegeben hatte.

Es war, wie immer es auch sein mochte, aber vor allem war es sinnlos, sich über ungelegte Eier den Kopf zu zerbrechen.

Zuerst einmal musste ich wieder gesund werden, dann konnte ich mir immer noch Gedanken machen, was mit mir geschehen würde.

Für den Moment, war ich sicher. Auch wenn es mir letztlich gelungen war, ein vernehmbares Wort über meine Lippen zu bringen, sprechen konnte ich bei bestem Willen noch nicht.

Noch immer war ich hilflos, ich musste Geduld haben.

Anechka spürte meine Zweifel. Schenkte mir weiterhin ihr bezauberndes Lächeln, nahm sodann den Block zur Hand, blätterte ihn auf und riss mit einer einzigen, schnellen Handbewegung die Blätter heraus, auf die ich meine Antworten gekritzelt hatte.

Sie faltet Selbige sorgfältig in der Mitte, steckte sie in die Seitentasche des langen Faltenrocks - welcher ihr ausgesprochen gut stand - und legte den Rest anschließend mit den Worten: „Hier, den wirst du noch brauchen", wieder zurück auf mein Bett.

Ich war verwirrt. Hatte ich ihr denn nicht bereits genug Fragen beantwortet? Was sollte das jetzt wieder bedeuten?

Ich hatte keine Lust, erneut Rede und Antwort zu stehen.

Es war ermüdend, liegenderweise zu schreiben. Zudem schmerzte meine Hand, aber noch, bevor ich mich aufregen konnte, erklärte Anechka mir auch schon, was es mit ihrer Bemerkung auf sich hatte:

„Da du mir alle Fragen beantwortet hast, wenn auch, wie ich leider sagen muss, nicht ganz ohne Druck, habe ich mich entschlossen, dir drei Fragen an mich zu erlauben. Sieh es als eine Art Belohnung an, obwohl du eine solche eigentlich nicht verdienst. Ich werde dir die Fragen genau so ehrlich beantworten, wie ich es auch verlangt habe, darauf kannst du dich verlassen."

Ich war baff, das hatte ich nun wirklich nicht erwartet.

„Ich gehe jetzt und lese deine Antworten in Ruhe durch. Morgen früh komme ich wieder, du hast also genügend Zeit, über deine Fragen an mich gründlich nachzudenken."

Mit diesen Worten drehte sie sich auf den Fersen um, ging zur Türe und trat, nicht ohne mir noch ein letztes Lächeln und ein: „Schlaf gut, Francis" zuzuwerfen, zügig hinaus.

Die Türe schloss sich und ich war allein, allein mit meinen Gedanken.

Was sollte ich fragen? Vielleicht, wo genau ich mich hier befand?

Guter Ansatz, aber was würde es mir schon nützen, den Namen irgendeiner Stadt oder eines Dorfes zu erfahren, welche ich wohl eh nicht kannte? Und, selbst wenn ich wüsste, wo ich mich befand, was änderte das schon an meiner eventuell gar gefährlichen Situation?

Wohl Stunde um Stunde lag ich da, grübelnd, immer wieder neue Fragen stellend, nur um sie anschließend wieder zu verwerfen.

Ich wurde immer erschöpfter, brauchte dringend Schlaf, aber auf der anderen Seite wollte ich es nicht riskieren einzuschlafen, ohne die Fragen vorher notiert zu haben.

Sicherlich, morgen war auch noch ein Tag. Aber wer garantierte mir schon, dass Aneschka mir das Recht zu fragen nicht entziehen würde, sollte sie in den frühen Morgenstunden einen leeren Block vorfinden?

Nein, das wollte ich auf keinen Fall riskieren.

Mir fielen die Augen fast zu vor Müdigkeit, als ich endlich den Stift ergriff und meine Fragen, so leserlich wie noch möglich, sorgfältig und in Schönschrift niederschrieb.

1.   Warum hast du mich gerettet?

2.   Warum bringt es Gefahr, dass ich hier bin?

3.   Was hast du, oder was habt ihr, in Zukunft mit mir vor?

Einigermaßen zufrieden mit mir klappte ich den Schreibblock zu. Ich schob den Federhalter seitlich hinein, legte beides an das Fußende meines Bettes und schlief, noch bevor mein Kopf das Kissen berührte, endlich erschöpft ein.

- Ein paar Antworten -

Wie befürchtet stand Anechka bereits im Raum, als ich erwachte.

Dass sie meine Fragen wohl bereits gelesen haben musste, verriet mir nicht nur die Tatsache, dass sie den Block in Händen hielt, sondern zudem auch ihr besorgter, fast ängstlich zu nennender Gesichtsausdruck. Ich kannte diesen Blick noch vom Tage unseres ersten Gesprächs her, und beruhigend wirkte er wahrlich nicht.

Offenkundig war sie besorgt ob der Dinge, die ich von ihr wissen wollte, und ich muss gestehen, dass es mich nun - da ich in ihr Gesicht sah - fast ebenso ängstigte, was sie mir mitzuteilen hatte.

Gesundheitlich fühlte ich mich deutlich besser, wenn auch immer noch schwach. Die Kopfschmerzen waren fort. Mein Hals schmerzte zwar noch, aber Fieber, war nicht mehr wahrzunehmen.

Ich blickte sorgenvoll hinunter auf meine verletzte Hand, aber zu meiner Erleichterung war der Verband weiß. Keine Spur von Blut, die Wunde schien sich also über Nacht gänzlich geschlossen zu haben.

Alles in allem, war ich dem Tod wohl noch einmal von der Schippe gesprungen. Ja, außer einer aufgeschnittenen Hand und einer Platzwunde war mir anscheinend nicht viel passiert.

„Einer aufgeschnittenen Hand und der Tatsache, dass du nicht sprechen kannst", viel mir plötzlich wieder ein. Prompt wanderte mein Blick zurück zum

Schreibblock und zu Anechka, die Selbigen immer noch schweigend in Händen hielt.

Als sie bemerkte, dass ich aufgewacht war und sie ansah, versuchte sie sogleich, ihre Gefühle vor mir zu verbergen.

Tapfer probierte sie ihre Mundwinkel zu einem Lächeln nach oben zu ziehen, aber obwohl ich sie ja erst ein paar Tage kannte, wirkte es doch deutlich aufgesetzt. Mehr griente sie mich an, als dass es wirklich nach Freude aussah.

Es tat mir weh, Anechka so zu sehen, wo sie doch gestern noch so fröhlich gewesen war, und unwillkürlich fühlte ich mich schuldig daran.

Dieser Raum hier war in den letzten Tagen alles gewesen, was zwischen uns gezählt hatte. Er war unser Bunker, eine Art Faradayscher Käfig, an dem, zumindest für einen kurzen Zeitraum, die Sorgen der Außenwelt abgeprallt waren. Durch meine Fragen hatte ich sozusagen die Türe geöffnet und die Blitze herein gelassen.

Etwas zerknirscht ließ ich den Kopf hängen, aber sofort war Anechka da und fing mich mit ihren Worten auf:

„Guten Morgen", sagte sie, mit einer Zärtlichkeit in der Stimme, die absolut nicht gespielt klang, trat neben mich und drückte mir erneut einen schüchternen Kuss auf die Stirn.

„Ich habe deine Antworten gelesen, sehr informativ. Das hast du gut gemacht, ich bin sehr zufrieden", lobte sie, immer noch leicht über mich gebeugt, und ein weiteres Mal gelang es mir nicht, bei ihrem Lob nicht zu erröten.

„Ich mag das", flüsterte sie, wobei sich flugs ein echtes Lächeln auf ihrem Gesicht breit machte. Sie sah mich lange an und natürlich errötete ich, zu ihrer Begeisterung, daraufhin nur noch stärker.

Anechka kicherte, richtete sich auf, sagte: „Mal sehen, ob du schon alleine aufstehen kannst" und riss mir mit derselben schnellen Bewegung die Bettdecke vom Körper, mit der sie es tags zuvor auch bereits getan hatte.

Im Gegensatz zu gestern hatte ich aber, zu meiner Erleichterung, keine Erektion, was sie allerdings nicht daran hinderte, mich mit dem Satz: „Ooohhhh... und ich hatte mich schon so auf den Kleinen gefreut", gezielt noch weiter in Verlegenheit zu bringen.

Grinsend stellte sie sich darauf eine gute Armlänge entfernt neben das Bett, und während ich mich vorsichtig auf die Bettkante schwang, stand sie auffangbereit da, wie ein Sportlehrer, der einem besonders unsportlichen Kind Hilfestellung geben muss.

Tatsächlich, es gelang. Ich saß, aber beim Aufstehen zitterten mir dann doch dermaßen die Knie, dass Anechka hastig ihren Arm um meine Hüfte legte, um mich auf dem Weg ins Bad zu stützen.

Nun wirkte sie eher wie eine Krankenschwester, welche einen zerbrechlichen alten Mann führt, allerdings muss ich sagen, dass sie dabei nicht immer so zärtlich mit mir umsprang, wie man es normalerweise von einer solchen Pflegerin erwarten würde.

In der Tat riss sie ganz schön an mir herum, hatte es wohl eilig, mich wieder ins in der Zwischenzeit frisch gemachte Bett zu bekommen.

Irgendwie wirkte Anechka abwesend. Sie war nicht bei der Sache und kaum lag ich wieder, verfinsterte sich ihre Miene erneut.

„So, nun zu deinen Fragen", sagte sie mechanisch, holte tief Luft und schlug sich sodann, völlig unerwartet mit der Handfläche an die Stirn. Wortlos drehte sie sich um, verließ das Zimmer und ließ mich zurück.

„Was ist denn jetzt?", fragte ich mich, seufzte enttäuscht, aber nur einen Augenblick später kehrte sie bereits zurück, eine weitere Schale dampfende Kascha in den Händen.

„Frühstück, kannst du jetzt selber, oder?", fragte sie mich, als sie das Gefäß vorsichtig zu mir hinunterreichte. Ich ergriff es prompt, wenn auch etwas enttäuscht darüber, dass sie mich nicht füttern würde.

Sie reichte mir noch einen groben, hölzernen Löffel, den ich ohne Probleme halten konnte, und ich begann gierig, den Brei in mich hinein zu schaufeln,

„Gut. Du isst, ich rede, verstanden?", erkundigte sie sich und ich nickte, zufrieden kauend.

„Zu deiner ersten Frage", fuhr sie fort, wobei sie sich nicht hinsetzte, sondern nervös vor dem Fußende des Bettes auf und ab schritt.

„Ich habe dich gerettet, weil du meine Hilfe gebraucht hast, so einfach. Du lagst, wie ich dir ja bereits gesagt habe, halb erfroren im Fluss. Deinen Antworten entnehme ich, dass du von einer Brücke gestürzt sein willst. Da ich diese nicht kenne, und glaube mir, ich kenne mich in der Umgebung aus, ist anzunehmen, dass du eine gute Weile im Wasser getrieben bist. Normalerweise halten wir uns von der Außenwelt fern, aber wie gesagt, du brauchtest meine Hilfe, ich bin kein Unmensch."

Sie machte eine Pause, sah mich an, und ich nickte als Zeichen dafür, dass ich alles verstanden hatte und mir ihre Antwort genügte.

Das war natürlich Blödsinn, aber es war eh die einzige Antwort, die sie mir geben würde. Take it, or leave it - was sollte ich schon machen?

„Brücke, die ich nicht kenne?" Ihre Worte hallten in meinen Gedanken nach. Ich musste hier also ein gutes Stück von der Eisenbahnstrecke entfernt sein, denn ich zweifelte nicht an ihren Worten, dass sie jene verfallene Brücke nicht kannte, von welcher ich, in jener Nacht vor einer gefühlten Ewigkeit, ohnmächtig gestürzt war.

„Wir halten uns von der Außenwelt fern", dachte ich weiter, und diese Aussage beunruhigte mich nun wirklich.

Wenn es eine Außenwelt gab, dann musste es auch eine Innere geben, und wenn sich diese beiden nicht überschnitten, so musste die Leute im Inneren irgendetwas Gravierendes von denen der Außenwelt unterscheiden.

„Nur religiöse Fanatiker, Sonderlinge und Verbrecher leben im Verborgenen", dachte ich besorgt, aber aber war es, das Anechka vor der Welt, wie ich sie kannte, zu verbergen hatte?

„Du hast meinen Bruder also gehört?"

Ihre Worte rissen mich aus meinen Gedanken. Es dauerte einen Augenblick, bis ich verstand, wovon sie redete, dann aber begriff ich. Es war also ihr Bruder gewesen, jene männliche Stimme, mit der sie sich über meine Anwesenheit gestritten hatte. Ich nickte bestätigend.

„Gut, das ist nicht die feine Art, Gespräche zu belauschen, aber er hat ja auch laut genug geschrien", sagte sie sogleich, verharrte abrupt, nachdem sie die ganze Zeit nervös auf und ab gelaufen war, vor dem Kleiderschrank stehend und sah mich prüfend an.

Anfangs dachte ich, sie wolle irgendetwas in meinem Blick lesen, aber je mehr Zeit verstrich, je mehr wurde mir klar, dass ihr Blick nicht mir galt. Sie blickte durch mich hindurch. Offenbar ganz in Gedanken, ganz weit weg. Mir blieb nichts übrig, als nur da zu sitzen und mich zu fragen, woran sie wohl dachte.

„Warum bringt es Gefahr, dass ich hier bin?", war die zweite Frage, welche ich gestern im Schreibblock niedergeschrieben hatte, und so langsam verfestigte sich bei mir der Anschein, dass Anechka die Antwort auf diese Frage vielleicht noch mehr fürchtete, als ich es tat.

Sie wand sich.

Es schien geradezu, als wolle sie davor fliehen, antworten zu müssen. Entkommen, einfach dadurch, dass sie nur dastand und ins Leere blickte. Schweigen - Sekunden wurden zur Ewigkeit.

Es viel mir immer schwerer, ruhig zu bleiben und sie nicht in ihrem Gedankengang zu unterbrechen, aber ich hielt es aus..

Die Stille wurde unerträglich. Was hatte sie nur zu verbergen?

Dann, ganz unvermittelt, zuckte sie plötzlich mit den Schultern, als müsse sie sich eine Bestätigung dafür geben, dass es wohl keinen anderen Weg gab, sah mir direkt in die Augen und fing an zu erzählen:

„Wie du willst. Ich hatte zwar gehofft, dir einige Dinge zu einem späteren Zeitpunkt erklären zu können, wenn du dafür vielleicht eher bereit gewesen wärst, aber ich habe dir versprochen, deine Fragen ehrlich zu beantworten. Wie gesagt, ich halte meine Versprechen.

Du befindest dich nicht in Gefahr, oder jedenfalls nicht augenblicklich.

Es ist viel mehr so, dass du uns, und damit meine ich alle, die in dieser Gemeinde leben, dadurch in Gefahr bringst, dass du hier bist.“

Für einen Augenblick verstummte sie. Sie sah mich an, um sich zu vergewissern, dass ich ihren Worten folgen konnte, und so nickte ich erneut zustimmend, während ich mir einen weiteren Löffel Kascha in den, noch kauenden, Mund schob.

„Die Situation in Russland, speziell fern der großen Städte, ist eine andere, als du sie vielleicht aus den Metropolen Westeuropas kennst. Dort scheinen die Leute, so weit ich es deinen Antworten auf meine Fragen entnehmen konnte, sehr tolerant und frei mit Sexualität jeglicher Art umzugehen. Dies ist hier nicht der Fall, schon gar nicht unter der ländlichen Bevölkerung. Jede Abweichung von der klassischen Rollenverteilung in Partnerschaft und Familie wird hier als fremd empfunden. Leider tendiert der Mensch dazu, dass, was er nicht versteht, stets zu fürchten. Sie lehnen es ab, wie wir leben. Darum bringt uns jeder, der von der Existenz dieses Dorfes Kenntnis hat und seine Lage kennt, alleine dadurch in Gefahr, dass er existiert.“

Mit diesen Worten verstummte Anechka erneut und sah mich an.

Diesmal aber, nickte ich nicht, denn ehrlich gesagt hatte ich keine Ahnung, wovon sie sprach.

„Jede Abweichung von der klassischen Rollenverteilung“, überlegte ich, was hatte sie damit nur gemeint?

Sicherlich, es gab Hinterzimmer in den einschlägigen Etablissements der großen Städte, in denen Dinge vor sich gingen, von denen nicht nur die Ländliche, sondern wohl auch der Großteil der Gesamtbevölkerung nichts wusste. Aber hatte sie das gemeint? Ein ganzes Dorf der sexuellen Ausschweifungen?

Ich blickte sie fragend an, worauf Anechka langsam zu mir herüber ans Bett trat, wohl in der Hoffnung, durch eine Verkürzung der räumlichen Distanz zwischen uns, zugleich die Diskrepanz zwischen dem, was sie sagte, und dem, wie ich es verstand, zu verringern.

Sie beugte sich zu mir herab und nahm mir die, inzwischen leere, Schüssel aus der Hand. Diese stellte sie sorgsam auf den Nachttisch, zog den Stuhl so nah wie möglich ans Kopfende des Bettes heran, nahm Platz und blickte mich Hilfe suchend, fast ängstlich an.

Dies war nicht die toughe Anechka der letzten Tage, ganz und gar nicht. Diese Frau hatte ganz offensichtlich Angst. Es schien mir so, als fürchtete sie nicht nur, dass ich nicht verstehen würde, was sie mir zu sagen hatte. Nein, es wirkte fast, als hätte sie gerade davor Angst, dass ich es verstehen würde. Wir haben im Nachhinein niemals miteinander über diesen Augenblick gesprochen, womit jegliche Interpretation meinerseits reine Spekulation bleibt. Dennoch glaube ich, dass sie in dem Moment Angst hatte, mich zu verlieren. Zugegeben, wir kannten uns gerade vier Tage, aber auf eine seltsame Weise waren wir uns nahe. So nahe, wie ich es vorher keiner Frau gewesen war. Ich hatte mich ihr, auch durch die Beantwortung ihrer teilweise sehr persönlichen Fragen, offenbart. In diesem Moment war es nun an ihr, sich mir zu öffnen und sich somit auch ein Stück weit verletzbar zu machen.

Langsam, wie in Zeitlupe streckte ich meine Hand aus, um sie zu berühren. Etwas in mir fühlte, dass sie mich jetzt brauchte. Ich wollte ihr nah sein. Einfach für sie da sein und ihr das Gefühl geben, dass ich verstehen würde, was auch immer sie mir zu sagen fürchtete.

Ich wagte es, und diesmal ließ Anechka meine Berührung zu.

Sie zuckte nicht zurück, sondern schloss gar für eine Sekunde ihre Augen, als ich meine Handfläche auf ihre rechte Wange legte. Dann lächelte sie erleichtert und bedankte sich anschließend mit einem Blick bei mir, der jedes weitere Wort überflüssig machte.

Sie ließ mich für sie da sein und, auch wenn es nur eine gängige Geste der Verbundenheit meinerseits gewesen war, so erglühte ich doch vor Glück, Stolz und tief empfundener Zuneigung.

„Gut, also die ganze Wahrheit", sagte sie sanft, immer noch mit einem Lächeln auf den Lippen, räusperte sich, nahm ihren ganzen Mut zusammen und begann ein weiteres Mal, zu erzählen:

„Die Art, wie wir hier leben, ist für viele fremd, aber wir tun nichts Schlechtes. Gut, nach den gängigen Gesetzen dieses und auch einiger anderer Länder, mag manches verboten sein, was sich hier ereignet, aber wir empfinden es nicht so. Was ist schlecht daran, wenn man sich liebt, und sich diese Liebe und Hingabe auf eine Weise zeigt, die alle Betroffenen verstehen? Was ist moralisch verwerflicher, der Soldat, der auf Befehl hin legal tötet, oder ein homosexuelles Paar, welches allein dadurch in der Illegalität leben muss, dass es sich liebt?"

Sie stoppte, sah mich an und lachte schallend los.

„Homosexuelles Paar", hatte ich mich gerade gefragt, und es muss mir wohl im Gesicht gestanden haben, dass ich in diesem Moment begann, an der sexuellen Ausrichtung meiner Retterin zu zweifeln.

„Nein, ich fühle mich nicht zu Frauen hingezogen" brachte sie, immer noch lachend, hervor und fügte dann scherzhaft ein neckisches: „Sonst hätte ich dich doch nicht gerettet, oder?" hinzu.

Wir lachten nun beide. Auch wenn es nur einen kurzen Moment dauerte, tat es doch gut, für eben diese Zeitspanne zusammen der Beklemmung dieses Gesprächs zu entfliehen.

„Ich habe nur versucht, dir ein Beispiel zu geben" fuhr Anechka, nachdem wir uns wieder beruhigt hatten, immer noch glucksend fort.

„Es gibt viele da draußen, die sich aufgrund von gesellschaftlichen Zwängen, familiärem Druck oder auch einfach aus Furcht vor Ausgrenzung heraus nicht trauen, ihr Leben so zu leben, wie sie es eigentlich möchten. Mein Bruder und ich haben uns selber einige Zeit im Untergrund von Moskau ausgetobt, bevor wir von diesem Ort hier erfuhren und uns entschlossen, unseren Traum ganz offen zu leben. Wie du, so haben auch wir früh unsere Eltern verloren, wobei es damals allerdings leider keinen Onkel gab, der uns bei sich aufnehmen konnte. Mein Bruder hat sich um mich gekümmert, mir Vater und Mutter ersetzen müssen, und bis zum heutigen Tage ist er sehr um mich besorgt."

„Schön und gut", dachte ich ungeduldig, aber was ist es denn nun, was hier frei ausgelebt wird? Mit Homosexuellen hatte ich noch nie Probleme. Auch wenn ich kein sexuelles Verlangen nach einem Mann hatte, so konnte man mit ihnen doch sehr entspannt feiern.

So manche Nacht hatte ich mich, zugegeben völlig betrunken, gar im Scherz von ihnen zum Tanz auffordern lassen.

Meiner Meinung nach sollte jeder lieben, wen er wollte, aber natürlich wusste ich, dass es gerade in Russland nicht ratsam war, dies auch in der Öffentlichkeit zu vertreten.

„Langweile ich dich?"

Ihre Frage ließ mich aufschrecken. Ich hatte mich anscheinend von meinen Gedanken davontragen lassen, war unaufmerksam geworden und sie hatte mich erwischt.

"Nein, Entschuldigung", kam es mir über die Lippen, wir sahen uns verblüfft an. Ich konnte sprechen, einfach so!

Zugegeben, meine Stimme klang noch grauenhaft dünn, aber ich war zu verstehen, endlich nicht mehr zum Schweigen verdammt.

„Das ist gut", erwiderte Anechka offensichtlich erfreut, aber auch genau so offensichtlich genervt, weil ich sie unterbrochen hatte.

„Entschuldigung akzeptiert, aber jetzt sei bitte wieder still und bei der Sache, damit ich fortfahren kann", ermahnte sie mich und ich nickte aus Reflex artig, anstatt zu sprechen.

„Wo war ich? Ach ja. Mein Bruder und ich haben uns in dieses Dorf hier aufgemacht, um in aller Öffentlichkeit so leben zu können, wie wir es als richtig für uns erachten. Einige haben mittlerweile ihren Weg hierher gefunden, teilweise erst nach Jahren der Selbstzweifel, und deshalb hüten wir diesen Ort wie unseren Augapfel. Jeder ist hier frei! Natürlich gelten größtenteils die Gesetze der Außenwelt, aber im Grunde kann sich jeder so ausleben, wie er es mit sich und seinen etwaigen Partnern ausmachen kann. Ich lebe allein, aber es gibt Paare und Beziehungen gleich mehrerer Bewohner, welche miteinander in einer Art Kommune leben. Ich war nie die klassische Frau, welche am Herd steht, ihrem Mann gehorcht und ihm seine Nachkommen gebärt. Hier sind alle gleichberechtigt. Ich zähle so viel, wie jeder freie Mann im Dorf, und das ist, was ich als richtig empfinde."

Anechka hatte sich in einen wahren Redefluss gebracht, bemerkte kaum, dass ich sie die ganze Zeit ansah und dann und wann zustimmend nickte. Jetzt aber schwieg sie wieder, blickte mich prüfend an, und plötzlich schlichen Unsicherheit und Zweifel zurück in ihren Blick.

Ich aber schwieg, sagte kein Wort, ganz so, wie sie es von mir verlangt hatte. Nach einem kurzen Moment der Stille fügte Anechka hinzu: „Ich bin eine Sadomasochistin. Ich weiß nicht, inwieweit dir das ein Begriff ist, aber im Grunde liebe ich das Gefühl der Macht. Ich schäme mich nicht dafür, und ja, dazu gehört für mich auch die Macht, meinem Gegenüber Schmerz und Erniedrigung zufügen zu können, sollte ich es denn wollen."

Der saß - ich war baff!

Ich würde gerne schreiben, dass ich zunächst etwas erstaunt, dann aber neugierig erregt war, als sie mir ihr Geständnis machte, aber so war es nicht. Genau genommen fühlte ich nichts, war nur völlig überfordert.

Blitzartig hatte ich meinen Traum vor Augen. Das Bild, wie sie mit dem Schürhaken in der Hand über mir gestanden hatte. Meine Kinnlade fiel bei diesem Gedanken vor Erstaunen langsam nach unten, aber ich erwiderte nichts, saß einfach da und starrte sie ungläubig an.

„Du brauchst keine Angst zu haben, Francis", versuchte Anechka mich zu beruhigen, obgleich mein verdatterter Gesichtsausdruck sie dieses Mal offensichtlich nicht zum Lachen brachte. Die Sache war ernst.

„Ich tue nichts, was mein Gegenüber nicht ausdrücklich erlaubt oder mir freigestellt hat, es mit ihm zu tun. In unserer Gemeinschaft geht es nicht um Gewalt, Missbrauch oder Ähnliches, niemand wird zu etwas gezwungen, zu dem er sich nicht freiwillig bereit erklärt hat."

Sie gab mir einige Sekunden, das Gehörte zu verarbeiten, und ja, es beruhigte mich tatsächlich etwas.

Es gelang mir zwar nicht, irgendwie zu antworten, aber wenigstens war ich bald in der Lage meinen Mund wieder zu schließen und sie, mit einer Mischung aus Lächeln und Grimasse, tapfer anzusehen.

Ich wusste, dass es Leute gab die Gefallen daran fanden, sich schlagen zu lassen. Natürlich war mir auch klar, dass es dazu jemanden brauchte, der gerne schlägt, aber Anechka?

Sie hatte am Tag unseres ersten Gespräches auf Ungehorsam meinerseits aggressiv reagiert, gar die Hände zornig zu Fäusten geballt, aber wie eine Sadistin hatte sie in der Zwischenzeit nun wirklich nicht gewirkt, oder doch?

„Wie gesagt, es geht nicht um Gewalt, sondern darum, die Zuneigung zwischen Menschen so auszuleben, wie es allen Beteiligten gefällt und Befriedigung verschafft", ließ sie mich alsbald wissen.

„Ich denke, du hast in den Tagen die du in meinem Haus verbracht hast bereits gemerkt, dass ich eher dominant im Auftreten Anderen gegenüber bin. Ich mag es, wenn nach meiner Pfeife getanzt wird, und ich empfinde Gehorsam ebenso als Beweis der Zuneigung, wie etwa das Schenken von Blumen. In unserem Dorf sind, wie gesagt, alle gleichberechtigt. Alle leben in Toleranz miteinander, achten ihren Nächsten und zwar gleich, welche Veranlagung er haben mag. Ich weiß nicht, wie ich dir mit Worten klar machen soll, wie wir hier leben, aber ich habe meinen Bruder und seine Sklavin für morgen zum Abendessen eingeladen. Ich hoffe, unser Beisammensein wird einige deiner Fragen von Selbst beantworten."

Sprachs, saß einfach da, blickte mich an und lächelte.

Ich konnte es nicht fassen.

Diese Frau saß wirklich da und erzählte mir, wie sie es genoss, anderen Schmerzen zuzufügen. Erzählte, dass ihr Bruder - selbstverständlich samt eigener Sklavin - zum Abendessen erscheinen würde, und all dies mit einem so freundlichen und unschuldig wirkenden Lächeln auf den Lippen, dass es jedes Menschenherz erweichen musste.

Davon abgesehen, dass diese Tatsache allein schon absurd genug gewesen wäre, befand ich mich laut ihrer Aussage auch noch in einem Dorf voll Menschen, die das im Grunde genau so sahen.

Es war wirklich unglaublich. Ich war völlig verwirrt, blickte sie ungläubig an und tat aus meiner Verwirrung heraus das, was verwirrte Menschen oft tun, ich brach in schallendes Gelächter aus.

Tränen liefen mir bald über das Gesicht, so sehr lachte ich, wobei ich zudem immer wieder ungläubig den Kopf schüttelte und für mich unlogische Wortkombinationen wie "Sadomasochistin, ist klar" und „seine Sklavin bringt er natürlich mit" vor mich hin stammelte.

Hatte ich bisher geglaubt, der Sturz aus der Transsibirischen Eisenbahn in die dunkle Nacht hinaus wäre an Überraschung nicht zu übertreffen gewesen, so hatte mich das Leben gerade erneut eines Besseren belehrt.

Anechka hatte absolut recht. In den letzten Tagen hatte ich tatsächlich erlebt, dass sie ein dominantes Auftreten mir gegenüber zeigte. Weiter noch, ich hatte es gar genossen, aber sich unterwerfen, als Sklave leben und einer anderen Person das Recht zuzugestehen, über mich zu bestimmen? Nein, so etwas erschien mir doch nicht real zu sein, schon gar nicht ein ganzes Dorf, welches so zusammenlebte. Wer wollte schon so leben wollen und warum?

Ich lachte immer noch, während ich darüber nachdachte, aber das änderte sich bald, denn Anechka holte aus und schlug mir mit der Hand ins Gesicht.

Die Ohrfeige war schallend.

Mein Kopf wurde förmlich zur Seite gerissen. Ich kniff aus Reflex kurz die Augen zusammen, allerdings nur, um sie anschließend sofort wieder vor Bestürzung weit aufzureißen.

Ich blickte meine Peinigerin an, erwartete Reue oder Scham in ihrem Gesicht zu erblicken, aber das genaue Gegenteil war der Fall.

Anechka schien in keiner Weise erschrocken oder reumütig darüber, dass sie mich geschlagen hatte, sie stand dazu. Ihre Augen funkelten bedrohlich, sie war stinksauer.

„Du findest es also lächerlich, wie ich bin und lebe?" brüllte sie mich an, und plötzlich war ich derjenige, der beschämt dreinblickte.

„Ich wollte nicht.. ich war doch nur.." stotterte ich, erschrocken ob ihre Reaktion, Anechka aber lehnte sich, von meinen Worten unbeeindruckt, auf ihrem Stuhl zurück und sah mich schweigend an.

„Was hast du dir bloß dabei gedacht", machte ich mir selber Vorwürfe, hatte ich doch gewusst, wie schwer es ihr gefallen war, sich mir zu öffnen.

Sie hatte mir vertraut und was tat ich? Ich lachte sie noch dafür aus!

Einen quälend langen Moment herrschte absolute Stille im Raum.

Ihr beklemmendes Schweigen lag schwer wie Blei auf meiner Seele. Ich fühlte mich elend und schuldig, doch auch wenn ich mir noch so sehr eine Reaktion von ihr wünschte, es kam keine.

Sie saß nur da, blickte mich mit dieser Mischung aus Wut und Enttäuschung an und sprach kein Wort. Ich hatte sie verletzt.

Irgendwann hielt ich es nicht mehr aus, nahm all meinen Mut zusammen und brachte eine schüchterne Entschuldigung hervor:

„Eeeentschuldigung… so habe ich es nicht gemeint.. ehrlich" sagte ich kleinlaut in der Hoffnung, damit irgendetwas ändern oder es zumindest wieder ein Stück weit gut machen zu können.

„Das ist schon mal ein Anfang." Anechkas Stimme war kalt und abweisend, aber ich war dennoch erleichtert. Alles war besser, als dieses anklagende Schweigen. Wirklich alles, was immer sie auch von mir verlangen mochte.

„Und jetzt?" sprach sie weiter, wobei sie fragend ihre Augenbrauen hochzog und mich erwartungsvoll anblickte.

Wieder saßen wir uns stumm gegenüber, aber so sehr ich mir auch den Kopf zerbrach, ich wusste nicht, was sie von mir erwartete.

Ich hatte mich doch entschuldigt, was konnte man denn mehr erwarten? Ungeschehen konnte ich meine Reaktion schließlich nicht machen, auch wenn es mir leid tat, sie verspottet zu haben.

„Verspottet" wiederholte ich in Gedanken und versuchte krampfhaft herauszufinden, was sie wohl von mir erwartete.

Dann aber, ganz plötzlich, wusste ich es.

Eine Entschuldigung war gut und schön, aber sie verlangte mehr.

Ihrer Meinung nach hatte ich für das, was ich getan hatte, zu büßen. „Habe es nicht so gemeint", das reichte ihr dafür bei Weitem nicht aus.

Einen kurzen Augenblick kämpfte ich mit mir selber, dann aber legte ich meinen Kopf etwas zur Seite und hielt ihr die andere Wange hin.

Anechkas Augen weiteten sich vor Überraschung.

Das hatte sie wohl nicht von mir erwartet, aber als ich gerade begann, an meiner unterwürfigen Handlungsweise zu zweifeln, vertrieb sie meine Unsicherheit mit einem Lächeln.

Mehr noch, die selbsternannte Sadistin beugte sich vor, hauchte mir einen Kuss auf die Stirn und ein geflüstertes:„Brav" ins Ohr.

Es war ausgestanden. Ich hatte gebüßt und ihre Berührung ließ schlagartig alle Spannung von mir abfallen.

Wir waren wieder gut miteinander, das war alles, was zählte.

Es war mir in diesem Moment ehrlich egal, dass ich mich dafür hatte derart erniedrigen müssen.

„Geht doch, so weit ist es wohl nicht zum gehorsamen Sklaven, was?"

Ihre Stimme riss mich unsanft aus meiner Glückseligkeit.

Sie aber kicherte, gluckste und grinste mich herausfordernd an.

Ich erwiderte ihren Blick ungläubig, unfähig zu bereifen, was hier geschah.

Hatte sie die ganze Zeit denn nur mit mir gespielt?

Ihr Zorn, ihre Verletzbarkeit, war alles ein gemeiner Trick gewesen?

Zum fünften Mal im Leben, allerdings bereits zum zweiten Mal innerhalb einer Stunde, fiel mir vor Erstaunen die Kinnlade herunter.

Sie hatte mich geschlagen, im wahrsten und übertragenen Sinne des Wortes.

Diese Frau war mir überlegen. Mehr noch, sie kokettierte förmlich damit und mir blieb nichts, als verwirrt da zu sitzen und ziemlich dümmlich aus der Wäsche zu gucken.

Ich war überwältigt.

Überwältigt von dem, was eben geschehen war. Überwältigt von meinen Gefühlen, welche ich nicht verstand, und überwältigt von dieser Frau, die ein Spiel mit mir zu treiben schien, dabei aber zugleich so ungekannt führsorglich und zärtlich war.

„Was machst du nur mit mir?", hauchte ich ihr leise zu, und als sie behutsam ihre Hand auf die meine legte, welche neben meinem Oberkörper auf dem Bett ruhte, schossen mir Tränen in die Augen.

„Was machte sie bloß mit mir?", fragte ich mich still erneut, immer noch unfähig zu verstehen, was in den letzten Tagen mit mir oder genauer gesagt, in mir geschehen war.

Ja, ich genoss auf eine mir unbekannte Art, wie Anechka mit mir umgesprungen war, aber wie konnte ich so etwas bloß genießen?

Ich fühlte mich bei ihr geborgen, angekommen, geradezu frei, obwohl die letzten Tage daraus bestanden hatten, dass sie mich kommandiert, mich erpresst und mir ins Gesicht geschlagen hatte.

Bei Anechka war ich dazu bereit, alles zu tun, mich gar erniedrigen und schlagen zu lassen, nur damit sie glücklich und mit mir zufrieden war. Das konnte doch nicht mehr ganz normal sein, oder?

„Es ist alles o.k. Francis", sagte sie zärtlich, lächelte freundlich und sah mir tief in die vor Tränen schwimmenden Augen.

Es lag keine Spur von Unaufrichtigkeit in ihrem Blick, sie schien ernsthaft besorgt. Ich spürte, dass sie wusste, was in mir vorging. Dieses Wissen, dazu noch die kräftezehrenden Erlebnisse der letzten Tage, das gab mir den Rest.

Ich konnte mich nicht mehr zusammenreißen. Die Tränen rannen mir über meine Wangen, ich heulte vor Verwirrung und Befreiung zugleich.
„Ssssshhhh…" machte Anechka, wohl um mich zu beruhigen, zog mich plötzlich heran, nahm mich in die Arme und drückte mich an sich.
Plötzlich war sie überall. Ihr Geruch, ihre Wärme, ihre Nähe.
Ich spürte, wie ihr Herz vor Aufregung raste, und ließ mich fallen, im Vertrauen darauf, dass sie mich auffangen würde.
Es fühlte sich gut und richtig an. Sie war für mich da und ich war wieder zu Hause, endlich, nach all diesen einsamen Jahren.

- Zwischenspiel -

Dämme brachen, Emotionen schäumten auf, lange verdrängte Ängste und Trauer bahnte sich ihren Weg. Vom Schicksal einigermaßen gebeutelt, hatte ich eine Mauer um mich errichtet, mich Stein für Stein selbst eingemauert. Niemandem gestattete ich auch nur einen Blick hinter die Fassade des ausgelassenen, zügellosen, sorgenfreien Lebemannes, doch nun bröckelte diese Mauer, in den Armen dieser wundersamen, wundervollen Frau, ganz wie von selbst.
Wir saßen eine ganze Weile so da.
Sie tröstete mich, klopfte mir beruhigend auf den Rücken. Ich schluchzte, schämte mich dabei, doch erst nachdem ich mich etwas beruhigt hatte, zog sie sich wieder zurück und sah mich prüfend an.
„Alles o.k., Francis?" fragte sie leise und versuchte wohl, in meinem Gesicht eine Antwort auf ihre Frage zu finden. Sodann griff sie in ihre Hosentasche, reichte mir ein Taschentuch und lächelte mich aufmunternd an.
Ich nickte bestätigend, wischte mir die Tränen aus den Augen, schnäuzte mir die Nase und versuchte tapfer, ihr Lächeln zu erwidern.
„Da sitzt wohl einiges ganz schön tief, was?" Bemerkte sie, und wieder nickte ich zustimmend, denn so war es tatsächlich, auch wenn ich zu diesem Zeitpunkt nicht verstand, was es war.
Anechka war anscheinend beruhigt, überzeugt davon, dass ich mich wieder ganz gut beisammen hatte, und fuhr fort:
„Ganz ruhig Francis, gib uns Zeit. Du musst mir nur vertrauen, und glaube mir, weder ich noch sonst jemand hier hat etwas mit dir vor, was du nicht selber willst. Zu aller erst musst du wieder ganz gesund werden, dann kannst du jederzeit gehen, wenn du es denn willst."
Ihren Worten ließ meine Retterin eine bedeutungsschwere Pause folgen, wie um zu verdeutlichen, dass sie meinen Entschluss zu gehen bedauern würde.
Dann aber fasste sie sich doch ein Herz und sprach es, wenn auch auf ihre eher spröde Art, tatsächlich klar aus:
„Ehrlich gesagt war ich ganz schön sauer auf dich, schon wegen der Umstände, die du mir gemacht hast. Ich denke aber, ich kann mittlerweile ohne Übertreibung sagen, dass ich dich jetzt ganz lieb gewonnen habe."
Bei den letzten Worten errötete sie vor Verlegenheit, worauf ich mir ein freches Grinsen leider nicht verkneifen konnte, wusste ich auch, was sie diese Äußerung an Überwindung gekostet hatte.
Sie hatte natürlich recht. Auch wenn ich wieder, mehr schlecht als recht zugegebenermaßen, sprechen konnte, so war ich doch keinesfalls gesundet oder in der Lage, einen Fußmarsch zurück in die Zivilisation durchzustehen.

Ein Schritt nach dem anderen, dann konnte ich immer noch sehen.

„Na, dir geht`s wohl schon wieder zu gut, was?", sagte sie plötzlich, wohl als Reaktion auf mein Grinsen und mit gespielter Strenge in der Stimme, welche mich allerdings nur noch breiter Grinsen ließ.

„Gut, du Frechdachs" sprach sie fröhlich aber auch kopfschüttelnd weiter. „Ich lasse dich allein, versuch noch etwas zu schlafen. Erholung ist jetzt das Wichtigste, also denk nicht zu viel nach. Es kommt schon alles in Ordnung, du wirst sehen."

Mit diesen Worten stand sie auf, drückte mir einen fast routiniert wirkenden Kuss auf die Stirn und ging zur Türe.

Ich folgte ihr sehnsüchtig mit meinem Blick, nicht ohne selbigen dabei eine Weile auf ihrem apfelförmigen Hinterteil verweilen zu lassen, als sie plötzlich stoppte, sich noch einmal zu mir umdrehte und mich erneut ansprach:

„Ach ja, und halte deine Hände brav über der Bettdecke! Kein Masturbieren in Anechkas Gästebett, verstanden?"

Ihre Worte trafen mich wie ein Schlag.

Damit hatte ich nun wirklich nicht gerechnet. Noch bevor ich mich aber fragen konnte, wie Anechka zu dieser Annahme zügelloser Sexualität meinerseits gekommen war, lieferte selbige bereits die Antwort darauf:

„Hätte ich fast vergessen. Wichsen, das machst du ja sonst jeden Tag, nicht wahr? Nun, steht jedenfalls so in meinem Fragebogen, gell."

Eine Sekunde war ich verblüfft, dann aber fiel der Groschen.

Gott ja, natürlich, diese vermaledeiten Fragen!

Mein Innerstes lag buchstäblich in ihrer Hand. Deshalb also hatte ich sie beantworten müssen, ihre indiskreten Fragen. Meine Antworten dienten ihr als Munition, eine sehr, sehr intime Munition!

Ich erglühte vor Scham, verfluchte diese verdammten Seiten und konnte doch nichts tun als verlegen zu nicken, worauf Anechka umgehend zufrieden und laut lachend aus der Türe trat.

Ihre Worte waren kaum verhallt, da versteifte sich auch schon mein Penis bei dem Gedanken daran, mich nicht berühren zu dürfen. Masturbationsverbot, so ein Quatsch, oder hatte sie damit womöglich bereits erreicht, was sie eigentlich wollte? Wer weiß, aber selbstredend hatte ich nun, wo sie es erwähnt hatte, das Bedürfnis mich zu befriedigen.

Das Zelt war gebaut - aber tatsächlich gehorchte ich.

Mehr noch, ich gefiel mir gar in meiner Rolle als Keuschling, so sehr, dass es mich immer nur noch wilder und geiler werden ließ.

Fiel es mir auch schwer, mich nicht zu berühren, so war es doch frustrierend und erregend zugleich. Hinzu kam noch, dass Anechka Kontrolle über das Ausleben meines Sexualtriebes haben wollte, ein Gedanke, welcher sich fremd und warm zugleich anfühlte.

Es schien ihr zu gefallen, mich zu dominieren, und auch wenn ich mein Leben lang gegen jede Form von Autorität angekämpft hatte, so begann diese spezielle Form der Unterdrückung, auch mir zu gefallen.

Eine Weile lag ich da, genoss mit pulsierendem Schwanz die Unfähigkeit Befriedigung zu erlangen und war erstaunt, dass gerade diese Unfähigkeit auf eine andere Art und Weise sehr befriedigend war. Ich war brav, für Anechka, und es war irgendwie ein tolles Gefühl, dass ich es für sie sein durfte.

Irgendwann aber entspannte sich mein Körper wieder und ich schlief ein, ruhte traumlos bis hinein in den frühen Abend.

Als ich erwachte saß Anechka bereits neben mir, und endlich durfte ich das Bett verlassen. Sie nahm mich mit, mit in ihr Wohnzimmer, stützte mich und platzierte mich direkt neben dem prasselnden Kamin.

Ich war nackt, aber in dicke Wolldecken gehüllt, und obwohl ich von Zeit zu Zeit zitterte, von Kälteschauern geschüttelt, schwitzte ich fast unmerklich die Reste des Fiebers aus, während wir so dasaßen und langsam warm miteinander wurden.

Wir redeten nicht viel. Die meiste Zeit tranken wir einfach Tee und sahen gedankenverloren ins Feuer, jeder auf seine Weise mit den Geschehnissen der letzten Tage ringend.

Es brauchte keine Worte, um auszudrücken, was wir fühlten.

Jedem genügte die reine Anwesenheit des anderen. Wir spendeten uns gegenseitig Wärme auf eine Art, wie sie kein noch so hoch loderndes Feuer der Welt jemals spenden kann.

Manchmal lächelte sie mich dabei zärtlich, fast verliebt anmutend an, was ich mit einer Mischung aus Schüchternheit und Freude im Blick erwiderte. Plötzlich waren wir uns nah, für den Augenblick, aber meistens vermittelte Anechka den Eindruck weit weg zu sein und mich gar nicht wahrzunehmen.

Sie schwieg, aber ihre Lippen formten Worte. Ihre Augen bewegten sich zudem hektisch. Alles an ihr wirkte, als führe sie einen inneren Kampf, eine Diskussion mit sich selbst, welche sie offenbar zu gewinnen suchte.

Es schien, als wolle sie sich selber überzeugen. Wovon, war mir nicht klar, aber es war mir auch egal. Für den Moment genoss ich einfach, Teil ihrer Welt zu sein und nicht hinter der Türe im Raum nebenan liegen zu müssen.

„So, Zeit fürs Bettchen, Francis. Wir haben morgen einen anstrengenden Tag vor uns" beschloss Aneschka schließlich irgendwann die Zweisamkeit, stand abrupt auf, sah mich auffordernd an und ich erhob mich wortlos.

Etwas später, gerade im Zimmer angekommen, gebot sie mir mich hinzulegen, worauf ich mich aus den durchschwitzten Decken schälte und unter das Laken schlüpfte. Ich erhoffte mir einen Gutenacht-Kuss, Anechka aber trat an den Kleiderschrank und öffnete den kleinen Riegel an der Vorderseite, welcher die glaslosen Türen seit meinem Eintreffen permanent verschlossen gehalten hatte.

Mit einem knarzenden Geräusch sprangen Selbige einen Spalt auf, meine Neugierde war erwacht. Ich verrenkte mir den Hals, doch Anechka öffnete den Schrank so, dass ich nicht ins Innere sehen konnte, wie sehr ich mich auch bemühte, wenigstens einen Blick zu erhaschen.

Einen Moment stand sie so da, wohl wieder in Gedanken versunken, dann beugte sie sich endlich hinein und kehrte mit mehreren Kleidungsstücken in mein Sichtfeld zurück, welche über ihrem nun ausgestreckten Arm hingen.

Sie legte die Sachen sorgfältig zusammen. Fast schien es, als streichele sie jedes einzelne Stück zärtlich, verschloss den Schrank anschließend wieder sorgsam und sah mich an.

„Die hier wirst du morgen tragen, deinen seltsamen Pinguinanzug musste ich entsorgen. Nicht nur, dass er blutverschmiert und teilweise zerrissen war, ich fand ihn auch irgendwie unpassend für unser Dorf hier, denn wir wollen ja nicht gleich auffallen, nicht wahr?"

Wie so oft ließ sie ihre Anweisung wie eine Frage klingen, und ich nickte brav, wie ich es ebenfalls schon so oft getan hatte.

„Schlaf jetzt, ich lege dir die Sachen hier hin" sprach sie weiter, nahm die verschwitzten Decken beiseite und legte den kleinen Stapel Kleidung ebenso sorgsam auf die Sitzfläche des Stuhls, wie sie Selbigen vorher zusammengelegt hatte.

„Du darfst dich morgen frei im Haus bewegen, aber ich möchte auf keinen Fall, dass dich jemand sieht", sagte sie anschließend noch, wie beiläufig. Diesmal war es keine Frage, aber ich nickte dennoch umgehend zustimmend. Mit einem: „Gute Nacht Francis", löschte sie das Licht und verließ wortlos das Zimmer, ohne mir den erhofften Kuss auf die Stirn gegeben zu haben.

Ich lag im Dunklen, enttäuscht und verunsichert, unfähig mir ihr Verhalten zu erklären. Was hatte sie nur, wieso plötzlich diese Kälte? Wogegen kämpfte sie an, und überhaupt, wieso hatte sie einen Schrank voll Herrenkleidung im Haus?

Ich konnte es mir nicht erklären, lag noch lange wach, aber ich sollte meine Antworten erhalten, bald, schon am folgenden Tag.

- Vorbereitungen -

Ich sah ihn auf den ersten Blick, einen eher unscheinbaren Zettel.

Er war handgeschrieben, das konnte ich vom Bett aus erkennen, aber was dort geschrieben stand, war derart nicht zu entziffern.

Es war ein herrliches Gefühl, sofort nach dem Erwachen aufstehen und das Bett verlassen zu können. Ich streckte meine Glieder und stürzte sodann – wenn auch noch etwas wackelig auf den Beinen - zu der Nachricht hinüber, welchen Anechka auf dem Wäschestapel in meinem Zimmer für mich hinterlassen hatte.

Er war in der Mitte einmal übergeschlagen, natürlich ganz korrekt, und von beiden Seiten mit schwarzer Tinte in zierlicher Handschrift beschrieben. Hastig entfaltete ich den Bogen und begann zu lesen.

Guten Morgen, Francis !!

Du hast noch tief und fest geschlafen, als ich vorhin nach dir gesehen habe. Ursprünglich wollte ich dich vor dem Verlassen des Hauses noch gesprochen haben, aber wie ich dir bereits gesagt habe, wird heute ein anstrengender Tag, und so konntest du die extra Ruhe sicherlich gut vertragen.

Deine Kleidung habe ich dir ja gestern noch bereitgelegt, und ich denke es versteht sich von selbst, dass du vor dem Ankleiden noch eine Dusche nehmen wirst.

Handtücher sind im kleinen Unterschrank im Bad, und sei vorsichtig, dass du mir nicht ausrutschst und fällst!!

Anschließend wirst du dein Schlafgemach in Ordnung bringen, das Bett abziehen und neue Betttücher nebst Laken aufziehen.

Bettwäsche hierfür findest du in der Truhe im Flur.

Ich besuche gerade meinen Bruder, um mit ihm alles Notwendige für das gemeinsame Abendessen abzuklären.

Gegen die Mittagszeit werde ich wieder zurück sein, dir bleibt also genug Zeit, auch noch den Esstisch einzudecken.

Dekorationen und Tischdecke liegen bereits auf, Geschirr und Besteck findest du in der Küche im mittleren Schrank.

Wenn alles andere erledigt ist, entzünde bitte das Feuer im Herd, damit ich sofort nach meiner Heimkehr mit dem Kochen beginnen kann.

Ich erwarte, dass du alles zu meiner Zufriedenheit ausführst, aber das brauche ich dir gegenüber sicherlich nicht mehr zu betonen, oder doch?!?

Bis später, geh unter keinen Umständen raus oder an die Türe!!

Anechka

Ich schluckte, stand eine ganze Weile so da, stumm auf das Blatt Papier in meiner Hand starrend.
Was hatte ich denn anderes erwartet, einen Liebesbrief etwa?
Was ich in Händen hielt, war Anechka, nur eben in schriftlicher Form. Eine klare Ansage, was sie von mir erwartete, und natürlich würde ich mich bemühen, alles zu ihrer Zufriedenheit zu erledigen. Das brauchte sie in der Tat nicht mehr zu betonen, aber warum eigentlich nicht?
Hausarbeit habe ich immer gehasst. Ein Glück hatten wir dafür früher im Haus meiner Eltern ja Inessa, ein wahrer Segen. Während jener Jahre aber, in denen ich bei meinem Onkel und meiner Tante aufgewachsen war - oder besser gesagt, dort ausgeharrt und die Tage gezählt hatte - sahen Selbige es als meine Pflicht an, alles im Haushalt Anfallende zu erledigen.
Ihrer Sicht der Dinge nach war es eine Selbstverständlichkeit, dass ich half, hatten sie mich schließlich in der Not bei sich aufgenommen.
Ein an sich gutes Argument, aber ich sah das naturgemäß anders, war jung und rebellisch, die ideale Mischung, um Familienstreit zu garantieren.
„Jung und rebellisch" dachte ich, in Erinnerungen schwelgend, und auch wenn ich zugeben musste, dass ich mit meinen 29 Jahren wohl nicht mehr zur Jugend gerechnet werden konnte, versicherte ich mir selbst umgehend innig und nicht ohne Stolz, dass ich mir zumindest das Rebellische bisher noch nicht hatte austreiben lassen.
Einige hatten sich an mir versucht. Vom Pfarrer, über meine Lehrer bis zum eigenen Vater, und hier folgte ich nun bereitwillig einer Aufgabenliste in der Hoffnung, Anechka so zufrieden zu stellen?
Wieder kreisten die Gedanken in meinem Kopf, und wieder gab es keine Antworten, nur ein Gefühl - es fühlte sich richtig an.
Ich wollte Anechka dienen, denn während ich es tat, spielte nichts anderes mehr eine Rolle. Es leerte meinen Kopf, wenn sie mich derart ergriff, und plötzlich gab es weder Ängste noch Zweifel mehr.
Was sie sagte, das geschah, und ich wusste somit zu jeder Zeit, dass alles in Ordnung war, solange sie mir nicht das Gegenteil vermittelte.

Kopfschüttelnd und nachdenklich legte den Zettel schließlich wieder ordnungsgemäß zusammen, genau so, wie sie ihn zuvor gefaltet hatte, und ging duschen, ebenfalls genau so, wie sie es verlangte.

Das Wasser tat mir gut. Ich achtete darauf, den Verband an meiner Hand nicht zu durchnässen, fand die Handtücher im Unterschrank und trocknete mich sorgfältig ab.

Mein Blick viel auf das zugezogene Fenster, und auch wenn der dunkle Vorhangstoff gänzlich undurchsichtig war, so verriet mir der helle Schein an den Rändern doch, dass bereits Tag sein musste.

Wie lange mochte ich wohl noch geschlafen haben?

Wie spät mochte es sein, und wie lange noch bis zu ihrer Rückkehr?

Eine leichte Spur von Panik stieg plötzlich in mir auf, und so beeilte ich mich, alles im Bad wieder in seinen vorherigen Zustand zurück zu versetzen. Anschließend hastete ich in der Angst zurück in mein Schlafzimmer, dass sie jede Minute zurückkehren und meine Aufgaben unerledigt vorfinden würde.

Vor Anstrengung keuchend begann ich, mich zügig anzukleiden. Schnell war das fremde, schmucklose dunkelgraue Hemd übergestreift, welches sie parat gelegt hatte, aber als ich nach der darunter liegenden schwarzen Hose griff, stellte ich zu meiner Verwunderung feststellte, dass es gar keine Hose war.

Zweifelnd blickte ich das Kleidungsstück an, wohl in der Hoffnung, es handele sich um eine Art optische Täuschung, aber es gab keinen wirklichen Zweifel. Die Hosenbeine waren nicht existent.

Genauer gesagt gab es nur ein einzelnes, riesiges Hosenbein, denn was Anechka mir da bereitgelegt hatte, war ohne Frage ein Rock!

Das konnte sie doch wohl nicht ernst meinen, oder?

Gut, der Rock war fast bodenlang, schwarz, gerade geschnitten, aus derbem Stoff gefertigt, und hatte mit seinen aufgesetzten Schnallen nichts Weibliches an sich, aber dennoch blieb es ein Rock!

Anechka musste sich wohl vergriffen haben, was sollte ich jetzt tun?

Unschlüssig stand ich kurz da und beschloss schließlich, einen Blick in der Hoffnung in den Schrank zu werfen, hier eventuell passende Herrenbekleidung finden zu können.

Vorsichtig öffnete ich den Riegel, sorgsam darauf bedacht, bloß keinen Schaden anzurichten, und wie am Vorabend, sprangen die Schranktüren auch jetzt fast von selber auf. Ich öffnete sie zur Gänze, blickte in das dunkle Innere des Kleiderschrankes und verharrte einen Moment, wie vom Donner gerührt.

Meine Hoffnung war vergebens. Neben Unterwäsche und Strümpfen befanden sich nur zwei Sorten von Kleidungsstücken darin, nämlich Hemden und Röcke, welche sämtlich dem schwarzen Exemplar, welches ich bereits kannte, zum Verwechseln ähnlich sahen.

Ich nahm ein paar Socken, dann einige Stücke Unterwäsche heraus und sah sie prüfend an. Die Größe der Kleidungsstücke ließ keinen Zweifel daran, dass es sich um Männerbekleidung handeln musste, was war hier bloß los?

Immer noch einigermaßen verwirrt legte ich alles zurück und verschloss den Schrank wieder, penibel darauf bedacht, keine Spuren meiner heimlichen Schrankkontrolle zu hinterlassen.

„Sie mag ihre Männer also im Kleid", dachte ich bei mir, während ich zum Stuhl zurückkehrte und den Rock gedankenverloren ergriff.

Ein weiteres Mal betrachtete ich das seltsame Ding und fragte mich, wer es wohl vor mir getragen haben mochte.

Zweifel stiegen in mir auf, aber diese hatten auch ihr Gutes, lenkten sie mich doch von der Tatsache ab, dass ich - während ich so nachdachte - zum ersten Mal in meinem Leben in einen Rock schlüpfte.

„Gar nicht so übel" dachte ich, den Bund noch etwas in Position ziehend, musste dann aber, nach einem Blick in den Spiegel und dem Anblick, welcher sich mir hier bot, schallend Lachen.

Der Rock hatte zwar wirklich nichts Weibliches an sich, ähnelte eigentlich eher der düsteren Version eines Schottenrocks, sah aber dennoch fremd und irgendwie seltsam an mir aus.

Hinzu kam noch das fremde Gefühl, auf diese Art gekleidet und doch irgendwie unbekleidet zu sein, eine seltsame Angelegenheit.

Eine Hose bietet Schutz, sie lässt sich nicht einfach hochreißen.

Wer eine Hose trägt, der läuft nicht Gefahr von jedem Windstoß entblößt zu werden, und zudem sitzt ein solches Kleidungsstück passgenau so, dass man es bei jeder Bewegung auf der Haut spürt.

Nicht so mein Rock, in welchem ich mich angreifbar und irgendwie präsentiert fühlte, fast wie eine Statue vor der feierlichen Enthüllung.

Meine Innenschenkel berührten sich, Haut auf Haut, meine Unterschenkel ragten etwa zur Hälfte unten heraus, und natürlich baumelten auch meine Genitalien völlig haltlos umher.

Für einen Augenblick überlegte ich, mir Unterhosen aus dem Kleiderschrank zu nehmen, dann aber verwarf ich diese Möglichkeit.

Hemd und Rock war alles, was Anechka an mir sehen wollte, und so sollte sie mich bei ihrer Heimkehr dann auch vorfinden.

Ihrer Heimkehr? Ich erschrak, wurde mir plötzlich wieder der Zeit bewusst, oder besser dem Umstand, dass ich nicht wusste, wie lange ich noch geschlafen haben mochte, und wie viel Zeit mir überhaupt noch blieb.

Ich sputete mich, richtete das Zimmer in Windeseile her, wie sie es verlangte, und kehrte anschließend in das Wohnzimmer zurück, wo wir noch abends zuvor am Kamin beisammengesessen hatten.

Das Zimmer wirkte jetzt freundlicher, was sicherlich darauf zurückzuführen war, dass es - trotz auch hier streng zugezogener Vorhänge - im Vergleich zum gestrigen Schummerlicht des Kaminfeuers, hell erleuchtet war.

Die Wohn-Esszimmer Kombination einer guten Stube mochte eine Grundfläche von 45 Quadratmetern haben, wirkte aber deutlich kleiner, was sicherlich der Bauweise des Hauses geschuldet war, eines in Naturstammbauweise errichteten Blockhauses.

Die Bäume hatte man vor dem Bau nicht zersägt oder gespalten, sondern lediglich geschält und so aufeinandergeschichtet, dass die Innenwände geschickt mit eingebunden waren. Gut eine Armlänge waren manche von ihnen stark, was einerseits eine wohlige Wärme und Geborgenheit ausstrahlte, andererseits aber auch zu einem eher rustikalen Charme und absoluter Schalldichtheit verhalf.

Rechter Hand zur Türe, durch die ich eben eingetreten war, befand sich das Wohnzimmer, welches lediglich durch eine einzelne, ebenfalls aus einem Baumstamm bestehende Stufe vom Essbereich abgetrennt war. Der Bereich lag erhöht, bildete eine Art Podest von vielleicht 4 mal 5 Metern, was die Raumtrennung deutlich unterstrich.

Im Wohnbereich befand sich der gemauerte Kamin samt davor ausgebreitetem Bärenfell, auf welchem sich ein ebenfalls massiver Holzcouchtisch befand. Um den Tisch herum drapiert waren zwei Ledersessel und ein wuchtiges Dreisitzer-Sofa, passend zu den Sesseln ebenfalls aus gegerbtem, dickem Leder gearbeitet.

Im Esszimmer hingegen ging es schlichter zu. Hier gab es einen Esstisch aus dunkler Eiche mit ziselierten Beinen und passende Stühle mit hohen Lehnen, aber ohne Polster auf den Sitzflächen.

An den Wänden hingen keine Bilder. Lediglich hier und da ein getrockneter Strauß wilder Blumen, und über dem Kamin ein Gewehr, welches zwar alt, aber noch gut in Schuss zu sein schien.

Am Fuße der vielleicht dreißig Zentimeter hohen Stufe, welche die beiden Bereiche des Raumes optisch voneinander trennte, gab es noch eine Türe hinter der sich, wie ich später herausfinden sollte, die kleine Küche samt Speisekammer befand.

Auf dem Tisch im Esszimmer lag eine dunkelrote, mit reichlich Stickereien verzierte Decke, auf die Anechka an jedem Tischende eine gläserne Vase mit gelben Wald-Tulpen gestellt hatte.

Sie schien den Raum also bereits für einen Besuch hergerichtet zu haben. Alles war ordentlich und kein Staubkorn zu entdecken.

Ich machte mich auf den Weg in die Küche, fand bald Besteck und Geschirr am geschilderten Platz, legte alles in vierfacher Ausführung auf ein Tablett und entzündete das Feuer im altertümlichen Herd. Einen Augenblick wartete ich, um sicher zu stellen, dass es auch wirklich brannte, dann kehrte ich samt Tablett ins Wohnzimmer zurück und deckte den Tisch zügig fertig ein, genau so, wie Anechka es mir aufgetragen hatte.

Ein letzter prüfender Blick noch, ob alles einigermaßen parallel zueinander lag, alles gut, ich war fertig.

Im Geiste hakte ich noch einmal die Punkte der Liste ab, sah noch einmal nach dem Feuer In der Küche und setzte mich sodann auf einen der Sessel vor den erloschenen Kamin.

Ich war einigermaßen erschöpft und unsicher, was ich jetzt mit mir anfangen sollte. Natürlich hätte ich gerne einen Blick aus einem der Fenster geworfen, schon um mich orientieren zu können, aber ich war mir sicher, dass Anechka sie aus gutem Grunde zugezogen hatte.

„Gut", dachte ich schließlich bei mir, „wenn du schon nicht raus kannst, sieh dich wenigstens mal im Haus etwas genauer um."

Küche und Wohnbereich kannte ich ja bereits, ebenso Bad und das Gästezimmer, in dem ich schlief.

Auf meinen Ausflügen zur Toilette aber war mir die dem Badezimmer gegenüberliegende Türe nicht entgangen, welche rechter Hand meines Zimmers vom kleinen Flur abging und stets verschlossen war.

Neugierig erhob ich mich also aus dem Sessel, lauschte Richtung Eingangstüre und eilte danach durch das Zimmer in den Flur, an dessen Ende ich zunächst unschlüssig stehen blieb.

Fast stockte ich bei dem Gedanken daran, was Anechka wohl von meiner kleinen Hausdurchsuchung halten mochte, sollte sie mich überraschen, dann aber gewann der Teufel auf meiner Schulter die Überhand und ich trat entschlossen in das unbekannte Zimmer ein.

Es war groß, bestimmt doppelt so groß wie das Gästezimmer, und auch hier drang spärliches Sonnenlicht durch die dicken Vorhänge an den beiden Fenstern herein.

Vor den Fenstern stand ein metallenes Doppelbett samt Nachtschränkchen, an der linken Wand zwei Kleiderschränke, gegenüberliegend eine Anrichte und ein kleiner Sekretär.

Alle Möbel waren aus Massivholz und schienen, wie der Schrank voll Männerröcke in meinem Zimmer ja auch, gänzlich von Hand gefertigt zu sein. Rustikalität, wohin man auch blickte, sonst gab es nichts zu entdecken, alles war aufgeräumt und abgesperrt.

Ich ließ meinen Blick noch einmal durch den Raum schweifen, wollte die Türe bereits wieder schließen, als er erneut auf den Sekretär viel und haften blieb.

Es schien fast so, als würde er mich magisch anziehen, aber bei genauerer Betrachtung war es wohl eher meine Neugierde, denn irgendwelche Magie, welche mich zuletzt doch noch weiter ins Zimmer gehen und nachsehen ließ.

Der Sekretär war kunstvoll verziert, in etwa schulterhoch und an seiner Vorderseite mit einer Arbeitsfläche ausgestattet, welche hochgeklappt und mit einem Riegel verschlossen war.

„Was mag wohl in dir stecken", dachte ich gespannt, horchte erneut Richtung Eingangstüre, schob sodann den Riegel zurück und ließ die schwere Holzplatte vorsichtig nach unten klappen, wo sie einrastete.

Der Sekretär bot nun den Anblick eines Miniatur-Schreibtischs.

Hinter der Schreibplatte war eine Vielzahl von Fächern und Schubladen verborgen gewesen, in denen sich Blätter, Schreibutensilien und zudem einige Hefte befanden, welche mir nun endlich offen lagen.

Eine Zeit lang stöberte ich hier und da ein Bisschen in den Schriftstücken herum, blätterte lustlos, aber es wurde mir bald langweilig. Größtenteils handelte es sich um Aufstellungen, Listen und Rechnungen. Persönliche Gegenstände wie Briefe oder Bilder waren hier nicht zu finden.

Der Sekretär hatte keine Geheimnisse zu offenbaren, jedenfalls nicht in der Art, wie ich sie mir erhofft hatte.

Enttäuscht legte ich alles zurück an seinen Platz und klappte die Schreibfläche wieder nach oben, wobei ich mich allerdings so ungeschickt anstellte, dass der erzeugte Windstoß einen Zettel aus einer der oberen Ablagen fegte und langsam zu Boden gleiten ließ.

Ich ärgerte mich kurz über mich selbst, verdrehte theatralisch die Augen und ließ die Platte wieder zurück in ihre Arretierung gleiten.

Bloß keine Spuren hinterlassen, war oberste Direktive, und so bückte ich mich genervt nach dem Zettel, welcher fast bis unter das nahe Bett gesegelt war.

Wie ich bald feststellte, war der Zettel auch noch unbeschrieben, aber während ich so da hockte, mein Gewicht auf das linke Knie gestützt, viel mein Blick auf einen schwarzen Koffer, welcher tief unter Anechkas Doppelbett verborgen lag.

Ich grinste breit. Das musste es sein, aber sofort bremste ich meine Euphorie, denn wahrscheinlich würde der Koffer eh leer, oder sein Inhalt bestenfalls mäßig interessant.

Nachdem ich den Zettel achtlos zurück auf den Sekretär gelegt hatte, kroch ich unter das Bett und zog den kleinen Koffer ins Freie.

Er maß etwa sechzig mal vierzig Zentimeter, war gute zwanzig Zentimeter hoch, aus starkem Leder gearbeitet und keinesfalls leer, wie mir sein beachtliches Gewicht sofort verriet.

An der Oberseite befanden sich zwei Schnallen, welche geschlossen und völlig eingestaubt waren, was mich, aufgrund der hier vorherrschenden Sauberkeit, sehr überraschte.

Erneut zögerte ich, war es nun wirklich nicht gerade fein in ihrer Abwesenheit in den Sachen der Gastgeberin zu stöbern, aber schließlich stellte ich den Koffer doch auf und öffnete die silbern glänzenden Schnallen, mit Herzklopfen und leicht zittrigen Händen.

Anschließend legte ich den Koffer wieder flach auf seinen Boden, atmete tief ein, klappte den Deckel auf und sah hinein.

Man hätte den Koffer auf den ersten Blick fast fälschlicherweise für leer halten können, denn alles, was er enthielt, war aus dem selben, schwarzen Material gefertigt, aus dem auch er selbst hergestellt war. Hier und da blitzte es, das Sonnenlicht wurde von etwas Metallischem reflektiert, aber sonst war alles dunkel und ein starker Geruch von gegerbtem Leder strömte heraus.

Auch wenn ich etwas Vergleichbares noch nie vorher gesehen hatte, wusste ich dennoch gleich, was da vor mir im Koffer lag. Dickes Leder, doppelt umnäht, einige Stücke so geschnitten, dass sie um Hand- bzw. Fußgelenke gelegt werden konnten, was sollte das schon sein?

Zudem gab es Ketten und Schlösser, Karabiner und Ösen, es handelte sich ergo zweifelsohne um Fesselwerkzeuge.

Einen nach dem Anderen nahm ich die Gegenstände heraus, betrachtete sie mit ungläubigem Blick, aber teilweise gelang es mir dennoch nicht, ihre Funktionen zu ergründen.

Es gab Paddel, Peitschen und Anderes, was zweifelsohne zum Schlagen benutzt werden konnte, aber darüber hinaus auch eine Art Mini-Schraubstock, etwas, was entfernt wie eine Blumenpresse aussah, zudem Dinge des täglichen Gebrauchs wie etwa Wäscheklammern, Kochlöffel, Kerzen usw.

So sah es also aus, das Spielzeug einer Sadistin!

Ich grinste, teils vor Aufregung, teils vor Scham, aber auch wenn ich Schmerz nie etwas Erregendes hatte abgewinnen können, so regte sich doch noch etwas in mir, als ich all diese seltsamen Spielzeuge meiner Angebeteten sah.

Ja, es hatte etwas durchaus Stimulierendes, die Hände über diese glatten und kalten Oberflächen gleiten zu lassen. Es kitzelte mich, den animalischen Duft des Leders zu riechen und dabei eine Art Reiz des Verbotenen zu spüren.

„Was empfindet sie wohl, wenn sie das hier benutzt, wenn sie schlägt und quält", fragte ich mich letztlich gedankenverloren selbst, während ich alles Stück für Stück sorgsam zurück in den Koffer legte.

„Nun, dem Staub nach zu urteilen, hat sie es wohl länger nicht mehr empfunden", erkannte ich sodann, als ich den Koffer schloss und ihn mit einem kräftigen Stoß zurück an seinen Platz unter das Bett schob.

Ich stand auf, richtete umständlich meinen Rock, und als ich mich gerade dem noch offen stehenden Sekretär zuwand, wurde die Haustüre plötzlich aufgerissen, unerwartet doch unüberhörbar.

„Francis? Wo bist du?" erklang Anechkas Stimme mit einem Mal erschreckend laut in den zuvor völlig leeren Räumen, ich erstarrte.

Für einen Sekundenbruchteil war ich unfähig, mich zu bewegen. Wie ein Einbrechen, auf frischer Tat ertappt, schrie alles in mir nach Flucht, einer Flucht freilich, die es für mich nicht gab.

Geistesgegenwärtig ließ ich von meinem Plan ab, den Sekretär wieder zu schließen, eilte stattdessen in den Flur und hatte die Türklinke noch fast in der Hand, als Anechka auch schon um die Ecke bog.

Sie erblickte mich, musterte meine Wenigkeit ausgiebig von Kopf bis Fuß und lächelt schließlich, was mir einen gehörigen Stein von der Seele fallen ließ.

„Steht dir, der Rock" sagte sie spöttelnd, inzwischen mehr grinsend denn lächelnd, kam auf mich zu und drückte mir den obligatorischen Begrüßungskuss auf die Wange, welchen sie mir abends zuvor noch verweigert hatte.

Anschließend drehte sie sich um, öffnete ihren langen Mantel und wartet geduldig, bis ich endlich begriff, dass ich ihr aus Selbigem helfen sollte.

Vorsichtig und ungeschickt zog ich ihn endlich herab, legte das Kleidungsstück über meinem Arm zusammen und stand einfach da, sie schweigend betrachtend.

Ihr langes, geflochtenes Haar, welches die schmalen Schultern umspielte. Die eng um die Taille geschnittene Bluse, der über ihrem Gesäß leicht spannende Rock, was für eine Erscheinung!

„Hängen wir eben in mein Zimmer, ja?"

Sie klang ganz beiläufig, doch mir lief es bei ihren Worten sofort eiskalt den Rücken runter. Panik stieg in mir auf, als sie sich anschickte, die Schlafzimmertüre zu öffnen, aber was konnte ich schon tun?

Ich wollte etwas unternehmen, irgendetwas, aber da war es bereits zu spät. Anechka schlüpfte an mir vorbei, drückte die Klinke und betrat das Schlafzimmer, bevor ich auch nur zwinkern konnte.

„Hmmm.. und ich dachte, den hätte ich zugemacht", sagte sie, wie beiläufig durch den Raum schreitend, klappte sodann den Sekretär zu und verriegelte ihn demonstrativ, mich dabei keinen Moment aus den Augen lassend.

Ich stand im Türrahmen, ihren Mantel in der Hand, errötet bei ihrer Bemerkung vor Scham, wie ein Schuljunge, beim Flunkern erwischt.

Sie wusste es, gar kein Zweifel, sie musste es einfach wissen.

Gleich würde sie sauer sein und explodieren, ich Idiot, was war nur in mich gefahren, derart in ihre Intimsphäre einzudringen?

Da hatte ich nun penibel alles ausgeführt, was sie mir in ihrer Nachricht aufgetragen hatte, und jetzt das hier. Niedergeschlagenheit machte sich in mir breit, ich fühlte mich schrecklich.

Anechka kam langsam auf mich zu, nahm mir ihren Mantel ab und erkundigte sich mit einem: „Alles ok Francis? Du siehst etwas angeschlagen aus?" nach meinem Befinden.

Mit besorgter Miene, ohne eine Spur Zorn im Blick, hängte sie den schweren Stoff auf einen Bügel in den großen Kleiderschrank, ich war verwirrt. Sollte ich wirklich davonkommen, oder trieb sie es nur auf die Spitze, ihr kleines, grausames Spiel?

„Ja, ja, alles gut", erwiderte ich stammelnd, immer noch in Erwartung einer baldigen Explosion. Anechka aber nickte nur zufrieden, sagte: "Gut, deine Stimme klingt auch schon etwas besser", schob sich ein weiteres Mal an mir vorbei und ging mit den Worten: „Na, da sehen wir mal nach, ob du auch alles sorgsam erledigt hast, was?", lachend in Richtung Esszimmer davon.

Als Erstes kontrollierte sie den gedeckten Tisch. Hier entfernte sie eine Tischgarnitur, was mir angesichts zweier Abendgäste seltsam erschien, blieben so doch nur deren Drei.

Ich aber hielt den Mund, immer noch einigermaßen nervös, und folgte ihr durch die Räumlichkeiten. Mein Zimmer, das Bad, die Küche samt mittlerweile heißem Herd, alles wurde genaustens beäugt.

Endlich im Wohnzimmer angelangt, hieß sie mich hinzusetzen und lobte mich tatsächlich, alles zu ihrer Zufriedenheit erledigt zu haben.

Dies freilich nicht ohne zu bemerken, das Besteck und Gläser noch poliert werden müssten, aber dennoch strahlte ich unübersehbar.

Sofort machte ich mich wieder an die Arbeit, während Anechka in der Küche einen Korb mit frischen Lebensmitteln entpackte, welchen sie von ihrem morgendlichen Ausgang mitgebracht hatte.

Anschließend hieß Anechka mich, das Kaminfeuer zu entzünden, während sie anfing, die Speisen für das Abendmahl zuzubereiten.

Als das Feuer brannte, ging ich wie selbstverständlich zu ihr, stand da und sah sie fragend, wie auf weitere Aufgaben wartend an.

„Na, das klappt ja schon ganz gut mit dir", bemerkte sie freudig schmunzelnd, nachdem sie den Blumenkohl abgegossen und sich mir zugewandt hatte. Ich versuchte meine Verlegenheit über ihr Lob und die darin zweifelsohne enthaltene Erniedrigung mit einer kecken Äußerung zu überspielen, erwiderte ein flapsiges: „Mann tut, was man kann", und errötete schließlich doch, woraufhin sie wieder einmal triumphierend lächelte.

„MANN", wiederholte sie und betonte das Wort dabei derart eindringlich, als wolle sie meine Männlichkeit in Frage stellen. „MANN tut hier gar nichts. Ich erwarte, dass du mir dafür, das ich dich aufgenommen habe, zur Hand gehst", sprach sie weiter, besann sich dann offenbar und fügte schnell: „Aber wir wissen doch beide, dass da noch mehr dahinter steckt, oder Francis?" hinzu. Ihr Blick war prüfend, bohrend.

Sie wollte mich nicht damit durchkommen lassen, dass ich meine Bereitschaft ihr zu dienen herunterspielte, und sie hatte ja recht.

Ich genoss es, ihr zu Diensten zu sein, wenn auch bisher „nur" im Haushalt, und mit den Worten: "Ja, Anechka", pflichtete ich ihr nicht nur bei, sondern gab ihr zudem auch erneut die Bestätigung, dass ich meine Rolle als ihr Diener vorerst einmal akzeptiert hatte.

„Gut, da sind wir uns also einig. Mehr erwarte ich nicht" erwiderte sie wie beiläufig, doch ich konnte das Aufblitzen in ihren Augen deutlich sehen.

Ich entspannte mich, grinste gar feist, woraufhin sie mich mit einem gehauchten: "Noch nicht", sofort wieder auf Linie brachte.

Der Nachmittag verging mit Schälen, Kochen, Anrichten und anschließendem Abwasch. Wir sprachen nur das Nötigste, aber wie am Abend zuvor vor dem Lagerfeuer, so waren Worte auch jetzt überflüssig, ohne dass es auch nur einen Anflug von beklemmendem Schweigen gegeben hätte.

Ich kannte meine Position, und Gott weiß, dass Anechka die ihre, nur zu genau kannte. Sie befahl, ich folgte, und als es draußen dunkel wurde, nachdem alle Arbeit erledigt war, gebot sie mir, noch für ein kurzes Gespräch am gedeckten Esstisch Platz zu nehmen.

„So, jetzt können sie kommen" begann sie ihre Ausführungen, machte eine kurze Gedankenpause und sprach sodann ruhig weiter:

„Das alles hier repräsentiert mich, Francis. Ich lege Wert darauf, meinen Besuch entsprechend zu empfangen, und sei es auch nur mein eigener Bruder, welcher mich besuchen kommt. Seine Meinung dazu, dass ich dich gerettet und hier aufgenommen habe, kennst du bereits, aber das spielt heute Abend keine Rolle.

Nun, er wird dir gegenüber nicht unbedingt überfreundlich, sondern eher mit einer gehörigen Portion Skepsis auftreten, aber ich erwarte von dir, dass du dich auf keinen Fall irgendwelchen Auseinandersetzungen hingibst."

Pause, nicken, das funktionierte mittlerweile wie ein Uhrwerk, und ohne weitere Unterbrechung fuhr sie fort:

„Auch du repräsentierst mich jetzt, was bedeutet, dass dein Benehmen ebenfalls direkt auf mich zurück fällt. Ich werde dir sagen, wenn du etwas tun sollst, so wie ich es heute den ganzen Tag lang, und eigentlich ja von Anfang an stets getan habe. Gleiches gilt für meinen Bruder und seine Sklavin. Was auch immer er von ihr verlangen mag! Sei einfach du selbst, mehr erwartet niemand, und sollte es an unseren Gästen etwas zu bemängeln oder generell etwas zu klären geben, so werde ich diejenige sein, die das Wort führt. Haben wir uns da klar verstanden?"

Ich nickte erneut., teils erleichtert darüber, dass ich unter ihrem Schutz stehen würde, teils jedoch auch verblüfft über ihre Stärke und Klarheit, ihre selbstverständliche Dominanz, welche mich immer noch sprachlos machte.

Anechka nickte nun ebenfalls leicht, fast unmerklich, wie zur eigenen Bestätigung, dass dieser Punkt abgehakt war, sprach: „Gut. Nein, sehr gut, Francis" und strahlte mich mit Zuneigung und Stolz an.

Einen Augenblick verweilten wir noch, dann aber zog sie sich mit den Worten: „Du achtest auf das Feuer, ich gehe mich duschen" in ihr Zimmer zurück.

Ich erhob mich ebenfalls, allerdings nur, um es mir bald darauf in einen der Sessel beim Kamin wieder gemütlich zu machen.

Für einen Moment hatte ich meine Ruhe, blickte ins lodernde Feuer des Kamins, und war bald tief in Gedanken versunken.

„Ihr Bruder, samt Sklavin und einer Portion Skepsis mir gegenüber" dachte ich und spürte, wie Anspannung und Nervosität langsam in mir aufstiegen.

„Gleich, was auch immer er von ihr verlangen mag", hingen Anechkas mahnende Worte noch im Raum, das konnte ja ein lustiger Abend werden!

- Der Besuch -

„Nennst du das etwa, aufs Feuer aufpassen?"
Ihre Stimme riss mich aus dem Schlaf.

Ich musste bei der wohligen Wärme des Kaminfeuers wohl bald eingedöst sein, schreckte nun aber hoch und erblickte sie, direkt über mir.

Es war nicht so, dass sie bisher in Lumpen gekleidet gewesen wäre, oder, dass ich ihrem Äußeren bis dato keine weitere Beachtung geschenkt hätte, aber an jenem Abend, in jenem Moment, raubte ihr Anblick mir im wahrsten Sinne den Atem.

Ich konnte nicht antworten.

Nicht mal nicken, oder in irgendeiner Weise sonst mitteilen, dass ich sie gehört hatte. Alles, was ich tun konnte, war, sie aus weit aufgerissenen Augen bewundernd und ausdauernd anzustarren.

Anechka trug ihre Haare zum ersten Mal offen.

Sie hingen glatt bis über Schulterlänge ihren Rücken herunter, was sie zugleich femininer und doch fast engelsgleich wirken ließ.

Einen Kontrast zu den dunklen, fast schwarzen Haaren, bildete die weiße, langärmlige Bluse, über der sie ein dunkelgrünes Samtkorsett trug, welches im Licht des Feuerscheins ebenfalls fast schwarz wirkte.

Selbiges reichte bis etwa 6 Zentimeter über die wogenden Hüften meiner Retterin herab, was ihre Taille noch zusätzlich betonte und ihre, ohnehin straffe Brust, zu einem stattlichen Dekolleté formte.

Das burlesque Kleidungsstück schmiegte sich wie eine zweite Haut an jede Kurve des wohlgeformten Körpers, so eng hatte sie es hinten geschnürt, fast erwartete man, ihren Herzschlag darunter erahnen zu können.

Vorne besaß das Korsett eine durchgängige Verschlussleiste, deren acht silberne Haken im Schein des Feuers glitzerten, und dazu trug Anechka einen, ebenfalls aus dunkelgrünem Samt gefertigten, knöchellangen Rock.

Der Rock wurde an der rechten Seite von einer ledernen Schnürung geschlossen gehalten und war ebenfalls derart figurbetont geschnitten, dass er geradezu an ihr herunter zu fließen schien.

„Hallo, schläfst du?"

Ein weiteres Mal schreckte ich beim Klang ihrer Stimme auf.
Ich riss mich von diesem berauschenden Anblick los, sah ihr ins Gesicht und brachte schließlich ein gestammeltes: „Entschuldigung, nein, bin eingenickt" heraus.
Anechka lächelte zärtlich und von meinen offensichtlich bewundernden Blicken zurecht geschmeichelt, zeigte auf eine kleine Fußbank in der Ecke neben der Eingangstüre und sagte auffordernd: „Nun, jetzt bist du ja wieder voll da, oder?
Kannst du mir ja helfen, meine Stiefel zu schnüren, richtig?"
Erst jetzt bemerkte ich, dass sie offene, schwarze Schaftstiefel in ihrer rechten Hand hielt, anscheinend schon die ganze Zeit.
Umgehend sprang ich auf und eilte zur Türe, das Bänkchen zu holen.
Als ich damit zurückkehrte, hatte Anechka bereits in dem Sessel Platz genommen, aus welchem ich mich eben erst erhoben hatte.
Geradezu herrschaftlich zeigte mit ausgestrecktem Zeigefinger vor sich auf den Boden, und so stellte ich die etwa dreißig Zentimeter messende Bank bald hier zu ihren Füßen ab.
Gekonnt schlüpfte sie in die weit geöffneten Stiefel, stellte Selbige auf den ihr zugewandten Rand der nicht mehr als zwanzig Zentimeter hohen Fußbank, und sah mich erwartungsvoll an.
Was sollte ich tun?
Natürlich ihre Stiefel binden, wie sie es von mir verlangt hatte, das war klar.
Eigentlich war ja auch nichts dabei, außer der Kleinigkeit, dass ihre Sitzposition für mich bedeutete, mich vor Anechka hinknien zu müssen.
Einen endlos langen Moment stand ich unschlüssig da, dann sank ich hernieder, wobei ich mich allerdings nur traute, das linke Knie den Boden berühren zu lassen.
Ich verweilte also eher in einer Art Hocke, denn tatsächlich zu knien, schnürte die Stiefel aber gewissenhaft, roch das bekannte Leder, und als ich anschließend zu ihr aufsah, war der Anblick noch überwältigender, als er es zuvor bereits gewesen war.
Zum ersten Mal verdeutlichte unsere Position zugleich die Machtverhältnisse unserer beginnenden Beziehung.
Ich sah zu ihr auf, nicht wirklich auf Knien, aber auch nicht mehr im Bett liegend, sondern in ganz klar devoter Körperhaltung.
Sie lächelte zufrieden auf mich herab, gab mir die Gewissheit, dass alles zu ihrer Zufriedenheit geschah, und ich zerfloss vor Hingabe und Zuneigung.
Ich wollte irgendetwas sagen, ihr mitteilen, wie bezaubernd sie aussah, wie sehr ich es genoss, ihr zu Diensten sein zu dürfen, aber bevor ich den Mund aufbekam, klopfte es lautstark an der Haustüre.
„Das werden sie sein" sprach Anechka, warf mir noch einen letzten, wissenden Blick zu, stand auf und ging Richtung Eingang um ihre Gäste gebührend zu empfangen.
Auch ich sprang wieder auf die Füße, schnappte das Bänkchen und trug es hurtig an seinen Platz in der Ecke zurück. Dort angekommen drehte ich mich herum und konnte, noch in Bewegung, schon das laute Knacken der Scharniere hören - Anechka öffnete bereits die Türe.
Ich aber blieb wie angewurzelt stehen und beobachtete, mich für die eintretenden Personen im toten Winkel befindend, neugierig, wer das Haus betreten würde.
Zuerst erblickte ich einen über 1,90 Meter großen Mann von stattlicher Statur, welcher - in einen dunklen Mantel gehüllt und mit einem durchaus

freundlichen Lächeln auf den Lippen - sofort in Anechkas Armen versank und sie zur Begrüßung herzlich auf die Wange küsste.

Gefolgt wurde dieser Hüne von einer zweiten Person, welche ebenfalls in einen dicken Wintermantel gehüllt war, aber trotz all den Stofflagen und des dicken Futters, welches ihren Körper einhüllte, neben ihm dennoch zierlich und graziös wirkte.

Diese zweite Person war deutlich kleiner. Sie mochte etwa 1,75 Meter messen, stand einfach da und wartete ohne ein Zeichen von Ungeduld, bis sich die Geschwister zur Genüge geherzt hatten.

Anschließend trat sie langsam vor, blieb direkt vor Anechka stehen, senkte ihren Blick und vollführte einen Knicks, welcher so tief war, dass ihr linkes Knie fast den Boden berührte.

„Das musste sie also sein, die Sklavin", dachte ich fasziniert und erstaunt, konnte aber noch nichts weiter von ihr sehen, als ihren verhüllten Rücken. Ein bedauerlicher Umstand, welcher sich allerdings schon bald darauf aufs Drastischste ändern sollte.

Anechka erwiderte das ihr entgegen gebrachte Zeichen der Hochachtung mit einem freundlichen Nicken, trat sodann einen Schritt zurück, sah sich suchend um, erblickte mich und gab mir mit Ungeduld im Blick zu verstehen, dass ich jetzt eigentlich auch zur Begrüßung der Gäste neben ihr zu stehen hatte.

Ich trat an sie heran. Es waren nur drei Schritte durch das Wohnzimmer, nur eine, vielleicht zwei Sekunden verstrichen unterwegs, aber sie genügten, um mich vollends aus der Fassung zu bringen.

Was ich unterwegs sah, geschah so unerwartet, dass ich es erst nicht glauben konnte.

Während Anechka sich wieder ihrem Bruder zuwandte, welcher mich bisher keines Blickes gewürdigt hatte, knüpfte die andere Person direkt neben der Eingangstüre die oberen Knöpfe ihres Mantels auf, schlug die Kapuze nach hinten und ließ Ersteren sodann mit einer routiniert wirkenden Bewegung über ihren Körper hinab zu Boden gleiten.

Zuerst sah ich nur Gesicht und Nacken, erwartete Bluse oder Kleid, aber dann sah ich Haut, endlose Haut - sie stand plötzlich nackt da.

Für einen kurzen Moment schien die Zeit stillzustehen, so brannte sich ihr Anblick in mein Gehirn, dann aber bewegte sie sich, und das Leben lief in Echtzeit weiter.

Graziös hob die Frau den Mantel auf, legte ihn zusammen über ihren linken Unterarm und trat, offenbar in der Absicht, ihm ebenfalls aus dem Mantel zu helfen, dicht an Anechkas Bruder heran.

Selbiger drehte sich - ohne jegliches Zeichen von Verwunderung über ihre Nacktheit - herum, ließ sich helfen und wandte sich anschließend wieder Anechka zu, neben der ich nun aber stand.

„Hoffe, der Anblick ist ihm nicht unangenehm?", spottete er sogleich mit jovialem Grinsen im Gesicht, aber bevor ich noch antworten konnte, übernahm Anechka dies bereits für mich.

„Na, das wird er schon verkraften. Mach dir da mal keine Sorgen", fuhr sie ihm in die Parade, und stellte uns anschließend mit den Worten: „Misha, das ist Francis. Francis, das ist mein Bruder Misha", gegenseitig vor.

Ich streckte die Hand aus, und nach kurzem, fast unmerklichem Zögern, ergriff Misha sie, allerdings nicht, ohne dabei weiterhin überheblich zu grinsen.

Es folgte ein kurzer Moment beklemmenden Schweigens, welcher aber dankenswerterweise bald unterbrochen wurde, als die nackte Frau von der Garderobe wiederkehrte und sich wortlos neben ihren Begleiter stellte.

Misha blickte sie kurz an und lächelte. Sofort verschwand die Missgunst aus seinem Blick, wurde vertrieben von Anerkennung und ehrlich empfundener Zuneigung. Er wirkte fast gütig, dann aber wandte Aneschkas Bruder sich erneut mir zu, und stellte sie mir mit den folgenden Worten vor:
„Dies ist meine Sklavin Kira, der Stolz und die Liebe meines Lebens."
Ich blickte sie neugierig an.
Blickte ihr direkt ins Gesicht und fand zu meiner Verblüffung das selbe Erröten, den selben, schamhaften Blick dort, wie ich ihn die letzten Tage so oft selbst gezeigt hatte.
Sie fühlte sich von seinen Worten geschmeichelt, daran konnte es nicht den geringsten Zweifel geben.
Diese Frau stand nackt zwischen uns, wurde einem ihr unbekannten Mann als Sklavin vorgestellt und strahlte dabei eine Souveränität, ja ich möchte fast sagen Größe aus, wie ich sie noch nie erlebt hatte.
„Hallo Francis, schön dich zu treffen" sagte sie, riss mich so aus meinen Gedanken, und bevor ich mich versah, hatte sie sich bereits wie zur Begrüßung eines alten Freundes fest an mich gedrückt.
Ich spürte ihre Brüste, ihre Schenkel, ihre Wärme, aber es dauerte nur einen Wimpernschlag, dann entzog sie sich mir wieder.
Ich aber stand sprachlos da und blickte in ihr freundliches Lächeln, unfähig etwas zu erwidern, unfähig die Geschehnisse einordnen zu können.
„Na, ihr könnt euch ja vielleicht später noch unterhalten", hörte ich Anechkas Stimme und brachte nun endlich ein gemurmeltes:
„Freut mich auch, Kira" hervor.
„Besser spät als nie", spöttelte Anechka sofort lachend, drehte sich zur Seite und wies ihren Gästen mit ausgestrecktem Arm, doch bitte am Esszimmertisch Platz zu nehmen.
Misha folgte ihrer Einladung prompt, nicht aber ohne auf dem Weg noch ein Kissen von einem der Sessel zu ergreifen. Kira wiederum folgte ihm, bedächtig, langsamen Schrittes mit gesenktem Haupt.
Als sie den Tisch erreichten, blieb Misha in einigem Abstand stehen. Er ließ sie passieren, worauf Kira ihm, als sie den Tisch erreichte, einen Stuhl abrückte, darauf wartend, dass er sich setzen möge.
Dies tat er auch, Anechkas Kissen dabei neben seinen Stuhl auf den Dielenboden werfend, und wie selbstverständlich kniete Kira sich darauf, nachdem sie ihn platziert hatte.
Anechka und ich standen immer noch im Wohnzimmer direkt bei der Eingangstüre, und ich bemerkte plötzlich, wie sie mich von der Seite musterte.
Sie hatte mich wohl die ganze Zeit beäugte, während ich mir dieses Schauspiel angesehen hatte, wohl um meine Reaktionen darauf besser einschätzen zu können.
Ich lächelte sie an, als Signal, dass mit mir alles in Ordnung war, und sie erwiderte mein Lächeln sofort, alles war gut.
Auf ein Zeichen von ihr hin setzten wir uns in Bewegung, und während Anechka nach den Speisen in der Küche sah, schenkte ich unseren Gästen Getränke ein, oder sagen wir besser, einem unserer Gäste. Kira hatte weder Glas noch Geschirr oder Besteck.
Misha grinste erneut breit, offensichtlich amüsiert darüber, wie unschlüssig ich dastand, die Flasche Wein in der Hand, meinen Blick suchend über den Tisch wandern lassend.
„Nur für uns drei", hörte ich endlich Anechkas Stimme hinter mir, welche bereits mit den ersten dampfenden Schalen aus der Küche trat.

„Hättest du ihm auch mal sagen können, weißt du", fuhr Anechka ihren Bruder an, allerdings immer noch freundlich lächelnd, während sie die Schüsseln neben mir auf dem Tisch absetzte.

Jener grummelte zustimmend etwas, was wohl als eine Art Entschuldigung verstanden werden sollte, ich aber beachtete es nicht, machte mich stattdessen lieber daran, die Gläser einzuschenken.

Kaum aber war der letzte Tropfen aus dem Flaschenhals geflossen, schickte Anechka mich mit den Worten: „Hole bitte den Rest Francis, es steht alles bereit" aus dem Raum.

Ich war neugierig, lauschte in ihre Richtung, und bevor ich die Küche betrat gelang es mir tatsächlich noch zu vernehmen, wie sie Kira bat, mir heute ein Bisschen zu helfen. Schließlich wäre für mich alles hier neu und ungewohnt, nun, damit hatte sie wahrlich recht!

„Neu und ungewohnt, das kann man wohl sagen" dachte ich so bei mir, als ich im Schutz der Küche unbeobachtet tief durchatmete.

Ich hatte schon an Festivitäten gleich welcher Couleur teilgenommen, von Saufgelagen mit Zechern, über Geburtstage angesehener Bürger bis hin zu Diners in den feinsten und exquisitesten Restaurants Europas, aber hier wusste ich mich nicht zu benehmen.

Ich war auf fremdem Terrain. Ich kannte die Verhaltenscodes nicht, während unsere Gäste ein eingespieltes Team zu sein schienen.

Eigentlich mehr noch. Kira war wie für ihn abgerichtet, aber dennoch wirkte es durchaus respektvoll und seltsamerweise gar zärtlich, wie beide ohne Worte miteinander kommunizierten.

„Na, wird schon", sprach ich mir selber Mut zu, und machte mich einigermaßen verwirrt daran, das restliche Essen aufzutragen.

Ich stellte alles sorgsam auf den Esstisch, setzte mich sodann an den verbliebenen, eingedeckten Platz neben Anechka, und während die Geschwister bereits ihre Teller füllten, beobachtete ich Kira sorgfältig.

Sie kniete mit extrem weit gespreizten Schenkeln auf dem Kissen, ihr Gesäß auf den Hacken abgestützt, den Kopf hoch erhoben, aber den Blick gesenkt, was ihr einen unterwürfigen Ausdruck verlieh.

Den Rücken hatte sie stramm durchgestreckt, die Schultern zurückgenommen, so als wolle sie ihrem Herren die Brust entgegenstrecken, als wolle sie sich ihm ständig präsentieren.

Ihre schmucklosen Hände hatte sie auf den Schenkeln abgelegt, und dass sie anscheinend bei unserem Mahl übergangen werden sollte, schien sie nicht im Geringsten zu überraschen.

Sie faszinierte mich, das muss ich zugeben. Nachdem ich sie eine Weile beobachtet hatte, zwang ich mich geradezu, meinen Blick abzuwenden.

Sicher, alles war neu für mich, aber ich musste die Umgangsformen nicht verstehen, um zu wissen, dass Anechka meine verstohlenen Blicke sicher nicht gut geheißen hätte.

Wir begannen zu essen.

Auch ich hatte mich mittlerweile bedient, Kira allerdings verharrte in ihrer unbequem anmutenden Körperhaltung, mit gesengtem Blick, nur gelegentlich aufschauend, wenn jemand direkt mit ihr sprach.

Von Zeit zu Zeit reichte Misha ihr sein Glas herunter, aus welchem sie vorsichtig trank, ohne es dabei allerdings mit den Händen zu berühren. Auch wenn er sie gelegentlich fütterte, nahm sie niemals die Hände zur Hilfe, sondern schlang willig herunter, was er ihr hinhielt.

Beide schienen dieses Spiel zu genießen.

Es mutete fast an, als wäre sie sein Hündchen.

Für mich war es fremd und faszinierend zugleich.

Kira erniedrigte sich, ohne Frage, nichtsdestotrotz schienen beide diese Art des Umgangs miteinander zu genießen. Ich erinnerte mich daran, wie sehr auch ich es genossen hatte, als Anechka mich damals mit Kascha fütterte, und erschrak - wieder eine Parallele mehr.

Diese Frau hatte in ihrer Nacktheit und Erniedrigung eine Souveränität, eine schiere Selbstsicherheit uns gegenüber, welche ich mir nicht erklären konnte. Was trieb sie, so weit zu gehen, sich in Gegenwart anderer derart bevormunden und demütigen zu lassen?

Ich konnte es mir nicht erklären.

Die Tischgespräche plätscherten vor sich hin, als wäre es das Normalste auf der Welt, und erst viel später begriff ich, dass es das für die Anwesenden außer mir selbst auch tatsächlich war.

Kira schwieg, außer, sie wurde direkt angesprochen, und auch ich hielt mich weitestgehend aus der Konversation heraus, hielt mich tapfer zurück, wie es Anechka von mir verlangt hatte.

Misha hingegen redete wie ein Wasserfall, wobei sich das Gespräch fast immer um Waldarbeit und die Organisation derselben drehte.

Er schien hier im Dorf eine Art Zimmermann und Förster zugleich zu sein, wobei sein Hauptaufgabenfeld darin bestand, den Holznachschub für Heizung und Neubauten zu sichern. Auch die anschließende Wiederaufforstung wurde von ihm organisiert, es schien folglich so, als genösse er bei den anderen Bewohnern einiges Vertrauen.

Anechka schien die meisten seiner Geschichten bereits zu kennen, was ihrer Freude daran, ihren Bruder bei sich zu haben, jedoch keinen Abbruch tat. Sie spielte die Interessierte, was er offenkundig nicht zu bemerken schien.

Es funktionierte für alle Beteiligten prächtig.

Misha war hocherfreut, seine Erlebnisse mitteilen zu können, und Anechka genoss es, die Unterhaltung - angesichts dessen, dass Kira und ich schwiegen - nicht selbst in Gang halten zu müssen.

Als es aber, wohl eine gute Stunde später, wieder einmal darum ging, wie Zitat: „Seltendämlich", sich ein mir natürlich unbekannter Mann beim Aufschichten der geschälten Holzstämme angestellt hatte, wurde es Anechka dann doch zu viel, und sie unterbrach ihn mit den Worten:

„Sag mein Bruder, seit wann bevorzugst du deine Sklavin haarlos?"

Die Frage kam wie ein unerwarteter Schlag.

Plötzlich herrschte eisiges Schweigen am Tisch, mir stockte der Atem. Hatte sie das wirklich gefragt?

Auch Misha musste sich zunächst, offenbar aufgrund des plötzlichen Themenwechsels, neu orientieren. Nachdenklich legte er seine Stirn in Falten, grübelte eine Sekunde und blieb doch still, wodurch Anechka sich wiederum gezwungen sah, den Grund ihrer Frage weiter auszuführen:

„Nun, mir ist bekannt, dass du Kira aufgetragen hast, ihren Körper völlig enthaart zu halten, aber seit wann bezieht sich diese Vorliebe auch auf das Haupthaar? Wenn ich mich recht entsinne, hatte deine Sklavin bei meinem Besuch in eurem Haus, also vor gerade einmal ein paar Stunden, noch langes blondes Haar, oder?"

Jetzt fiel der Groschen, es war deutlich in Mishas Gesicht zu sehen. Das überdeutliche Fragezeichen verschwand, sein Gesicht erhellte sich und ein ebenfalls amüsierter, wie gemeiner Gesichtsausdruck machte sich breit.

Er gefiel sich offensichtlich in seiner Rolle, lehnte sich grinsend zurück, zierte sich einen Augenblick zum Schein, aber sprach dann doch: „Musste ich rasieren. Eigentlich eine Schande. Auch ich mochte es gern, aber sie hat sich dieses Privileg verwirkt, was konnte ich da machen?"

Wie zur Bestätigung zuckte er entschuldigend mit den Schultern, ich war verwirrt.

Kira trug eine Glatze, was mir zugegeben erst aufgefallen war, nachdem ich den Rest ihres nackten Körpers betrachtet hatte. Allerdings war ich bisher davon ausgegangen, dass dies krankheitsbedingt der Fall war.

Keine Frau, die ich kannte, würde sich freiwillig den Kopf scheren lassen. Frauen mit Glatze, das gab es nur in Kranken- oder Zuchthäusern, wo es entweder der Vorbereitung eines Eingriffs, dem Eindämmen von Läusebefall oder der Markierung der Häftlinge diente, die Haare zu entfernen.

„Du hast sie einfach geschoren?", entfuhr es mir, ohne nachzudenken, wobei Bestürzung und Ungläubigkeit in meiner Stimme lagen.

Sofort bereute ich meinen Ausbruch, welcher Misha nur dazu einlud, belustigt noch breiter zu grinsen, aber es war zu spät.

„Ja, das habe ich allerdings" erwiderte er mit provokantem Unterton, ließ seine linke Hand zu Kiras immer noch rausgereckten Brüsten hinabgleiten, nahm einen der erigiert hervorstehenden Nippel zwischen Daumen und Zeigefinger, sagte: „Hast du ein Problem damit, Francis" und kniff so feste hinein, dass Kira unvermittelt Tränen in die Augen schossen.

Obwohl Misha keine Probleme hatte, den silbernen Daumenring an seiner Hand mit Leichtigkeit tief in das zarte Fleisch hinein zu treiben, und obwohl seine Sklavin dabei offenkundig Qualen litt, blieb ihr Mund doch geschlossen.

Sie schrie nicht auf, bewegte sich nicht einen Zentimeter!

Lediglich ihr Mienenspiel verriet die Pein, welche sie in diesem Moment auszuhalten hatte.

Ein Schauspiel bot sich mir, wenn auch keines der angenehmeren Sorte.

Da ist etwas in uns Männern, etwas ewig Gestriges, etwas das uns aus Urzeiten anhaftet und nicht zu vertreiben scheint.

Menschen sind auch nur intelligente Tiere, und vielleicht haben gerade die männlichen Exemplare unserer Spezies sich bestimmte Urinstinkte für jene Momente bewahrt, wo sachliche Argumentation an ihre Grenzen stößt.

Wir sind oft dickköpfig, aggressiv, egozentrisch, streitlustig.

All das muss man sich als Mann sagen lassen, aber es hat auch seine guten Seiten, das Tier tief in uns drin, und eine davon ist unser Beschützerinstinkt.

Irgendetwas in uns regt sich, wenn einer Frau wehgetan wird, und dies ganz besonders, wenn es ein baumlanger, kräftiger Mann ist, der eine zierliche Schönheit quält.

Ich konnte einfach nicht glauben, was ich da sah.

Obwohl es zu keiner Zeit den Anschein hatte, das Kira zu etwas gezwungen wurde, fühlte ich mich dennoch verpflichtet, ihr beizustehen.

Ohne es in irgendeiner Weise beeinflussen zu können, schaltete mein Körper auf Angriff. Meine Hände ballten sich zu Fäusten, mein Unterkiefer schob sich vor, und ich wollte mich gerade auf Misha stürzen, als ich Anechkas Hand auf meinem Oberschenkel spürte, welche mich resolut zurückhielt.

Misha genoss in vollen Zügen, dass er mich aus der Fassung gebracht hatte.

Ganz langsam ließ er vom gepeinigten Nippel ab, gönnte sich zufrieden einen tiefen Schluck aus dem Weinglas vor sich auf dem Tisch und grinste, zufrieden und dümmlich.

„Du hast sie also zur Strafe geschoren?", erklang Anechkas Stimme, und nachdem ihr Bruder dies bestätigt hatte, schien das Thema damit für sie abgehakt zu sein.

In mir brodelte es.

Was glaubte dieser Holzfäller eigentlich, wer er war?

Wieso ließ Kira bloß alles widerspruchslos geschehen?

Ich sah Anechka fragend an, welche ihre Hand immer noch beruhigend auf meinem Oberschenkel liegen hatte, und sie schien meine Not zu begreifen.

Das Mal war eh beendet, und mit den Worten: „Ich denke, ihr zwei könnt jetzt abräumen und die Küche in Ordnung bringen, oder?", versuchte sie geschickt, mich erst einmal aus der Schusslinie zu bringen.

Misha nickte bestätigend, gab mit einer einzigen Geste seiner Hand die Bestätigung für Kira, Anechkas Aufforderung folge zu leisten, und sofort erhob sich die Sklavin und begann, das Geschirr auf dem Tisch zusammenzustellen.

„Francis?" sagte Anechka, und auch ich verstand, erhob mich und half Kira, alles für den einfacheren Transport in die Küche zu stapeln.

„Komm, wir setzen uns vor den Kamin", hörte ich Anechka noch sagen, dann machten wir uns schwer beladen auf den Weg in die Küche. Ich war plötzlich allein, mit einer nackten, seltsamen Frau.

Kira schien sich in der Küche gut auszukennen. Routiniert verstaute sie alles in Schränke und Schubladen, während ich mehr oder weniger hilflos und beklommen ob ihrer Blöße daneben stand.

Es war eine seltsame Situation, als angezogener Mann einer nackten und sehr attraktiven Frau bei der Arbeit zuzusehen, aber sie verhielt sich völlig normal, zeigte mir gegenüber keine Scheu. Selbst dann nicht, als sie direkt vor mir auf einen Stuhl steigen musste, um Essig und Öl wieder an ihren angestammten Platz zurück zu stellen.

Ich versuchte meinen Blick wann immer möglich abzuwenden - was teilweise meinen Manieren und zu einem weiteren guten Teil meinen Hemmungen geschuldet war - aber ihre Scham fast auf Augenhöhe, da konnte ich dann doch nicht widerstehen.

Es sollte nur ein flüchtiger, unauffälliger Blick werden, aber dann sah ich plötzlich etwas metallisch zwischen ihren Schenkeln aufblitzen.

Ich konnte es nicht recht erkennen, sah noch genauer hin, aber dennoch gelang es mir nicht, und so stand ich denn noch starrend da, als sie mich überraschend ansprach:

„Na, gefällt dir, was du siehst?"

Ich errötete, brachte wie üblich kein Wort heraus, und so sprach Kira einfach weiter, während sie vorsichtig vom Stuhl herunter stieg.

„Ich bin beringt, trag einen Ring mit dem eingravierten Namen meines Herren. Einige tragen zum Zeichen ihrer Zugehörigkeit Halsreif oder Halsband, aber meinem Herren gefiel die Idee eines Klitorisvorhautrings besser."

Mit diesen Worten ließ sie eine Hand in ihren Schoß gleiten, spreizte mit geübtem Griff ihre äußeren Schamlippen und legte einen kleinen, silbernen Ring frei, welcher horizontal zwischen den inneren Schamlippen hing.

Das war zu viel für mich.

Ich errötete stärker, trifft nicht wirklich auch nur im Entferntesten, was in jenem Moment mit meinem Gesicht geschah. Es fällt mir schwer, meine Verfassung mit Worten zu beschreiben. Sagen wir einfach, ich konnte froh sein, keinen Blutsturz erlitten zu haben.

Kira hingegen lachte, von meiner Schamhaftigkeit amüsiert, aber es war ein fröhliches Lachen, in dem weder Überheblichkeit noch Spott lagen.

„Anechka hat den Ring für uns gefertigt, weißt du?" fuhr sie fröhlich fort, aber natürlich wusste ich es nicht, wie wohl so manch anderes auch, was in diesem seltsamen Dorf als Normalität angesehen wurde.

Schließlich überwand ich mein Unbehagen. Während Kira bereits das Spülwasser einlaufen ließ, gelang es mir endlich, ihr die unter meinen Nägeln brennenden Fragen zu stellen:

„Einen Ring, von deinem Herren, mit Namen?" brach es aus mir heraus, worauf sie sich mir wieder zuwandte, aber keine Anstalten machte, auf meine Worte einzugehen.

„Ich meine, so markiert man Rinder, keine Menschen" fuhr ich fort. Rückblickend kann ich aufgrund meines heutigen Wissens froh sein, dass Kira mich weiter anlächelte, und keinen Anstoß an meinen despektierlichen Worten nahm. Heute weiß ich, wie viel es ihr bedeutet als Sklavin ihres Herren markiert zu sein, aber damals hatte ich von alldem keine Ahnung und war ziemlich geschockt.

Wie gesagt, Kira lächelte mich immer noch an, und da sie weiterhin schwieg, verstand ich ihr Verhalten als Einladung und fragte einfach weiter:

„Warum lässt du dir das gefallen? Dir den Kopf kahl rasieren, ich meine, du bist doch nicht weniger wert als er, oder?"

Die Worte sprudelten geradezu heraus. Auch wenn meine Stimme bereits begann zu versagen, denn so ganz hatte sie sich offenbar doch noch nicht erholt, konnte ich mich einfach nicht beruhigen.

„Sklaverei.. ich meine, das gibt es doch nicht mehr, jedenfalls nicht in Europa!" Ich schrie nun fast, mit heiserer Stimme, bis Kira mir unmissverständlich deutete, die Lautstärke zu senken, indem sie ihre Hände mit nach unten gerichteten Handflächen besänftigend vor mir auf und ab bewegte, als wolle sie die Schallwellen in Zaum halten.

„Ganz ruhig Francis, lass es mich erklären" unterbrach sie mich schließlich, immer noch freundlich aber entschieden.

Ich verstummte, stand mit vor Erregung aufgerissenen Augen vor ihr und sie musste erneut Lachen, während sie mir beruhigen eine Hand auf die Schulter legte.

„Francis, du verstehst Einiges hier offenbar noch nicht", sprach sie freundschaftlich, nahm auf dem Stuhl Platz, welchen sie vorhin noch als Trittleiter genutzt hatte, und gab mir mit einem Blick zu verstehen, dass ich mich ihr gegenüber bitte ebenfalls niederlassen sollte.

„Er quält mich nicht, jedenfalls nicht in negativem Sinne" fuhr sie mit ihren Erklärungen fort, nachdem ich mich endlich gesetzt und etwas gefasst hatte.

„Je weiter er geht, je selbstverständlicher er sich mir und meines Körpers bedient. Je weiter er mich treibt, je tiefer gehen Verständnis, Vertrauen und Liebe zueinander. Er ist mein Herr! Ich habe mich ihm aus freiem Willen unterworfen und man kann mit Gewissheit sagen, dass er mich dazu treibt, die beste Partnerin zu werden, die ich für ihn sein kann."

Schweigen.

Ich wusste nicht, was ich hierauf erwidern sollte, also zog ich es vor, nichts zu entgegnen und Kira provokant verständnislos anzugaffen.

Selbige ließ sich durch mein zur Schau getragenes Unverständnis nicht entmutigen, überlegte kurz und startete sodann einen weiteren Versuch, mir die Geschehnisse des Abends begreifbar zu machen.

„Sieh Francis. Das Knien, das Ertragen von Schmerzen, ja auch der Ring, welchen ich trage, all das sind nur Symbole. Selbstverständlich bin ich nicht weniger wert als mein Herr, glaube mir, er würde jederzeit sein Leben geben, um mich zu beschützen.

Ich spüre, nein ich weiß, dass mein Handeln, genau so wie mein ganzes Sein, ihm in jedem Moment unseres Lebens gefällt und Freude bereitet. Er formt mich, erzieht mich, trainiert mich, ihn zufrieden zu stellen, und ich erhalte dadurch nicht nur die Befriedigung, ihm bestmöglich dienen zu dürfen, sondern auch die Sicherheit, dass ich in jedem Moment meines Lebens weiß, wie ich mich zu verhalten habe und wo mein Platz ist."

„Ja, zu seinen Füßen" musste ich unwillkürlich denken, aber was ich sagte, war: „Was tut er denn schon für dich?", eine Bemerkung, die Kira kurzfristig aus der Fassung zu bringen schien.

Sie rollte mit den Augen, stöhnte demonstrativ, fand aber schnell zu ihrer ursprünglichen Freundlichkeit zurück und bemühte sich, meine Frage verständlich zu beantworten.

„Er tut eine ganze Menge für mich" sagte sie, so eindringlich, dass es fast wie ein Vorwurf mir gegenüber klang.

„Ich gestehe ihm Macht zu, über mich zu bestimmen und mich zu bestrafen, wie es ihm gefällt, aber dies tue ich nicht umsonst. Im Gegenzug dafür weiß ich, dass er hundertprozentig für mich da ist, zu unser beider Wohl entscheidet und die Verantwortung für uns trägt. Um es einfach zu sagen - ER bestimmt, ICH gehorche, und wir gefallen uns beide am jeweiligen Ende der Leine, an dem wir uns befinden."

Wieder kehrte Stille in der Küche ein, und wieder wusste ich nicht, was ich erwidern sollte oder konnte.

Ich hatte die letzten Tage erlebt, wie gut es sich anfühlen konnte, wenn jemand die Kontrolle und Führung übernahm.

Ich hatte gespürt, wie befriedigend es sein konnte zu gehorchen und zu dienen, ja, sich sogar etwas zu erniedrigen, aber so leben, jeden Tag?

Sadomasochismus hatte für mich bisher nur das Zufügen bzw. Ertragen von Schmerz bedeutet, aber es schien viel mehr als das rein sexuelle Spiel zu geben. Kira und Misha lebten Dominanz und Unterwerfung als eine Art Beziehungsstruktur, ständig, rund um die Uhr.

Gut, in einer Beziehung gibt es immer einen eher dominanten Teil. Einer der Partner neigt oft dazu, sich den Wünschen des anderen unterzuordnen, aber, dass jemand sich so beherrschen ließ, hatte ich nie erlebt.

„Ist dir das auf die Dauer nicht zu wenig, ihm nur zu Diensten zu sein?" fragte ich letztlich, während Kira sich bereits wieder erhob, um mit dem Abwasch zu beginnen.

Sie verharrte, sah mich an, und als ich gerade dachte, ich müsse meine Frage präzisieren, beantwortete sie diese mit einem Schmunzeln auf den Lippen:

„Zu wenig? Wieso sollte es mir zu wenig sein? Ich weiß nicht, welche Vorstellung du von unserer Beziehung haben magst, aber der Abend hier spiegelt nicht unbedingt unser tägliches Leben wieder.

Auf die Dauer ist es ermüdend und unsagbar langweilig, wirklich alles regeln und bestimmen zu wollen. Sicher, ich bin sein und er sorgt auch dafür, dass ich es nie vergesse, aber es bedeutet nicht, dass ich bei uns zu Hause etwa die ganze Zeit krieche oder gefüttert werden muss.

Wir lachen, lieben, manchmal streiten wir sogar, wie Menschen es in jeder Beziehung, die du als normal einschätzen magst, auch tun.

Allerdings mit dem feinen aber bedeutsamen Unterschied, dass er jederzeit bestimmen kann, sollte er es wollen, und ich im Endeffekt nicht verweigern kann, was er von mir verlangt.

Er mag es, wenn ich nackt und auf Knien bin. Nicht weil er mich zu irgendetwas zwingen müsste, sondern weil es mir tatsächlich hilft, mich ihm immer weiter hinzugeben. Er achtet auf mich, auf alles was ich tue, lässt mir nichts durchgehen. Das Schlimmste für mich sind keine Strafen, auch wenn es Misha gefällt, mich dann und wann zu quälen, das Schlimmste für mich wäre, wenn es ihn nicht interessieren würde, was ich tue und ob ich mich seinen Regeln entsprechend verhalte."

Mit diesen Worten wand sich die seltsame Frau ab, goss noch etwas kochendes Wasser in die Spüle und begann, das Geschirr zu reinigen.

Ich stand daneben, hing meinen Gedanken nach und starrte ins Nichts.

Ihre Worte hallten in meinem Kopf nach, und auch wenn alles logisch klang, was sie mir gegenüber geäußert hatte, so blieb es für mich dennoch unmöglich, den Inhalt wirklich zu begreifen.

Es war natürlich nichts daran auszusetzen, wie sie und Misha lebten. Beide waren erwachsen, sich wohl bewusst, was sie da taten und hatten die Beziehung aus freien Stücken so eingerichtet.

Kiras Part war für mich noch einigermaßen verständlich.

Sie war bereit Freiheit aufzugeben, um im Gegenzug Sicherheit zu erhalten, aber bei Misha, war ich mir über die Motivation so zu leben im Unklaren.

Wie konnte er mit der Frau, die er ganz offensichtlich liebte, so umspringen?

„Zerbrich dir nicht den Kopf" hörte ich Kira da sagen, die mit ausgestrecktem Arm direkt neben mir stand und mir ein Handtuch hinhielt, offenbar bereits einige Zeit.

„Vielleicht wirst du es ja selbst erleben" fügte sie sodann keck und mit einem Augenzwinkern hinzu, als ich jenes dargebotene Handtuch ergriff, immer noch einigermaßen gedankenverloren.

In ihrem Blick lag etwas. Ein Ausdruck, gut versteckt, wusste sie womöglich mehr über meine Zukunft als ich selbst?

Ich erinnerte mich, wie Anechka mir während einem unserer ersten Gespräche versichert hatte, dass niemand hier etwas gegen meinen Willen mit mir vorhatte. Beruhigend hatte ich diese Aussage damals empfunden, nun aber wurde mir klar, dass es bei der Unterwerfung in dem Sinne, wie sie hier gelebt wurde, gerade darauf ankam.

Gott, wo war ich hier nur gelandet?

Ich schwieg, trocknete gewissenhaft ab und dachte nach.

Nachdem alles erledigt und dank Kira auch in den Küchenschränken verstaut war, kehrten wir schließlich zu Anechka und Misha ins Wohnzimmer zurück.

Beide waren in eine Unterhaltung verstrickt, welche sie jedoch sofort unterbrachen, als sie uns aus der Küche treten sahen.

Misha deutete Kira mit derselben Handbewegung, mit der er es bereits vorhin im Esszimmer getan hatte, sich neben ihn auf den Boden zu knien, und auch Aneschka klopfte einladend neben sich auf die freie Sitzfläche des Zweisitzersofas, um mir mitzuteilen, wo mein Platz war.

Ich gehorchte, setzte mich neben sie und schwieg.

Während ich beobachtete, wie Misha den Kopf seiner Sklavin auf den Schoß herüber zog und begann, ihn liebevoll zu streicheln, hörte ich in Gedanken einmal mehr ihre Worte:

„Vielleicht wirst du es ja bald selbst erleben" hatte sie gesagt, und ich fing langsam an mich zu fragen, wie nah ich diesem Zustand wohl bereits gekommen war.

Auch ich genoss, wenn Anechka die Kontrolle übernahm.

Geflitzt war ich geradezu um alles zu erledigen, was sie mir auf diesem verdammten Zettel notiert hatte, war ich noch bei Sinnen? Zugegeben, manches genoss ich auch auf andere Art. Es war durchaus ein Kick, wenn sie mich demütigte oder mir ihre Macht per Onanierverbot demonstrierte, aber wieso hatte sie diese Macht überhaupt? Wieso war es mir so wichtig, ihr zu genügen?

„Das Schlimmste sind nicht die Strafen, es wäre, wenn es ihn nicht interessierte, ob ich seinen Regeln gehorche!"

Das waren Kiras Worte, eben in der Küche, aber ich verstand nur zu gut, was sie damit auszudrücken versucht hatte.

Auch ich hatte diese innere Spannung gefühlt, als Anechka nach ihrer Heimkehr meine Aufgaben überprüft hatte, und ich erinnerte mich nur zu gut, wie mein Herz geradezu frohlockte, als sie diese für zufriedenstellend erledigt befunden hatte.

Ich wollte für Anechka alles sein, was sie sich wünschte.

Ich wollte sie zufriedenstellen, wollte, dass sie Gefallen an mir fand.

Aber als Sklave, das konnte doch wohl nur ein schlechter Witz sein?

Kiras genüssliches Schnurren, ein beinahe katzenhafter Laut, brachte mich zurück in die Realität.

Misha streichelte immer noch ihren kahlen, in seinem Schoß ruhenden Kopf, und sie genoss es in vollen Zügen.

Zärtlich ließ er seine Fingerspitzen von Zeit zu Zeit ihren schlanken Hals herunter bis zu ihren unbedeckten Schultern wandern, und als ich das zufriedene Strahlen auf Kiras Gesicht sah, begriff ich endlich, wie frei, angenommen und geborgen zugleich sie sich in diesem Moment fühlte.

„Das hat aber lange gedauert, ihr beiden" hörte ich plötzlich Anechkas Stimme direkt neben mir, wand mich meiner Retterin zu, und ihr Lächeln beseitigte mit Leichtigkeit jegliche Zweifel, die eventuell noch bestanden hatten.

Ich sah es, in ihrem Lächeln, ihren Augen, ihrem Blick - ich war verliebt.

- Nachlese -

Er muss verrückt sein, dieser Francis, sie haben ganz recht.

Natürlich verstehe ich ihr Unverständnis, mein lieber Leser, bezweifele allerdings meinerseits sodann, dass sie wahre, bedingungslose Liebe jemals kennen gelernt.

Wer kann ernstlich zweifeln, der jemals dieses Verlangen, dieses Brennen, diesen alles hinwegfegenden Kuss der Natur verspürt?

Ich war verwirrt, ganz recht, und zwar in hohem Maße.

Die nackte Sklavin, der grinsende Hüne, der silberne Ring, das Knien und Füttern, all das hatte mich verunsichert, aber einem konnte ich mich nicht entziehen, Aneschkas Blick.

Von hier ab gab es bis zum heutigen Tage, an dem ich die ihnen vorliegenden Zeilen niederschreibe, kein zurück mehr.

Ich verlor mein Herz, alles, was ich hatte, in just diesem Moment.

Einzig offenbaren, konnte ich es meiner Geliebten nicht, war ich doch unsicher, ob diese Gefühle auch erwidert wurden.

Wie schon so oft in meinem Leben, verbarg ich sie. Versteckte mich hinter dem frechen, Sicherheit spendenden Grinsen eines Feiglings.

Ich versuchte die Situation zu überspielen, indem ich meine Verletzlichkeit mit gespielter Heiterkeit überdeckte, und betrog mich so lediglich selbst.

„Nun, Kira hat mir so einiges erklärt, und gezeigt auch" sagte ich, unmissverständlich auf den kleinen Ring zwischen ihren Schamlippen anspielend, doch Anechka ließ sich nicht täuschen.

Sie fixierte mich ausdauernd, mit fragendem Blick, bis ich den meinen letztlich verschüchtert abwenden musste, um ihr meine Gefühle nicht noch offensichtlicher zu gestehen.

„Ach, meine Sklavin hat dir also so einiges gezeigt?" fragte Misha mitten in unseren kleinen Kampf hinein, wobei sich seine Mine schlagartig verfinsterte.

Er griff Kira im Genick, riss ihren Kopf grob hoch und sah ihr streng ins nun erschrocken verzerrte Gesicht.

„Du Schlampe machst wohl für jeden die Beine breit, was?" fügte er, nur einen bedrückenden Augenblick später, ebenso zornig hinzu, doch als Kira daraufhin vor Scham errötete, fing Misha zu meiner Verwunderung schallend an zu lachen.

Er lockerte seinen Griff, strich ihr beruhigend über den kahlen Schädel und küsste sie zärtlich auf den Mund.

Kira erwiderte seinen Kuss, und als er sich von ihr zurückzog, legte sich sofort wieder jenes Strahlen über ihr Gesicht, mit welchem sie zuvor seine Liebkosungen quittiert hatte.

Es war nur ihr Spiel, eine schiere Demonstration seiner Macht und seines Besitzanspruchs gewesen, nicht mehr und nicht weniger.

Er kümmerte sich, zeigte auf seine - zugegeben fremd wirkende - Art, dass ihm etwas an ihr lag, und sie vergötterte ihn dafür.

Wir saßen noch eine ganze Weile so da, während Misha erneut dafür sorgte, dass die Phasen der Stille nie länger anhielten, als er brauchte, sich eine neue Geschichte einfallen zu lassen.

Er unterhielt uns, oder besser gesagt, er wiederholte einfach die bereits geschilderten Arbeitsabläufe seines Alltags mit immer wechselnden Akteuren, wieder und wieder, ohne ihrer jemals überdrüssig zu werden.

Schließlich verabschiedeten sich unsere Gäste aber doch. Freilich nicht, ohne die bereits zur Begrüßung vollführten Höflichkeitsformen und Umarmungen zu wiederholen, aber dann waren sie fort, und wir plötzlich allein mit uns selbst.

„Alles gut mit dir, Francis?" fragte Anechka, nachdem wir wieder auf dem Sofa Platz genommen und eine Weile geschwiegen hatten. Sie spürte es, aber natürlich nickte ich nur, statt ihr mein wahres Befinden mitzuteilen.

Ich war noch keine Woche in diesem Haus, kannte Anechka kaum, was hätte ich denn bitte sagen sollen?

„Ja, alles gut, ich habe mich unsterblich in dich verliebt"?!?

Das hätte ich natürlich sagen können, aber dazu fehlte mir der Schneid, und so blieb mir nichts übrig als zu nicken, zu schweigen und ins Feuer zu blicken, als wäre sie gar nicht da, als säße ich allein in dieser Blockhütte, irgendwo im Nirgendwo Russlands.

„Gut, ich denke du hast einiges zu verarbeiten, wir reden dann morgen" sagte Anechka schließlich, welche sich wohl entschieden hatte, mich nicht weiter zu bedrängen.

Es loderte in mir, wollte heraus, aber wieder nickte ich nur stumm, schaffte es dieses Mal jedoch, ihr ein kleines Lächeln zu schenken, worauf sie ebenfalls erleichtert lächelte.

„Es ist alles gut, ich bin ja da" hauchte sie mir noch zu, erhob sich, gab mir den obligatorischen Gutenacht-Kuss auf die Stirn und zog sich in ihr Zimmer zurück.

„Verdammt, du bist solch ein Idiot" wurde mir bald darauf klar, dass ich sie wohl gerade zurückgewiesen hatte, es war wirklich zum Schreien.

Hier saß ich. Verliebt, verwirrt und voller Angst davor, was mit mir geschah, dennoch aber strahlte ich, wenn auch kopfschüttelnder Weise.

Ich hatte endlich meine Bestimmung gefunden, im bizarren Verhalten einer devoten, nackten Frau, und ich war ernsthaft verliebt, endlich, zum ersten Mal in meinem Leben.

- Morgendliche Qual -

„Ach hier bist du, guten Morgen Francis."

Der Ton ihrer Stimme klang freundlich und vertraut, dennoch brachte mein müder Verstand etwas, bis er begriff, wo ich mich befand.

Es war mir auf Reisen schon des Öfteren passiert, dass ich in Hotelzimmern erwachte, ohne zu wissen in welchem Hotel - wenn meine Trinkerei wieder einmal einen neuen Höhepunkt erreicht hatte, gar, in welcher Stadt - ich mich gerade befand.

An das Gästezimmer mit seinem Kleiderschrank und dem metallenen Bett hatte ich mich als allmorgendlich ersten Anblick mittlerweile gewöhnt, aber da ich gestern im Wohnzimmer vor dem Kamin eingeschlafen war, brauchte es einem Moment für die genaue Standortbestimmung meinerseits.

„Na, süße Träume gehabt?" sprach Anechka weiter, noch bevor ich mich wieder ausreichend gesammelt hatte, um ihre Begrüßung erwidern zu können. Ehe ich begriff, worauf sich ihre Frage bezog, setzte sie sich bereits grinsend neben mich auf die Armlehne der Ledercouch.

Ich lächelte sie verwirrt an, aber unsere Blicke trafen sich nicht, schaute sie doch nicht in mein Gesicht, sondern zur Mitte meines Körpers hinab.

Viel zu spät bemerkte ich, dass mein erigiertes Glied sich, während ich schlief, seinen Weg in die Freiheit gebahnt hatte, und war darüber nicht im Mindesten so verzückt, wie meine breit grinsende Peinigerin.

Aufgrund des Kaminfeuers war es letzte Nacht kuschelig warm im Wohnzimmer gewesen, und so hatte ich hier geschlafen, ohne eine Decke zu benötigen oder - zu später Stunde fröstelnd erwacht – doch noch in mein warmes Bett zu kriechen.

Dieser Umstand stellte an sich noch kein Problem dar, da ich allerdings auf Anechkas Wunsch hin einen Rock trug, und seit meiner Kindheit einen eher unruhigen Schlaf zu haben pflegte, hatte ich mich nachts derart aus eben diesem Rock gestrampelt, dass ich nun halb nackt vor ihr lag.

„Oh, ich..", weiter kam ich nicht mit dem Versuch, meine Lage zu entschuldigen, denn plötzlich streckte sie ihre Hand aus und ergriff meinen vor hineinströmendem Blut dunkelrot und zur Gänze erigierten Penis, wobei sie ihn völlig umschloss, jedoch ohne die Eichel dabei zu berühren.

Ihre Hände fühlten sich kalt, jedoch nicht unangenehm an, und als sie ihren Griff schloss, zuckte mein kleiner Freund begeistert vor Erregung.

Anechka blickte auf, sah mir in die vor Überraschung geweiteten Augen und sagte: „Um den hier müssen wir uns zu gegebener Zeit wohl mal kümmern, oder Francis?", worauf sie ihren Griff umgehend etwas lockerte und begann, ganz langsam meinen Penis zu massieren.

„Es fühlte sich herrlich an", das sagen Leute von einem warmen Bad im Winter, oder einer kalten Dusche an heißen Sommertagen, aber selbstverständlich reicht das hier als Beschreibung nicht im Entferntesten aus. Anechka spielte schließlich mit meiner morgendlichen Erektion, was ist da schon etwas kaltes bzw. warmes Wasser?

Jedes Mal, wenn sich ihre Faust bis auf Millimeter meiner empfindlichen und zu diesem Zeitpunkt bereits Freudentränen benässten Eichel näherte, oder in entgegengesetzter Richtung bewegt dafür sorgte, dass sich meine Vorhaut vollständig von eben diesem Körperteil zurückzog, gelang es mir nur unter Aufbringung all meiner Kräfte, ein wollüstiges Aufstöhnen zu unterdrücken. Anechka genoss dies offenkundig in vollen Zügen, zogen sich ihre Mundwinkel doch noch ein Müh weiter auseinander, was ihrem Grinsen etwas Grimassenhaftes, fast Schauerliches verlieh.

Sie massierte wohl noch ein halbes Dutzend Male auf- und abwärts, ließ dann überraschend von mir ab und ergriff, nur einen weiteren Augenblick später, welcher gerade ausreichte, bedauernd und geräuschvoll tief auszuatmen, derart heftig meine Hoden, dass ich erschrocken zusammenzuckte.

Ich versuchte sofort, durch Zurückweichen zu entfliehen, sie aber verstärkte ihren Griff noch, genau so, dass es unmöglich wurde, zu reagieren.

Ich war ihr ausgeliefert, starrte sie aus vor Schreck und Schmerz aufgerissenen Augen an und lag ganz still.

Sie hatte mich in der Hand, mich im wahrsten Sinne fest bei den Eiern.

„Oder warst du etwa nicht brav und hast deine Hände die letzten Tage von deinem Schwanz ferngehalten?"

Anechkas Frage ging mit einem prüfenden Blick einher, und als ich - von der Situation überfordert und doch weiterhin mit vor Erregung zuckendem Glied daliegend - nicht umgehend antwortete, zuckte blitzschnell ein derart scharfer Schmerz durch meinen gesamten Unterkörper, dass die Luft aus meinen Lungen gepresst wurde und ich einen gepeinigten Aufschrei nicht mehr unterdrücken konnte.

So schnell, wie er gekommen war, verging der Schmerz auch wieder. Anechka lockerte ihren Halt, schaute mich mit einer Mischung aus Neugierde und gespielter Unschuld an, und endlich gelang es mir, wieder zu atmen.

Gierig saugte ich den Sauerstoff in meine Lungen, nickte schließlich bestätigend, dass ich brav gewesen war, voller Angst vor weiteren Attacken.

„Gut, das wollte ich wohl auch gehofft haben" sagte Anechka sodann, meine Hoden wie prüfend in ihrer Hand hin und her wiegend, als wolle sie so den Wahrheitsgehalt meiner Antwort derart überprüfen.

Es musste sie offenbar befriedigt haben, wie hart und schwer meine Testikel sich nach einer Woche ohne Erleichterung anfühlten, denn sie ließ beide aus ihrer Hand gleiten, ohne ihnen weiteren Schaden zuzufügen.

Anechka grinste, beugte sich zu mir herüber, und während sie mir den Satz: „Du machst mir Spaß, bist ein tolles Spielzeug" ins Ohr hauchte, umschloss ihre Hand plötzlich erneut mein hartes Glied.

Es dauerte nur vielleicht eine Sekunde. Gerade drei Mal massierte ihre geschlossene Faust kräftig meinen Schaft, aber es reichte aus, meine Geilheit erneut völlig zu entfachen.

Ruckartig zog Anechka sich von mir zurück, stand auf, sah zu mir herunter und lachte mich triumphierend an, wie sie es bereits so oft zuvor getan hatte, immer dann, wenn sie mich ihre Macht spüren ließ.

„Na, vielleicht später Francis. Geh duschen, wir haben einiges zu bereden!"
Nach diesen Worten ging sie Richtung Küche und ich blieb verwirrt zurück.
Genauer gesagt verwirrt und bis in die Haarspitzen geil, ob ihrer herrlichen
Dominanz und Grausamkeit.

- Die Abmachung -

Ich gehorchte und wusch mich, tapfer der Verlockung widerstehend, mir doch
noch Erleichterung zu verschaffen.
Als ich zurück ins Gästezimmer des Hauses trat, hatte Anechka mir bereits
Kleidung auf den kleinen Holzstuhl neben der Türe gelegt, ganz so, wie sie es
tags zuvor auch getan hatte.
Selbstredend handelte es sich wieder um einen Rock als Beinkleid, etwas
anderes gab der Kleiderschrank ja bekanntlich nicht her.
Diesmal war der Rock allerdings dunkelgrau und reichte nicht bis zum Boden
hinab, sondern bedeckte meine Beine lediglich bis zu den Waden.
Ich kleidete mich rasch an, wusste ich doch, dass Anechka bereits auf mich
wartete, wie ich mit einem schnellen Seitenblick auf dem Weg durch den Flur
in mein Zimmer bereits gesehen hatte.
Anechka saß immer noch wartend auf dem Stuhl an der Wandseite, als ich
endlich zurückkehrte, und bedeutete mit lässiger Handbewegung, mich auf
den Platz ihr gegenüber zu setzen.
Sie lächelte dabei, wirkte gelöst, jedoch spürte ich eine innere Anspannung,
welche ich von unseren Gesprächen nach meiner Rettung bereits kannte.
Meine Retterin war nervös. Sie fuhr sich, wohl ohne es selber zu merken,
ständig durch ihr offenes Haar, kaute ebenso unbewusst auf ihrer Unterlippe
und schien nicht recht zu wissen, wie sie unser Gespräch beginnen sollte.
Ich saß ihr eine ganze Weile schweigend gegenüber, wobei ich ebenfalls
immer nervöser wurde, bei der Frage, was sie wohl damit gemeint hatte, das
wir „einiges zu bereden" hätten, wie sie sich vorhin ausgedrückt hatte.
Meine Gedanken schweiften ab. Zurück zum Besuch des vergangenen
Abends. Seltsam war es gewesen, jenes Paar, welchem ich noch nie
begegnet war, und doch hatte ich sie schließlich beneidet.
Die Art, wie sie miteinander umgingen. Der Grad des Vertrauens, den sie
erreicht hatten, der absolute Bedingung für das zu sein schien, was auch
immer genau in ihrer Beziehung vonstatten ging.
Was das war, hatte Kira mir zu verdeutlichen versucht, und auch wenn ich es
nicht völlig verstand, so hatte ich doch ein Gefühl der Verbundenheit ihr
gegenüber gespürt, als wären wir verwandte Seelen, als teilten wir die
gleichen Sehnsüchte.
Anfangs hatte sie mir leidgetan. Nackt, gedemütigt und ganz offensichtlich
beherrscht von einem - zumindest mir gegenüber - ungehobelten Hünen, aber
der erste Schein hatte offenbar getrübt.
Mit jeder Minute, welche ich jenes ungleiche Paar im Zusammenspiel
betrachtet hatte, waren jene Feinheiten deutlicher zu sehen gewesen, welche
von ihrer Zuneigung füreinander zeugten.
Ihre Unterwürfigkeit, ihr Wille zur öffentlichen Zurschaustellung seiner
Vorherrschaft, war Abbild ihrer Liebe zu ihm. Selbst wenn er Kira erniedrigte
und quälte, so trug er sie dadurch doch zugleich auf Händen, gab ihr Sicher-
und Geborgenheit.

„Francis? Bist du noch da?"

Anechkas Ton klang beinahe besorgt.

Offenbar hatte sie mich bereits zuvor angesprochen, wobei ich dies, ganz in Gedanken versunken, wohl nicht mitbekommen hatte.

„Entschuldigung, ich war in Gedanken, bin da" antwortete ich umgehend, lächelte entschuldigend, und zu meiner Erleichterung erwiderte sie diese Geste, was schlagartig alle Besorgnis aus ihrer Miene vertrieb.

„Hast wohl einiges zu verarbeiten?" fuhr sie sodann etwas spöttelnd fort, fing sich aber gleich wieder, fixierte mich und sprach mit sanfter Stimme weiter:

„Ich weiß, dass alles neu ist für dich, und ich weiß auch, dass ich dich mit dem Besuch meines Bruders vielleicht etwas überfordert habe.

Misha und Kira zusammen zu sehen, muss für dich sicherlich seltsam und befremdlich angemutet haben, was ja auch einer der grundlegenden Punkte dafür ist, weshalb sich unsere kleine Gemeinde von der Außenwelt fast gänzlich zurückgezogen hat."

Anechka schwieg, dem Anschein nach auf einen Kommentar meinerseits zu ihren Worten wartend, ich aber schwieg ebenfalls.

Was konnte ich dazu schon sagen?

Für eine Sekunde stutzte sie, wohl aufgrund meiner für mich untypischen Zurückhaltung überrascht, dann aber lächelte sie erneut und setzte das Gespräch unbeirrt fort.

„Gut. So weit stimmen wir also überein" sagte sie, zwinkerte mir herausfordernd zu, faltete ihre Hände vor sich auf dem Tisch und sprach langsam weiter:

„Ich hoffe, ihr Auftreten hat dich nicht verschreckt, denn das hatte ich natürlich nicht im Sinn. Es ist einfach so, dass sich unsere Auffassung von einer glücklichen Beziehung nur schwer in Worte fassen lässt, und ich wollte mir sich sein, dass du wenigstens eine ungefähre Vorstellung davon hast, bevor ich dir diese Abmachung unterbreite."

Abmachung, was für eine Abmachung denn, fragte ich mich sogleich.

In mir brodelte es.

„Lass uns zum Thema kommen, was willst du von mir" wollte ich schreien, endlich zum Punkt kommen, aber ich blieb still und wartete ab, meiner Retterin weiterhin zuhörend.

„Du bist in den letzten Tagen genesen. Auch wenn deine Stimme noch etwas angegriffen und deine Kräfte noch nicht völlig zurückgekehrt sein mögen, denke ich, du bist auf jeden Fall weit genug, um von mir in die nächstgelegene Stadt gebracht zu werden."

Nach diesen Worten verstummte sie, sah mich prüfend an, und auch wenn ihr letzter Satz nicht wie eine Frage geklungen hatte, so wusste ich dennoch zu gut, dass es nur eine Ursache für ihr Schweigen geben konnte - sie wollte meine Bestätigung.

Da waren wir nun also, genau auf dem Punkt, zu dem ich eben noch genervt kommen wollte, einzig gefallen, fand ich daran nicht.

Sie hatte Recht.

Ich war wirklich körperlich in der Verfassung, zurück in die Zivilisation zu kehren, lediglich ein Problem gab es da noch – ich wollte es nicht!

Zum ersten Mal seit jener schrecklichen Nacht, welche mir meine Eltern entrissen hatte, fühlte ich mich wieder zu Hause.

Endlich verspürte ich nicht mehr jenen Drang, welcher mich die letzten Jahre von Land zu Land getrieben hatte, und zudem liebte ich flammend, jene Frau, welche mir gerade gegenübersaß.

Für einen endlosen Moment herrschte absolute Stille im Raum.

Schließlich nickte ich dann doch, in dem Wissen, dass sie sonst keinesfalls weiter sprechen würde, und in der Hoffnung, es möge sich bei der von ihr erwähnten Abmachung nicht nur um Formalitäten zur Vorbereitung meiner Abreise handeln.

„Brav" sagte Anechka leise, und ich glaubte in diesem Moment fest, Verständnis für meine Angst in ihrem Blick zu lesen.

Sie lächelte. Die Steine auf meinem Herzen wurden leicht, und dann erklang wieder ihre liebliche Stimme, welche mich in den Nächten hier gar bis in meine Träume verfolgt hatte.

„Nicht, dass ich daran ernsthaft gezweifelt hätte, aber dein Gesichtsausdruck hat mir soeben wirklich eindeutig bescheinigt, dass du lieber hier bei mir bleiben willst, nicht wahr Francis?"

Dieses Mal klang es wie eine Frage.

Sie hatte das Satzende stimmlich klar um einige Töne erhöht, um so das hier befindliche Fragezeichen sprachlich zu transportieren, aber nun ließ Anechka erstaunlicherweise keine Zeit für eine Antwort meinerseits, sondern sprach einfach weiter, sich ihrer Sache offenbar absolut sicher.

„Es freut mich, denn auch ich wünsche, dass du bleibst.

Es gefällt mir, dich im Haus um mich zu haben, und natürlich gefällt es auch, wie hilfsbereit du dich mir gegenüber bisher gezeigt hast.

Selbstverständlich kannst du, solltest du meine Bedingungen akzeptieren und weiter mit mir zusammenleben, zu jedem späteren Zeitpunk immer noch gehen, ich denke, das versteht sich von selbst?"

Diesmal wartete sie nach der Frage, und ich nickte schnell bestätigend dafür, dass ich sie verstanden hatte.

„Obwohl ich mir geschworen hatte, es nie mit jemandem aus der Außenwelt zu riskieren, bin ich in deinem Fall dazu bereit, denn dein Verhalten in den letzten Tagen war für mich Bestätigung genug.

Ich erwarte nicht von dir, dass du etwa Kiras Verhalten meinem Bruder gegenüber als Maßstab anlegst, aber ich erwarte, dass du willens bist, ab jetzt nach meinen Regeln zu leben."

Wieder Pause, wieder nickte ich, wieder fuhr Anechka umgehend fort.

„Mein Alltag, meine Vorstellungen von Beziehung und Partnerschaft sind klar definiert. Es kann überhaupt nur eine Chance für uns bestehen, wenn du bereit bist, dies auf meine Art zu probieren.

Es ist mir klar, dass dieses Gespräch nicht gerade der dir vertrauten Vorgehensweise, wie ein Mann in der Welt da draußen um eine Dame zu werben pflegt, entspricht, aber sei unbesorgt, es werden noch genügend Gelegenheiten kommen, zu denen du mir deine Aufwartung machen kannst."

Anechka grinste. Ich schluckte nach ihren Worten unbewusst, musste über das Gesagte kurz nachdenken, und sie gab mir die Zeit, mich zu sammeln.

Hatte sie mir da gerade angeboten, als ihr Sklave hier zu bleiben?

„Es mit mir riskieren", „mit ihr zusammenleben", „nach ihren Regeln", das waren doch nur freundliche Umschreibungen dafür gewesen, oder?

Ich war verliebt, sehr verliebt sogar, aber gottverdammt, was wusste ich schon darüber, was ein solches Leben für mich bedeuten würde?

Eine Woche kannte ich diese Frau, sieben Tage hatten wir mehr oder weniger rund um die Uhr miteinander verbracht, und da sollte ich nun also entscheiden, mich ihr hinzugeben, ohne die Bedeutung dessen wirklich einschätzen zu können?

„Ich.. ich soll.." stotterte ich schließlich, worauf sie über den Tisch reichte und mir beruhigend ihre Hand auf die meine legte.

Es half. So simpel diese Geste auch war, ich konnte sprechen.

„Ich soll dein Sklave sein?"

Die Worte hatten meine Zunge noch gar nicht völlig verlassen, da erschrak ich bereits über das, was ich da soeben selber von mir gegeben hatte.

Anechka hingegen blieb völlig ruhig. Ihre Miene zeigte keine Reaktion, ganz so, als wäre es das Normalste von der Welt, mit jemandem über eine mögliche Versklavung zu debattieren.

„Ruhig Francis, ganz langsam" sagte sie, nicht ohne meine Hände dabei leicht zu drücken, so als wolle sie die von ihrer Hand ausgehende beruhigende Wirkung auf mich derart noch verstärken.

„Du sollst und du kannst nicht mein Sklave sein. Das habe ich dich auch nicht gefragt, genau so wenig, wie ich dich jetzt bitten würde, mich zu heiraten. Zum Sklaven ist es ein weiter Weg, weißt du, und manche halten es für zumindest fragwürdig, ob man diesen Zustand echter, völlig selbstloser Versklavung je erreichen kann."

Noch immer drückte diese Frau meine Hand, während sie auf ihre unnachahmliche Weise versuchte, mich in ihre fremde Welt einzuführen. Ich hingegen lauschte, mit geöffnetem Mund, jedes Wort gierig einsaugend.

„Es braucht Zeit, sich gegenseitig zu vertrauen. Glaube mir, es verlangt mindestens dieselbe Gewissheit und Stärke über jemanden zu herrschen, wie sie auch wahre Hingabe verlangt.

Du musst bedingungslos vertrauen, um mir mit sicherem Gefühl Kontrolle über dich geben zu können, und ich ebenso, um diese Macht auch bereitwillig anzunehmen. So wie du dich verwundbar machst, so öffne ich mich gleichzeitig auch dir, aber wie gesagt, ich bin bereit, es mit dir zu versuchen."

Da war es also wieder, dieses ES.

ES mit mir versuchen, ES riskieren, was aber, wenn ich ES doch nicht wollte?

Anechka schwieg, während ich mir diese Frage stellte, ihr Blick so voller Hoffnung und zugleich Furcht, dass es kaum zu ertragen war.

„Wenn wir ehrlich miteinander sind, lieber Francis, leben wir es bereits, bedenken wir nur einmal, wie bereitwillig du dich meinen Verboten, Anweisungen und Aufträgen gefügt hast", fuhr sie schließlich fort, nicht bereit, sich so leicht beirren zu lassen.

„Alles, was ich will ist, dem Kind einen Namen geben, und Klarheit darüber schaffen, wie wir zueinander stehen.

Ich hoffe, dass du bleibst. Ich habe dich, wie du ja bereits weißt, sehr lieb gewonnen, aber wenn, dann nur zu meinen Bedingungen.

Ich herrsche hier! Ich treffe die Entscheidungen, aber sei dir versichert, dass es in dieser Zeit des Kennenlernens, fast möchte ich es Testphase nennen, auch Aussprachen und Auszeiten auf Augenhöhe geben wird.

Ich werde mich um dich kümmern, Francis. Ich hoffe, dass du mir dies auch zutraust und bereit bist, dich mir bis auf Weiteres unterzuordnen."

Was nun folgte als Stille zu bezeichnen, spottet jeder Beschreibung.

Anechka zog sich zurück. Ihre Hand wanderte von mir fort. Bald saß sie mit verschränkten Armen da, wobei die Tatsache, dass sie sich auf dem Stuhl zurücklehnte, nicht nur die räumliche, sondern auch die gefühlte Distanz zwischen uns schmerzlich vergrößerte.

Die Katze war aus dem Sack, die Würfel waren gefallen, alles lag ausgebreitet auf dem Tisch. Keine Ausflüchte mehr, kein „irgendwie genieße ich es ja", jetzt war eine Entscheidung fällig.

Anechka hatte Recht.

Ich hatte alles genossen, was sie in den Tagen unseres Zusammenlebens mit mir angestellt hatte. Egal, ob es kleine Demütigungen, Zurechtweisungen oder Anweisungen gewesen waren, aber dennoch hatte es sich mehr wie ein Spiel angefühlt. Ein Spiel, aus dem ich jederzeit aussteigen konnte.

Ich hatte mich ihr hingegeben, mich ihr ein Stück weit untergeordnet, allerdings immer in dem Wissen, dass ich jederzeit zurück konnte.

Zurück zum generellen Status quo, zurück zum Patriarchat der so genannten normalen Gesellschaft, zurück zu meinem alten Ich.

Sie hatte mir imponiert, die Hingabe der einzigen Sklavin welche ich kannte, und auch wenn Anechka mir klar bedeutet hatte, Kira nicht als Vergleich zu mir heranzuziehen, so fragte ich mich doch, ob ich in Zukunft so leben konnte, leben wollte und leben würde.

„Ich kann in deinem Gesicht lesen, was du denkst."

Ihre Stimme klang zärtlich, aber es schwang noch etwas anderes darin mit, und plötzlich wusste ich auch, was es war.

Anechka hatte Angst.

Jene starke Frau, welche alles so gut im Griff zu haben schien, saß mir gegenüber und hatte Panik mich zu verlieren.

Sie mögen sich vielleicht fragen, wieso sie es dann riskierte, indem sie mich vor eine solche Wahl stellte, aber seien sie versichert, dass es keinen anderen Weg für sie gab.

Wie ich heute weiß, hatte auch Anechka zunehmend Gefallen an dem kleinen Spielchen zwischen uns gefunden, und genau wie bei mir, war auch für sie irgendwann der Punkt gekommen, wo daraus Zuneigung entstand.

Anechka wollte weiter gehen, wollte mich beherrschen und behüten, aber sie war nun nicht mehr in der Lage, dies ohne Zustimmung weiter zu führen.

Sie brauchte Gewissheit, dass ich mich auf diesen Lebensstil zumindest einmal einlassen würde. Gewissheit, dass ich mich dazu bekannte, ihr Diener zu sein, und ihr so die Sicherheit gab, über mich bestimmen zu können.

„Das glaube ich nicht, Anechka" erwiderte ich endlich, ehrlich daran zweifelnd, dass sie meine Gedanken tatsächlich zu lesen imstande war. Sie aber lächelte erneut, fast überheblich wissend, und richtete das Wort an mich:

„Oh doch Francis, ich weiß es. Du denkst an Kira, an auf dem Boden Kriechen und an all das, was du in dem Köfferchen unter meinem Bett gefunden hast."

„Uuugh.." entfuhr es mir unwillkürlich, völlig überrascht, hatte ich bisher doch geglaubt, meine Durchsuchung ihres Zimmers wäre unentdeckt geblieben.

„Ja, ganz recht! Ich habe dich davon kommen lassen, obwohl ich den offenen Sekretär sofort bemerkte und im Nachhinein auch deine Spuren im Staub auf dem Koffer entdeckt habe. Ich hatte meine Gründe. Ja, ich bin sadistisch! Ich liebe es, sadomasochistische Praktiken auszuleben, und ja, nackt auf Knien gehalten zu werden ist eine Art seinen Sklaven zu nutzen. Eine von Vielen! Sollte ich dich auf Knien sehen wollen, werde ich es ohne Zögern verlangen. Sollte ich dich schlagen wollen, werde ich auch dies tun, aber zunächst geht es für uns beide darum, eine Basis für eine vielleicht mögliche Beziehung zu finden. Verstehst du das?"

Anechka errötete, ihre Wangen wurden glutrot.

Nein wirklich, ich erinnere mich, als wäre es gestern gewesen.

Sadomasochismus, Sklaven, Sadistin, das alles ging ihr locker über die Zunge, aber auszusprechen, dass sie sich auch nur eventuell eine Beziehung mit mir vorstellen konnte, machte sie verlegen.

Nicht, dass ihre Dominanz abhandengekommen wäre, aber neben aller Bestimmtheit war da auch diese Verletzbarkeit, dieses Menschliche, diese hoffnungsvolle Frau, welche bereit war, sich auf einen Tunichtgut wie euren Freund hier einzulassen.

Wortlos, mit zitternden Händen stand ich auf.

Langsamen Schrittes ging ich um den Tisch herum auf sie zu, worauf sie sich - mich etwas ungläubig erwartend – mir samt Stuhl zuwandte.

Einen Atemzug, eine gefühlte Ewigkeit lang blieb ich vor ihr stehen, dann gaben meine Beine endlich nach und ich viel vor ihr auf die Knie.

„Ich will" sagte ich mit brüchiger Stimme, kaum hatten meine Knie den Holzboden berührt, den Blick gesengt, mit Tränen in den Augen.

„Ich weiß" sagte sie, beugte sich herunter, legte beide Hände auf meine Wangen, erhob zärtlich mein Haupt, strahlte mich an und küsste mich schließlich innigst, zum ersten Mal nicht nur auf die Stirn.

- Die Hütte -

Anechka ließ mich knien, oder besser, sie erlaubte es mir.

Hatte ich ihre Stiefel gestern Abend noch in einer Art Hocke verweilend geschnürt, so gab es jetzt, nach meiner Unterwerfung, keinen Grund mehr für solche Zurückhaltung.

Ich hatte eingewilligt mich - zumindest probeweise auf Zeit - Ihrem Willen zu fügen, und so wussten wir nun beide genau, wo wir standen, wusste ich auch noch nicht, was für Folgen das noch haben sollte.

Sicher, ich hatte für Anechka auch vorher bereits freiwillig manche Arbeiten erledigt. Ich hatte Misha samt seiner Sklavin in Aktion erlebt, aber was es wirklich hieß, sich jemandem zu fügen, kann meiner Meinung nach nur auf eine Weise gefühlt werden, wenn man es am eigenen Körper erlebt.

Es fällt mir schwer zu beschreiben, was genau sich nach meinem Kniefall zwischen mir und meiner Retterin, oder sollte ich an dieser Stelle hier bereits Herrin sagen, veränderte. Im Grunde betraf es einfach alles.

Dein Gegenüber ist plötzlich nicht mehr auf Augenhöhe.

Auch wenn es Anechka bereits zuvor gefallen hatte, keine Zweifel an ihrem Führungsanspruch zuzulassen, so schien es jetzt dennoch, als atmete sie auf. Fast schien es, als könne sie mir ihr wirkliches Ich, welches sie bisher in Zaum gehalten hatte, erst nun wahrhaft offenbaren.

Es gab keinen Bruch in ihrem Verhalten, das ist nicht, was ich hier zu beschreiben versuche. Viel mehr fühlte es sich wie eine Befreiung beiderseits an, wobei Anechka die Gewissheit gewann, dass ich ein solches Leben ebenfalls probieren wollte und ihr folgen würde.

Was ich gewann, mag für sie lieber Leser schwerer verständlich zu machen sein, aber ich empfand den Verlust von Entscheidungsfreiheit und eigenem Willen schon damals als Gewinn, brauchte ich mich doch nun nicht mehr darüber zu sorgen, ob es normal war, was ich da plötzlich fühlte.

Ich hatte endlich den Kopf frei zu genießen und mich ganz auf die einzige Sache in meinem neuen Leben zu konzentrieren, welche noch in meiner Verantwortung lag, nämlich Anechka.

Ich durfte bleiben, Anechka wollte mich um sich, und meine Aufgabe war es nun, ihr und ihren Forderungen bestmöglich zu genügen.

Sie trainierte mich nicht. Ich lernte in den folgenden Tagen weder, bestimmte Körperhaltungen einzunehmen, noch wurde meine Art mich auszudrücken in irgendeiner Weise verändert, der Wandel vollzog sich zunächst eher in mir, in meiner Einstellung ihr gegenüber.

Natürlich gab es eine Flut neuer Regeln. Wann der Kamin entzündet wurde, wie Anechka ihren Kaffee zu trinken pflegte, was für das Frühstück auf den Tisch gestellt wurde und vieles mehr, aber das sind Kleinigkeiten, die jedermann mit der Zeit über seinen Partner erfährt, je länger die Partnerschaft dauert und je intimer sie wird.

Ich lernte automatisch niederzuknien und ihr das schmutzige Schuhwerk auszuziehen, sobald sie das Haus betrat. Ich lernte, wie sie ihr Bett gemacht haben wollte, aber entscheidend war, ich lernte, mich selber zurückzunehmen.

Anechka brauchte mich nicht zu zwingen. Nicht zu stoßen, damit ich ihr Schritt hielt, ganz im Gegenteil. In den ersten Tagen meiner Dienerschaft fühlte es sich eher so an, als bremste sie mich gar in meinem Drang, immer weiter zu gehen, immer mehr zu geben und dabei aufzugeben.

Ich verzehrte mich nach ihrem Lob. Es bereitete mir Freude, sie zu beglücken. Nun, so fühlte ich, gab es keine Zurückhaltung mehr, diese Zeiten waren vorbei.

Jetzt war ich IHR Sklave, wenn auch probeweise, und ich suhlte mich geradezu darin, ihr dies auch bei jeder Gelegenheit zu zeigen.

Wie ein Hund, der hechelnd auf den nächsten Wurf wartet, um dem Stöckchen seines Herrchens nachzurennen, so lag auch ich auf der Lauer, begierig wartend, welche Möglichkeit Anechka zu gefallen, sich als Nächstes bieten würde.

Ich möchte hier nicht katholischer klingen als der Papst, natürlich nahm ich mich nicht ganz zurück. Es gab Dinge, wie zum Beispiel das Knien und Öffnen ihrer Stiefel, welche mir durchaus angenehm waren.

Es hatte einen gewissen Kick, sich vor ihr erniedrigen zu dürfen.

Es erregte mich, ihr Diener zu sein, und bei meinen Blicken, welche ich Anechka heimlich von unten her zuwarf, glaubte ich stets, diesen Genuss auch in ihrem Gesicht wiederzuerkennen.

Es passte einfach. Ich genoss, ihr zu dienen. Ich genoss, wie selbstverständlich sie sich meiner bediente, und auch wenn mir natürlich klar war, dass dieser Schritt von ihr ausgehen musste, so dachte ich dennoch oft mit einem Kribbeln in der Magengegend an die Gegenstände in dem kleinen Koffer, verstaubt unter Anechkas Bett.

Sicherlich war dieser Umstand teilweise auch meinem Hormonhaushalt geschuldet, hatte ich mich schließlich seit fast 10 Tagen nicht mehr erleichtern dürfen, aber da war noch etwas anderes.

Ich wusste, dass Anechka diese Art von Spielen, also das Ausleben ihrer sadomasochistischen Fantasien, sehr genoss, und ich wollte es ihr ermöglichen, diese mit mir auszuleben. Ich wollte erleben, wie es sich anfühlte beherrscht zu werden und ganz für sie da zu sein.

Zwei Tage nach unserem Gespräch, früh morgens nach dem Frühstück, verließ ich zum ersten Mal seit jener Nacht, in der ich nur knapp dem Tode entgangen war, wieder das Haus.

Anechka wies mir, meine schwarzen Lackschuhe anzuziehen, welche zum Smoking mit all seiner Eleganz hervorragend gepasst hatten, aber in Kombination mit meinem jetzigen Outfit - Hemd und schlichter Herrenrock - seltsam deplatziert anmuteten.

Bevor wir in die verschneite Winterlandschaft hinaustraten, bot sie mir noch eine braune Jacke an, welche ich dankend um meine Schultern schlug, nicht ohne mich ein weiteres Mal zu fragen, wieso ihre Kleiderschränke eine solch umfassende Männergarderobe zu bieten hatten.

Wir traten aus der Haustüre.

Anechka ging voraus, ich folgte und saugte gierig die frische kalte Luft in meine Lungen, genoss die Freiheit mit geschlossenen Augen.

Ich genoss ebenso die Sonne, die Wärme auf meinem Gesicht, musste dann allerdings unvermittelt krampfartig husten, offenbar hatte die Erkältung meinen Körper wohl doch noch nicht zur Gänze wieder verlassen.

Während ich noch so dastand und prustete, bog Anechka bereits um das Haus, ohne den Weg, welcher vor uns lag, nur eines Blickes zu würdigen.

Ich war überrascht, hatte ich doch gehofft, etwas vom sagenumwobenen Dorf der Sadomasochisten zu sehen zu bekommen, aber selbstverständlich folgte ich ihr schnellstmöglich, neugierig darauf, wohin sie mich führen mochte.

Als ich um die Häuserecke trat, erblickte ich einen Anbau stattlicher Größe, vor dessen Eingangstüre Anechka bereits wartete, einen dicken Schlüsselbund in der Leder behandschuhten Hand.

„Dann mal rein in die gute Stube" sagte sie mit einem Augenzwinkern, steckte routiniert den riesigen alten Schlüssel ins ebenso veraltete Bundbartschloss und sperrte mit lautem Knarzen auf.

Ich trat neben sie, musste allerdings gleich wieder etwas vor der Flügeltüre zurückweichen, damit Anechka Selbige öffnen und uns so einen Blick ins Innere ermöglichen konnte.

Es war völlig dunkel. Nicht die Hand war vor Augen zu erkennen, aber Anechka trat ohne Zögern ein, und Sekunden später tauchte erst eine, dann, nur einen Moment später, eine zweite Öllampe das Innere des Schuppens in dämmriges Licht.

Der Schuppen, welcher mir bisher nicht aufgefallen war, was gewiss daran lag, dass er zwar seitlich ans Haus angebaut, aber aus diesem heraus nicht direkt betreten werden konnte, beherbergte eine Vielzahl von Stühlen, Kisten, Gerätschaften und sonstigem Hausrat.

Offenbar nutzte Anechka ihn als Abstellkammer, allerdings befand sich in seiner Mitte ein schwerer Tisch, auf dessen Arbeitsplatte sich allerhand Maschinen und Werkzeuge befanden, welche penibel an ihrem jeweiligen Platz zu liegen schienen.

Neben Zangen aller Art gab es verschiedene Tellerhämmer, manche flach und andere konisch zulaufend, Blechscheren, Lötlampen, und in der Ecke eine kleine Feuerstelle samt dazugehörigem Amboss mit Schmiedehammer.

„Den hat Anechka für uns gefertigt", traten Kiras Worte über jenen kleinen Silberring zwischen ihren Schenkeln plötzlich aus meiner Erinnerung heraus zurück in mein Bewusstsein, und jetzt verstand ich auch ihre Bedeutung, denn vor mir lag offenbar die Werkstatt einer Silberschmiedin, Anechkas Werkstatt.

Wie bereits gesagt, herrschte hier in Teilen heilloses Durcheinander, von Staub und gehörigen Spinnweben ganz zu schweigen, während der Arbeitsbereich allerdings derart geordnet und sauber war, dass es fast klinisch genannt werden konnte.

Die beiden Hälften des Schuppens wurden optisch von zwei massiven Baumstämmen voneinander abgetrennt, welche senkrecht in einem Abstand von ungefähr zwei Metern voneinander aufgestellt waren.

In Höhe von circa einem Meter waren sie, wohl zur Stabilisierung des Ganzen, durch einen waagerecht verlaufenden, etwas schmaleren Stamm verbunden, und trugen gemeinsam das ebenfalls hölzerne Dach der kleinen Werkstatt.

Alles war solide verzapft und schien, genau wie das Haus selbst auch, für die Ewigkeit gebaut zu sein. An den Innen- und Außenseiten der senkrechten Baumstämme waren in regelmäßigen Abständen von ungefähr dreißig Zentimetern metallene Bolzen eingeschraubt, welche als Abschluss runde Ösen hatten und vollständig verrostet schienen.

„Komm rein, mach endlich die Türe zu" hörte ich plötzlich Anechkas Stimme, welcher mein tatenloses Herumstehen und Gaffen offenbar zu missfallen schien. Nachdem ich ihren Worten Folge geleistet und die Flügeltüre hinter mir ins Schloss gezogen hatte, wies sie mich sogleich an, die kleine Feuerstelle an der linken Seite der Werkstatt zu entzünden, was ich selbstredend prompt erledigte.

Bald brannte ein wärmendes Feuer, doch noch, bevor ich mich wieder Anechka zuwenden konnte, erklang bereits erneut ihre strenge Stimme:

„Ich denke es ist an der Zeit, hier wieder für Ordnung zu sorgen."

Ich drehte mich um, erblickte sie allerdings nicht sofort, was dem vorherrschenden Zwielicht und der Tatsache geschuldet war, dass Anechka nicht mehr hinter ihrem Arbeitstisch, sondern weitestgehend verborgen inmitten ein paar alter Stühle stand.

Selbige hatten wohl schon besser Tage gesehen. Die Bespannungen der Sitzflächen waren an einigen Stellen verschlissen oder gar eingerissen. Einem fehlte die komplette Rückenlehne, dem Nächsten ein Bein, und zusammen gaben sie einen eher traurigen Anblick ab.

„Nimm dir den Lappen dort!"

Anechka deutete auf ein weißes Tuch, welches über einer alten Nähmaschine hing und früher allem Anschein nach mal ein Hemd gewesen war.

Ich ging herüber, ergriff das zum Putzlappen umfunktionierte Kleidungsstück und blickte sie fragen an.

„Gut, neben der Feuerstelle steht ein Eimer. Tunk den Lappen hinein, und dann befreist du alles hier vom Staub der letzten Jahre" sagte Anechka prompt, wobei sie mit einer ausladenden Bewegung von links nach rechts auf alles deutete, was auf dem Boden und an den Wänden der kleinen Werkstatt gestapelt war.

„Selbstredend wirst du auch ein bisschen Ordnung schaffen, wo du alles doch eh schon einmal in der Hand hast, verstanden?"

Ich hatte verstanden, nickte bestätigend, allerdings nicht ohne einen leisen Seufzer darüber zu unterdrücken, dass ich die nächsten Stunden wohl von Kopf bis Fuß in Staub und Dreck verbringen würde.

Anechka nickte ebenfalls lächelnd, offenbar zufrieden damit, wie widerspruchslos ich ihr mittlerweile gehorchte.

Ich holte mir den beschriebenen eisernen Eimer und war erleichtert, dass sich tatsächlich Wasser und nicht etwa Eis darin befand, hatte er doch erst kurz direkt neben der Feuerstelle gestanden, in der mittlerweile ein stattliches Feuer brannte.

Ich ergriff ihn am Henkel, war kurz erstaunt ob seines immensen Gewichts, legte im Vorbeigehen noch einen weiteren Holzscheit in die Flammen, und als ich mich gerade zwischen ein paar umgestürzten Kisten hindurchschlängeln wollte, wurde es plötzlich taghell.

Der ganze Raum war mit einem Schlag durchflutet von weißem, grellem Licht. Ich erschrak, konnte nichts mehr sehen und wäre fast gestürzt, so sehr hatten sich meine Augen bereits an das Schummerlicht der Öllampen gewöhnt.

Es gelang mir gerade noch, einen Sturz zu vermeiden, aber ich riss - mit ausgestreckten Armen verzweifelt um Gleichgewicht ringend - ein paar ledergebundene Bücher herunter, welche mit einem lauten Knall zwischen Kartonstapeln und Wand verschwanden.

„Alles ok, Francis?" erkundigte sich Anechka besorgt, während ich mir noch leise fluchend meinen schmerzenden Ellenbogen rieb.

„Ist nur der Petromax, irgendwie muss ich hier ja arbeiten können, gell?" fuhr sie nahtlos fort, noch bevor ich ein Ton erwidert hatte.

Einen Augenblick später, meine Augen hatten sich blinzelnd an die neuen Lichtverhältnisse gewöhnt, lugte ich vorsichtig aus meiner Ecke heraus zu Anechka herüber.

Sie saß tief über die Arbeitsplatte gebeugt da und bearbeitete irgendeinen Gegenstand, welcher zu winzig war, als dass ich ihn auf diese Entfernung hätte sehen können, gekonnt mit Zange und Feile zugleich.

Neben ihr auf dem Tisch stand eine silberne Starklichtlampe, Petromax genannt, welche ein Petroleumgemisch unter Druck durch einen Vergaser derart effektiv verbrannte, dass ihr gellendes Licht an Helligkeit und Stärke seines Gleichen suchte. Ich kannte diese Lampen aus den Metropolen Westeuropas, aber hier hatte ich sie wirklich nicht erwartet.

Natürlich hatte Anechka recht.

Das Licht einer Kerze oder Öllampe konnte bei Weitem nicht ausreichen, angesichts der filigranen Handarbeit welche sie hier anscheinend leistete, aber ich kannte auch den Preis einer solchen Petroleumlaterne.

„Reiche Familie" dachte ich bei mir selber und fügte dann noch grinsend: „Oder die Geschäfte mit Klitorisringen laufen hervorragend" in Gedanken hinzu, bevor ich mich leise kichernd wieder an meine Arbeit machte.

Stunden vergingen.

Anechka sprach kein Wort, saß die ganze Zeit gebeugt an ihrem Arbeitsplatz und schwieg. Ich hingegen nahm ein altes Möbelstück nach dem anderen in die Hand, wischte es ordentlich ab und stellte alles, möglichst nach Größe passend sortiert, wieder zusammen an die Wand des Schuppens.

Zwischendurch musste ich zwei Mal frisches Wasser holen, was ich in vollen Zügen genoss, weil es mir ein zeitweises Entkommen aus all dem Dreck und zudem noch weitere Besuche im Freien gestattete.

Es gab kein fließendes Wasser hier, und so musste ich den Eimer in der Küche des Hauses befüllen, was wenigstens ein paar Schritte bei Tageslicht um das Haus herum bedeutete.

In die Werkstatt zurückgekehrt stellte ich den Eimer ans Feuer, mich selbst daneben, und beobachtete interessiert, mit welcher Fingerfertigkeit Anechka jenes silberne Schmuckstück bearbeitete, welches sie, aus der Nähe nun klar zu erkennen, in Händen hielt.

Wir sprachen wie gesagt kein einziges Wort.

Es war nicht so, dass eine angespannte Atmosphäre geherrscht hätte, es gab einfach nichts zu reden. Anechka arbeitete hoch konzentriert, meine Arbeit war mir ebenfalls zugewiesen, und so putzte und scheuerte ich schweigend, bis alles glänzte und an seinem Platz stand.

Ich atmete tief durch, sah mich noch einmal vergewissernd um, dass ich auch wirklich nichts vergessen hatte, und stellte bei diesem Rundblick zufrieden fest, dass sich meine Anstrengungen gelohnt hatten.

Nicht nur, dass alles ordentlich, sauber und somit auch auf eine Weise anheimelnder wirkte, es hatte zudem auch einen enormen Platzgewinn gegeben. Alles stand sortiert und möglichst ineinander verkeilt an der Wand entlang gestapelt, was zur Folge hatte, dass neben Anechkas Sitzplatz und den in der Mitte des Raumes verankerten Baumstämmen, welche wie beschrieben als Säulen des Daches dienten, zu beiden Seiten ein Korridor von ungefähr jeweils zweieinhalb bis drei Metern geschaffen worden war.

Zufrieden stellte ich den Eimer neben das Feuer, legte den feuchten, verdreckten Wischlappen sorgsam darüber und wand mich wieder der, immer noch am Arbeitstisch sitzenden, Anechka zu.

Ich wollte sie nicht unterbrechen, so schwieg ich, und sie arbeitete einfach weiter, ohne mich eines Blickes zu würdigen.

Es mag wohl einige Minuten stillen Wartens gedauert haben, da ließ sie plötzlich den kleinen Hammer in ihrer Hand fallen, sah zu mir hin und richtete endlich das Wort an mich:

„Das hast du gut gemacht, Francis" sagte sie, worauf ich vor Stolz und Erleichterung milde zu lächeln begann, allerdings nur kurz, denn prompt hielt Anechka mir mit den Worten: „Hier, die Ösen könnten auch mal entrostet werden" eine hölzerne Drahtbürste entgegen und schickte mich somit gleich wieder zurück an die Arbeit.

Ich war enttäuscht, missmutig, aber dennoch folgte ich ihren Anweisungen, obwohl mir mein Rücken bereits seit Längerem schmerzhaft zu signalisieren versuchte, dass er für heute wirklich genug ertragen hatte.

Ich ging ans Werk, scheuerte einen Haken nach dem anderen, wobei ich mich zunächst denen zuwandte, welche ich stehend erreichen konnte. Erst anschließend begann ich, kniend unter Schmerzen auch jene zu polieren, welche sich dicht über dem Boden befanden.

Dienen ist nicht immer angenehm, auch wenn man es an sich genießt, jemandem zu Diensten sein zu dürfen. Ich schwitzte, meine Knie brannten, aber ich machte weiter, und alsbald war endlich aller Rost entfernt. Die Metallbolzen samt Ösen glänzten zufriedenstellend, und als ich so hochsah, mein Werk von hier unten begutachtend, erklang Anechkas Stimme auf einmal direkt hinter mir.

„Na, alles in seinen alten Glanz zurückversetzt", sagte sie, woraufhin ich erschrocken zusammenzuckte, während sie bereits an mir vorbei zu den Balken herüber trat und ihre Finger prüfend über einige der Ösen gleiten ließ.

„Das hast du gut gemacht, ich denke, für dein Tagwerk hast du dir eine kleine Belohnung verdient, Francis."

Anechka lächelte zufrieden und ich nickte schnell bestätigend zu ihren Worten, worauf sie breit schmunzelnd wieder hinter mich trat.

Ich kniete, direkt vor ihren Füßen, hatte Anechka den Rücken zugewandt und wartete darauf, was sie wohl unter einer Belohnung verstehen mochte.

Sekunden verstrichen, dann spürte ich ihre Finger zärtlich über mein Haupt streicheln, allerdings nur für einen kurzen Augenblick, dann schloss sich ihre Faust und mein Kopf wurde rüde an den Haaren nach hinten gerissen.

Mein Hals überstreckte sich schmerzhaft, aber dennoch gelang es mir nicht, einen Blick auf meine Peinigerin zu erhaschen. Lediglich ihre Stimme, welche nun kalt und herausfordernd klang, drang an mein Ohr:

„Ach, so ist das also, der Kleine erwartet jetzt Beifall für die Selbstverständlichkeit mir zu Diensten sein zu dürfen, was?"

Meine Kopfhaut schmerzte. Meine Kehle wurde plötzlich trocken wie zugeschnürt, aber dennoch versuchte ich zu antworten, ihr irgendwie zu verstehen zu geben, dass ich es so natürlich nicht gemeint hatte.

„Nein, ich.." presste ich gerade mit schmerzverzerrtem Gesicht hervor, da erklang hinter mir auch bereits jenes höhnische Lachen, welches mir bewusst machte, dass Anechka wieder einmal ihr Spiel mit mir getrieben hatte.

Ihr Griff löste sich augenblicklich, worauf mein Kopf zurück nach vorne schnellte, und mit den Worten: „Schon ok Francis, du hast wirklich gute Arbeit geleistet" gab sie mir einen schwachen, wohl liebkosend gemeinten Klaps mit der flachen Hand ins Genick.

Ich kniete einen Moment etwas verdattert da, während sich ihr Klaps - von mir als Dröhnen wahrgenommen - seinen Weg durch meinen Schädel suchte, stand dann auf ihren Befehl hin wieder auf, drehte mich zu ihr um und sah ihr endlich ins Gesicht.

Anechka lächelte.

Es war dieses bezaubernde Lächeln, jene Mischung aus Anmut und Herzlichkeit, welches mich unwillkürlich dahin schmelzen ließ.

Ich genoss ihre Dominanz, ich verzehrte mich nach ihren kleinen Gemeinheiten, aber verliebt hatte ich mich ohne Zweifel in ihr Lächeln.

In mir wuchs plötzlich der Drang, sie erneut zu küssen, wie sie es nach meiner Unterwerfungsgeste getan hatte, aber mich verließ der Mut.

Ich hätte dem Impuls vielleicht gleich nachgeben sollen, aber ich hatte es versäumt, und mit jeder Millisekunde, die ich darüber nachdachte, wuchsen Unentschlossenheit und Furcht davor, dass sie mich zurückweisen könnte.

Ich errötete, senkte verlegen meinen Blick, worauf Anechka sich prompt etwas vorbeugte und mir einen feuchten Kuss auf die erglühte Stirn hauchte.

„Alles gut, Francis" versuchte sie ihre beruhigende Geste mit Worten noch zu bekräftigen, worauf ich mich etwas entspannte, meinen Kopf wieder hob und sie, immer noch tomatenrot, tapfer anlächelte.

„Gut, aber du bist ganz schmutzig. Geh ins Bad, nimm eine Dusche und dann warte dort auf mich, ich hatte dir ja eine Belohnung versprochen, nicht wahr?"

Sie zwinkerte mir keck zu, worauf ich mich weiter entspannte, mich erhob, mir langsam meine Jacke anzog und mich auf den Weg ins Haus machte.

„Selbstverständlich nackt und auf Knien, mein kleiner Sklave" rief sie mir noch hinterher, als ich bereits in Richtung Türe ging, worauf ich erneut vor Scham blutrot anlief, mich aber zugleich auch tief geschmeichelt fühlte.

„Kleiner Sklave" dachte ich, während ich die Flügeltüre sorgsam hinter mir schloss und durch den Schnee um das Haus herum zur Eingangstüre eilte.

„MEIN kleiner Sklave" hatte sie gesagt, erinnerte ich mich nicht ohne Stolz und stürmte glücklich ins Haus, um zu erledigen, was sie aufgetragen hatte.

- Eine schnelle Dusche -

Die Dusche war eine wahre Wohltat.

Das Feuerchen in der Werkstatt nebenan hatte diese bereits nach ungefähr einer Stunde auf angenehme Zimmertemperatur aufgeheizt, was bedeutete, dass ich bei meiner Arbeit geschwitzt hatte wie ein Schwein.

Schweiß gepaart mit Staub, Dreck, Rost und Spinnweben, klebte nun folglich nicht nur in meinen Haaren, sondern in nahezu jeder Ritze meines Körpers.

Ich duschte mich kurz ab, seifte mich anschließend sorgfältig ein und spülte dann das Gemisch aus Seife und Schmutz sorgfältig herunter.

Anschließend stand ich noch kurz in der Wanne, um wenigstens etwas abzutropfen, aber dies wurde mir bald zu kalt, denn das Feuer im Kamin des Hauses war während unserer Abwesenheit erloschen. Es herrschten im Haus nur noch vielleicht kühle fünfzehn Grad Raumtemperatur.

Fröstelnd schlang ich mir eines der großen Stoffhandtücher um, rubbelte mich sorgsam trocken und reinigte anschließend die Badewanne gründlich mit dem Wasserstrahl, ganz so, wie Anechka es mir vor Tagen gezeigt hatte.

Natürlich zeugt die Angewohnheit, das Badezimmer für den Nächsten nicht als Schlachtfeld zu hinterlassen, eigentlich eher von guter Kinderstube als davon, ein braver und gut erzogener Sklave zu sein.

Wie ich aber so die Wanne mit meinem Handtuch nachwischte, damit sich keine Wassertröpfchen ablagern und hässliche Kalkflecken hinterlassen konnten, da erschien es mir doch bereits so, dass Anechka immer mehr Bereiche meines Lebens kontrollierte.

Sie drang immer weiter in meinen Alltag, in mein ganz alltägliches Verhalten ein, fast ohne, dass ich es groß bemerkte oder gar als eine Art von Training bzw. Erziehung empfand.

Nachdem alles gereinigt war, hängte ich das Handtuch zurück an seinen Haken hinter der Türe, stand kurz horchend da, ob bereits Geräusche im Haus zu vernehmen waren, und kniete mich sodann mitten in den Raum, völlig nackt.

Trocken war die Kälte besser zu ertragen und nicht mehr so schneidend, wie ich sie tropfnass vom Duschen empfunden hatte, aber als die Minuten vergingen und von Anechka immer noch keine Spur zu sehen war, begann ich doch erneut zu frösteln.

Es dauerte eine gefühlte Ewigkeit, bis mich das Knarzen der Haustüre endlich aus meiner Lethargie befreite - Anechka war zurück.

Mein Herz begann unwillkürlich zu rasen, ich war nervös.

Zugegeben, meine Retterin kannte mich bereits nackt, schließlich hatte sie mir damals die nassen und von Frost klammen Kleider ausgezogen, so wie jetzt aber, hatte ich mich ihr noch nie präsentieren müssen.

Ich fühlte mich schutzlos, ausgeliefert, und mir stockte fast der Atem, als ich ihre Schritte deutlich näher kommen hörte.

Vor der Badezimmertüre verstummten sie kurz, dann aber wurde die Klinke mit einem Ruck herunter gedrückt und schon stand Anechka im Türrahmen.

Breit grinsend und scheinbar mit dem sich ihr bietenden Anblick höchst zufrieden, verharrte sie einen Moment.

„Na, wartest du schon lange" fragte sie spöttisch, wohl wissend, wie lange ich hier bereits auf den kalten Fliesen kniete.

Sie betrachtete mich noch kurz, wie ich so nackt mit gesengtem Blick auf dem harten Steinfußboden kauerte, dann kam sie einen Schritt auf mich zu, trat ganz dicht an mich heran und legte den ausgestreckten Zeigefinger ihrer rechten Hand unter mein Kinn.

Mit sanftem Druck zwang sie mich, mein vor Scham gesengtes Haupt zu erheben und sie direkt anzusehen, was mich selbstredend wieder erröten, und sie ebenso selbstverständlich wieder voll Wonne triumphierend grinsen ließ.

„Na, wollen wir mal kontrollieren, ob der Sklave auch wirklich sauber ist, was?" sagte sie sodann, ließ ihren Blick über meinen Körper hinab zu meinem schlaff zwischen den gespreizten Schenkeln hängenden Glied wandern und fügte genüsslich ein verhöhnendes: „Scheint hier ja ganz schön kalt zu sein, oder Francis?" hinzu.

Ich nickte zaghaft, vor Scham und Zorn den Tränen nahe, was Anechka augenscheinlich nur noch weiter anzustacheln schien.

Die nächsten Minuten verbrachte ich damit, nackt über den kalten Boden kriechend jede Körperhaltung einzunehmen, welche sie mir mit fester Stimme im Kommandoton befahl.

„Leg dich auf den Rücken, auf den Bauch, die Beine weiter Spreizen", so ging es die ganze Zeit. Befehl folgte auf Befehl, und stets musste ich einige Sekunden in meiner jeweiligen erniedrigenden Haltung verweilen, während sie sich jeden Quadratzentimeter meiner Haut peinlichst genau besah.

Ich keuchte. Es war anstrengend, und als ich mir gerade sicher war, dass es jetzt nicht mehr demütigender werden konnte, setzte Anechka der ganzen Tortur noch gekonnt die Krone auf.

„So, jetzt noch ein letzter Blick" wog sie mich zunächst in Sicherheit, dass mein Martyrium bald vorbei sein würde, setzte sich sodann seitlich auf den Rand der gusseisernen Wanne und gab noch ein letztes Kommando:

„Hinknien, Gesicht flach auf den Boden, Arsch zu mir, Arme nach hinten, Handflächen an die Backen und schön spreizen, wir wollen doch nichts übersehen, oder?"

Ich rührte mich nicht.

Schweigend kniete ich vor ihr, suchte verzweifelt in ihrem freundlich lächelnden Gesicht nach einem Anzeichen dafür, dass es sich nur um einen Scherz ihrerseits gehandelt hatte, aber Anechka verzog keine Miene.

Ich kämpfte, mit mir selbst und mit ihr, starrte sie regungslos um Gnade bettelnd an, aber es gab keine, sie erwartete tatsächlich, dass ich ihr meinen Anus derart präsentierte.

Was sollte ich tun?

Wie sollte ich mich verhalten?

Ja, ich hatte mich bereitwillig auf dieses Abenteuer eingelassen. Ich hatte versprochen, Anechka zu gehorchen, aber das hier ging doch wohl ein gehöriges Stück zu weit, oder?

„Jetzt, Sklave" erklang ihre Stimme, hallte zugleich im Bad und in meinem Kopf wieder, riss mich aus meiner Starre und setzte mich, wie in Trance, in Bewegung. Ich drehte mich um, drückte meine linke Wange auf die Fliesen, ergriff meine Pobacken und spreizte sie so weit auseinander, wie es mir nur möglich war.

Wieder ließ Anechka mich eine Weile so verharren.

Eine Weile absoluter Stille, eine gefühlte Ewigkeit nur, dann war sie befriedigt und hieß mir mit den Worten: „Na bitte, wieso nicht gleich so", mich ihr wieder zuzuwenden.

Ich folgte, aber ihr direkt ins Gesicht sehen, das konnte ich nicht.

Vor Kälte und Erschöpfung zitternd, schamhaft ihrem Blick ausweichend, kniete ich schlotternd vor ihr.

Obwohl gerade erst gründlich geduscht, fühlte ich mich jetzt wieder schmutzig, allerdings war es eine andere Art von Schmutz, welche sich nicht mit Wasser fortspülen lassen würde.

Sie hatte mich erniedrigt, mich behandelt wie ein Stück Vieh bei der Fleischbeschau, und ich hatte gehorcht, aus dem inneren Antrieb heraus, ein braver Sklave für sie zu sein.

Hier war ich also, nackt, vor Kälte zitternd, Tränen in den Augen, aber zugleich so intensiv voller Leben, wie ich es vorher nie auch nur annähernd gespürt hatte.

„Komm her, ist ja gut" sagte Anechka sanft, zog mich in ihre Arme, drückte mich fest an sich, und ich schluchzte bald vor Erleichterung.

Sie wollte mich. Nicht für etwas, das ich vorgab zu sein, oder für etwas, was ich nicht wirklich war, nein, sie wollte mich, auch nackt auf Knien, und diese Gewissheit machte mich frei.

Nachdem ich mich wieder etwas gefangen hatte, wohl kaum mehr als eine, vielleicht zwei Minuten später, entließ Anechka mich aus ihrer Umklammerung, worauf ich etwas zurückwich und sie scheu von unten herauf ansah.

Anechka hatte wieder ihr bezauberndes Lächeln auf den Lippen, ein Gesichtsausdruck, welcher: „Ja, ich weiß es, alles ist gut" zu sagen schien, und durch den sie in der Lage war, mir ohne Worte Halt und Schutz zu bieten.

Ich wischte mir ein paar verbliebene Tränen aus dem Gesicht, entgegnete ein etwas bemüht beherzt wirkendes Lächeln, und plötzlich veränderte sich Anechkas Gesichtsausdruck, wurde schlagartig wieder hart und bestimmend.

Nicht, dass sie eine Maske trug, also in irgendeiner Weise eine Rolle spielte oder es zuvor getan hatte, dies war nicht der Fall. Es schien viel mehr so, als schaltete sie zwischen Gemütszuständen hin und her, jedoch ohne, dass sie sich selber oder mich dabei verraten musste.

Es gab sie einfach beide, die liebevolle Anechka, welche stets besorgt um mich und meine inneren Grenzen war, und das Biest, welches danach trachtete den eigenen Sadismus zu befriedigen, mich zu entwürdigen, zu schänden und immer weiter zu treiben. Berauscht von der eigenen, jener ihr von mir selbst vertrauensvoll verliehenen Macht.

Anechka vereinte beides, es gehörte für sie offenbar einfach zusammen, auf diese seltsame Weise zu leben und auch zu lieben.

„Ach ja, ich hatte dir ja eine Belohnung versprochen, nicht wahr?" Anechkas Stimme riss mich aus meinen Gedanken.

Ich sah sie unsicher an, doch noch, bevor ich eine Antwort geben konnte, bevor ihre Worte im ansonsten stillen Bad gänzlich verhallt waren, spürte ich bereits ihren nackten Fuß kalt an meinen frei baumelnden Hoden.

„Müssen ja ganz schön prall sein, wie lange ist es jetzt, zehn Tage?" erkundigte sie sich sodann, vor Freude erneut breit grinsend, was ich mit einem verlegenen Nicken bestätigte, während sie ihre Zehen über meine - in der Tat wirklich prallen - Hoden hinauf zu meinem Penis wandern ließ.

Einen kurzen Augenblick verweilten wir so, ich nackt auf Knien, sie auf dem Badewannenrand sitzend. Dann erhob Anechka sich ruckartig, ging an mir vorbei zur Wand neben der Türe, ergriff den Deckel des dort befindlichen Plumpsklos und klappte Selbigen, immer noch grinsend, zur Gänze auf.

Anschließend wandte sie sich mir wieder zu und gab mir mit den Worten: „Kriech hier rüber, du darfst deinen Schmutz in der Toilette entsorgen" zu verstehen, dass sie beabsichtigte, mich in ihrem Beisein in die Schüssel onanieren zu lassen.

Ungläubig verharrte ich einen geraumen Augenblick in meiner bisherigen Position. Es schien fast so, als bräuchte ihr Befehl einige Zeit, sich in meinem Gehirn in wahrgenommene Realität zu verwandeln, dann aber gehorchte ich und kroch auf allen Vieren zu ihr herüber.

Vor dem Klo kniend stoppte ich und sah wie nach Hilfe suchend zu ihr hinauf, aber natürlich war mein fragender Blick nur gekünstelt, meine Unkenntnis aufgesetzt, wusste ich doch nur zu genau, was Anechka von mir erwartete. Einzig tun - konnte ich es nicht.

„Ich kann nicht, wohnt in der ich will nicht Straße" ist einer jener Sätze, welche - sollte ich mich nun am Ende dieser meiner Geschichte dazu entschließen, in jenes kleine Dorf zurückzukehren oder auch nicht - mich mein Leben lang an Anechka und meine Zeit als Sklave zur Probe erinnern werden.

Natürlich konnte ich mich theoretisch vor ihren Augen befriedigen, einen Höhepunkt erlangen und mein Sperma in das geöffnete Klosett ergießen, nur mich dazu überwinden, die Scheu abzulegen und mich derart schutzlos auszuliefern, das konnte ich nicht.

Sex ist eine tolle Sache. Wenn es gut läuft, gar Ausdruck inniger Verbundenheit zwischen sich liebenden Menschen, aber im Grunde nicht vergleichbar mit der Intimität, welche Selbstbefriedigung grundlegend auszeichnet. Beim Sex sind beide aktiv, beide liefern sich gegenseitig aus, beim Onanieren hingegen ist man ganz auf den eigenen Körper fixiert, in sich gekehrt und geschützt.

Anechka verlangte nun, dass ich diesen Schutz aufgab und sie, als eine Art Zuschauer an meiner intimsten Selbstliebe teilhaben ließ.

Jeder von uns kennt dieses Gefühl von Freiheit, wenn man sich unbeobachtet fühlt, sich einfach gehen lässt. Vielleicht tanzt man etwa in dem Glauben, dass man alleine zu Hause ist, im Wohnzimmer hemmungslos umher, aber ebenso kennen wir alle jenes beschämende Gefühl, welches in uns aufsteigt, wenn wir zutiefst gedemütigt erkennen müssen, dass dies gar nicht der Fall ist, sondern man uns die ganze Zeit beobachtet hat.

Wir alle tragen Masken, spielen Rollen, verbergen unser Innerstes und sind voller Furcht, gerade für das verhöhnt oder verachtet zu werden, was wir tief in uns selbst wirklich sind.

Ich war von Anechkas Befehl beschämt. Ich brachte es nicht fertig, solcherart über meinen eigenen Schatten zu springen, und so blieb mir nichts anderes übrig, als vor dem Klo zu knien und sie - ihren Befehl wissentlich ignorierend - einigermaßen dümmlich anzustarren.

Eine Weile ließ Anechka mich auch tatsächlich damit durchkommen. Sie erwiderte einfach stumm und mit ausdruckslosem Gesicht meinen Blick, dann aber begann sie mein Ungehorsam offenbar doch zu langweilen, woraufhin sie mit den Worten: „Wenn du nicht willst, warten wir eben noch mal zehn Tage" versuchte, meinen unfreiwilligen Widerstand zu brechen.

In mir tobte eine Schlacht. Natürlich wollte ich kommen, meine geschwollenen Hoden entleeren! Andererseits war da jedoch diese moralische Blockade, welche so tief in mir verankert zu sein schien, dass selbst meine durchaus machtvoll aufkeimende Geilheit sie nicht überwinden konnte.

Es quälte mich, wollte ich doch so sehr und konnte einfach nicht, dann aber, als ich Anechka gerade meine Unfähigkeit ihrer Anordnung Folge zu leisten erklären wollte, kam Selbige mir bereits zu Hilfe.

„Jetzt, Sklave" befahl Anechka erneut, dieses Mal so laut, dass es schon fast geschrien war, und tatsächlich reichten diese zwei Worte aus ihrem Mund, dieser eine Befehl, um meine Hemmungen ein weiteres Mal zu überwinden.

In meinem Verstand legte sich ein kleiner Schalter um, eine Gewissheit machte sich breit, die keine Zweifel neben sich zuließ.
Du Herrin, ich Sklave. Du befehlen, ich gehorchen.
Das war auch schon alles, mehr brauchte es in diesem Moment nicht, mich zu einem willigen Spielzeug in ihren Händen zu machen.
Zuvor in meiner Niederschrift habe ich versucht, Anechkas Persönlichkeit genauer zu charakterisieren, jedenfalls in so weit, wie es das Ausleben ihrer Dominanz und ihres Sadismus mir gegenüber betraf.
Es war von wechselnden Gemütszuständen die Rede, aber mittlerweile dürfte ihnen, mein lieber Leser, wohl längst bewusst geworden sein, dass auch ich meine zwei Seiten habe.
Ich bin ich, mit all meinen mich auszeichnenden oder auch behindernden Komplexen, Neurosen, Ängsten und Stärken, aber da ist noch mehr.
Es ist eine Art Trick, welcher mir ermöglichte, all diesem zu entfliehen, und dieser Trick ist Selbstaufgabe und Selbstlosigkeit.
Ich kann alles tun, kann sein was ich mich sonst niemals getraut hätte auch nur zu probieren, solange ich es für meine Herrin tue.
Du hast Höhenangst? Gut, aber sie hat dir befohlen zu gehen, also, was bleibt dir schon für eine Wahl?
Die Antwort ist einfach, gar keine! Gerade diese Klarheit verschafft mir Halt, verleiht mit sowohl Sicherheit als auch scheinbar übermenschliche Kräfte all jenes tun zu können, wozu ich allein aus eigenem Antrieb heraus niemals in der Lage gewesen wäre.
Es mag vielleicht schizophren klingen, ähnlich wie der Umstand, dass Anechka gerade denjenigen mit Genuss quält, den sie andererseits innigst liebt, aber selbstredend ist auch mir durchaus bewusst, dass ich es unter dem Strich selber bin, der all diese von ihr befohlenen Dinge tut.
Ich überwinde mich selbst. Ich bin es, der seine eigenen Grenzen überschreitet und nicht Anechka. Aber, wenn mein kleiner Trick mich dazu befähigt, ihr ein besserer Partner und Sklave zu sein, ist dies meiner Meinung nach eine kleine Selbsttäuschung durchaus wert.
„Jetzt, Sklave!" Ihre Worte schwebten noch im Raum, da ergriff ich auch schon brav mit der linken, unverwundeten Hand mein halbsteifes Glied und begann, den Blick schüchtern nach unten abgewandt, meine Vorhaut massierend vor- und zurückzuschieben.
Ich schloss meine Augen, konzentrierte mich so weit wie möglich darauf, eben nicht daran zu denken, dass Anechka mich die ganze Zeit genauestens musterte, und tatsächlich gelang es mir so, meine aufkeimende Erregung weiter und weiter zu steigern.
Mein Penis wurde steinhart.
Ich gebe gerne zu, dass die Erniedrigung, welche ich in jenem Moment empfand, mich zugleich hemmte und auch ungemein erregte.
Mein Atem ging schwer. Mein Herz pumpte im Akkord, meine Hand wichste immer schneller und ich näherte mich schon bald einem lang ersehnten Höhepunk, wobei ich allerdings vor Scham sehr darum bemüht war, keinen Laut von mir zu geben, meine mich überkommende Lust also möglichst vor Anechka zu verbergen.
Offenbar gelang dies aber nur teilweise, denn als ich – nur ein paar kräftige Handbewegungen später - tatsächlich vor ihr kam, riss Anechka meinen Kopf sofort rüde an den Haaren tief in den Nacken.

Sie sah mir direkt in die Augen, zwang mich so, Blickkontakt mit ihr zu halten, während ich, teils vor Schmerz, teils vor Wonne, laut aufstöhnte und mein Sperma in dicken Schwallen aus meinem zuckenden Penis hinaus schoss.
Ich bebte. Mein Körper zuckte, und die ganze Zeit zwang Anechka mich, sie dabei anzusehen, so gerne ich den intimen Moment eines, nach ungewohnt langer Durststrecke sehr heftigen Orgasmus, auch lieber für mich allein ungehemmt ausgekostet hätte.
Dann war ich fertig. Ich atmete tief aus, und sie ließ augenblicklich von mir ab, ganz so, als wäre ich ein Haustier, welches sein Kunststück bereits vorgeführt hat, nunmehr langweilig geworden ist und somit nur noch achtlos beiseitegelegt werden kann.
Ich sackte in mir zusammen. Mein Herz raste immer noch, mein Atem ging schwer, ich fühlte mich zutiefst befriedigt und grausamst missbraucht zugleich. Erregung und Scham, Wonne und Schmerz.. langsam begann das alles, sich irgendwie für mich zu vermischen.
Anechka beugte sich bald zu dem Häuflein Elend herunter, welches sich erschöpft keuchend zu ihren Füßen zusammen kauerte.
Sie hauchte mir zärtlich einen liebevollen Kuss in den Nacken und verließ sodann mit den Worten: „Brav Francis, ich warte vor dem Kamin auf dich" wie in Zeitlupe den Raum.
Als sich ihre Schritte entfernten und mir bewusst wurde, dass ich nunmehr wieder allein mit mir selber war, ließ ich mich erschöpft auf die Seite fallen.
Unbewusst zog ich die Knie hoch an den Körper, verschränkte die Arme eng vor der Brust und blieb so, schutzsuchend wie ein Baby im Mutterbauch, eine Weile zitternd vor Kälte und Erschöpfung liegen.
Es dauerte, bis Körper und Geist sich etwas beruhigt hatten. Allerdings dauerte es noch weit länger, bis ich das erlebte so weit verarbeitet hatte, dass ich mich dazu durchringen konnte, mich zu erheben und hinüber ins Wohnzimmer zu meiner Peinigerin zu gehen.
Diese erwartete mich bereits, stand bei meinem Anblick sogleich aus ihrem Sessel auf, schlang mir sorgsam eine bereitgelegte Decke um den immer noch nackten Körper und gab mir wortlos zu verstehen, mich neben sie auf die Couch zu setzen.
Ich folgte. Als ich saß, erkundigte Anechka sich nach meinem Befinden, fragte, ob auch alles gut wäre, und nachdem ich dies bestätigt hatte, zog sie mich zu sich herüber, legte mein Haupt in ihren Schoß und streichelte mir zärtlich durchs verschwitzte Haar.
„Sehr brav, Francis" sagte sie, nachdem einige Minuten so verstrichen waren, und: „Danke Herrin" war alles, was ich erschöpft erwiderte.
Wir saßen noch lange so da, hingen schweigend unseren Gedanken nach, ohne ein einziges Wort zu wechseln.
Ich genoss ihren Geruch, ihre Wärme, ihre Nähe. Genoss die Geborgenheit, welche sie ausstrahlte, und hatte mit einmal wieder dieses Gefühl von Zugehörigkeit, jenes Gefühl, endlich ganz ich selbst, endlich wieder zu Hause zu sein.
„So, Zeit fürs Bett" schickte Anechka mich schließlich irgendwann in mein Zimmer, doch als ich mich gehorsam - meine müden Augen dabei reibend und etwas taumelnd vor Schläfrigkeit - erhob und sie anblickte, war die Besorgnis in ihrem Gesicht nicht zu übersehen.
Anechka schien verunsichert. Vielleicht darüber, ob ich wirklich schon bereit für diesen nächsten Schritt gewesen war, und es schmerzte mich, sie derart besorgt und verletzlich sehen zu müssen.

Ich begriff in jenem Moment instinktiv, dass ich hier wohl nicht der Einzige war, der sich immer weiter auslieferte.

Nein, so funktionierte es einfach nicht. Obwohl selbst der bestimmende Part unserer Beziehung, so öffnete sich mir Anechka auf ihre Weise dennoch genauso, wie ich mich ihr andererseits hingab.

Sie trug die Verantwortung. Sie hatte Zurückweisung oder Verweigerung meinerseits zu fürchten und darüber hinaus das Risiko, zu weit zu gehen, mich zu überfordern und somit schlimmstenfalls das aufgebaute Vertrauen zwischen uns zu zerstören.

Diese Frau hatte mich den ganzen Tag herumkommandiert, mich geschunden, erniedrigt und gedemütigt. Sie hatte sich meiner rückhaltlos bedient, wer hätte da keine Angst, keine Selbstzweifel dahin gehend, ob dieser Lebemann aus der Außenwelt sie nicht doch eher hassen würde, statt sie für das, was sie ihm angetan hatte, auch noch um so mehr zu lieben?

„Ich mache doch alles, was sie will" ist einfach gesagt, aber nur Sklavenroboter zu sein, das ist auf die Dauer einfach nicht genug. Manchmal will auch eine Herrin getröstet, überrascht und umsorgt werden, gelegentlich braucht auch die grausamste Sadistin Bestätigung und eine helfende Hand.

„Es ist alles gut, vielen Dank für den gemeinsamen Tag" sagte ich also leise, ein möglichst fröhliches Lächeln auf mein Gesicht zaubernd, in der Hoffnung, somit auch den letzten Rest von Zweifel zu zerstreuen.

Anschließend beugte ich mich zu meiner Herrin herunter und küsste sie schüchtern auf die Stirn, allerdings ohne hierauf eine Reaktion zu erhalten.

Einen Augenblick stand ich noch verlegen da, abwartend, dann aber strahlte sie endlich befreit und bedankt sich mit einem freundlich gemeinten: „Danke, aber als ob ich mir deinetwegen Sorgen machen würde, mein Kleiner" auf ihre spröde Art bei mir.

Durch einen schallenden Klaps ihrer flachen Hand auf mein nacktes Hinterteil gab sie mir umgehend zu verstehen, dass ich ihrer Aufforderung mich hinzulegen jetzt endlich nachkommen sollte.

Dies tat ich sogleich, setzte mich unendlich erleichtert in Richtung Gästezimmer in Bewegung, um kurz darauf fröstelnd unter die warme Bettdecke zu schlüpfen.

„Braver Sklave" dachte ich selbstzufrieden bei mir, zugegeben etwas erstaunt darüber, wie selbstverständlich ich mich bereits mit meiner Rolle als Anechkas Diener identifizierte.

Schon seltsam, wie das alles lief, aber im Grunde war ich viel zu erschöpft, um die außergewöhnlichen Erlebnisse dieses ereignisreichen Tages noch hinreichend überdenken und verarbeiten zu können.

Es dauerte nicht lang, da schlief ich bereits, mit einem breiten Lächeln auf den schmalen Lippen.

- Zeit der Geduld -

Am Morgen nach unserem ersten „Geplänkel" im Badezimmer, oder besser gesagt, kaum ein paar Stunden, nachdem Anechka mich wie ein Stück Vieh erniedrigt und ihre Gelüste an mir ausgelebt hatte, erwachte ich in einer seltsamen Mischung aus Nervosität, positiver Erregung und leiser Furcht. Mein Herz raste. Erwartungsvoll sprang ich aus dem Bett und erschrak sodann fürchterlich, als eben jene Anechka vom Vortage, just in diesem Moment und ohne zuvor anzuklopfen zur Zimmertüre hinein trat.
„Guten Morgen Francis, hast dich mittlerweile akklimatisiert, was?" fragte sie, offenbar aufgrund meines schreckhaften Zusammenzuckens belustigt, aber mit freundlichem Lächeln und ohne Anzeichen von Überraschung oder Unsicherheit in ihrem Blick. Ja, ich kann guten Gewissens sagen, es schien geradezu so, als hatte sie erwartet mich bereits erwacht und aufrecht stehend in meiner Kammer vorzufinden.
„Hatte sie etwa hinter der Türe gewartet, geduldig lauschend, den Moment abpassend in dem ich mich aus den Federn erheben würde?" Ich war irritiert, verharrte kurze Zeit regungslos in meiner Position und betrachtete meine Lebensretterin eindringlich.
Ja, sie war es, Anechka, ganz unverkennbar.
Die Schatten der Zweifel, welche ich am vergangenen Abend im Schein des Feuers in ihrem Gesicht auszumachen geglaubt hatte, waren verschwunden. Ebenso wie jener kalte, herrisch wirkende Gesichtsausdruck, mit dem sie mich noch zuvor durchdrungen und zu ihrem Spielzeug degradiert hatte.
Geblieben war jene Wärme, jenes mir mit den Tagen vertraut gewordene Lächeln in ihrem Gesicht, jener gewinnende Blick in den ich mich schon damals, als sie das erste Mal durch jene hölzerne Türe in mein Blickfeld getreten war, instinktiv verliebt hatte.
„Ja, scheint so" grummelte ich als Antwort auf ihre wieder einmal leicht spöttisch gemeinte Frage, denn sie hatte ja recht.
Nach Jahren des ausgiebigen Zechens hatte ich mich tatsächlich wieder recht schnell an das in diesem Hause übliche frühe Aufstehen gewöhnt.
„Alles in Ordnung mit dir, Francis?"
Anechkas Miene verfinsterte sich besorgt, während sie die Worte aussprach, und ich schenkte ihr umgehend ein beruhigend gemeintes Lächeln, während ich immer noch wie vom Donner gerührt dastand und sie betrachtete.
„Etwas muss doch da sein, oder nicht?", stellte ich mir endlich in Gedanken offen die Frage, welche seit der Sekunde meines Erwachens in meinem Unterbewusstsein gegärt und ihren Weg ins Freie meines wachen Verstandes gesucht hatte.
Ja, irgendetwas musste doch anders sein, davon war ich überzeugt. Lediglich ein Anzeichen hierfür zu erblicken, wollte mir nicht gelingen.
Alles schien völlig normal, im Vergleich zum Vortage gänzlich unverändert zu sein. Nur langsam, wie Regen, welcher sich mit der Zeit durch das Leinen einer Zeltplane frisst, sickerte die Tatsache in meinen Verstand ein, jene Tatsache, dass die Geschehnisse des vorherigen Tages so gar nichts verändert hatten.
Ich hatte erwartet, dass jener gestrige Zustand völliger Hingabe, oder eben völliger Machtergreifung, je nachdem, aus welchem Blickwinkel man es betrachten mochte, irgendwelche Spuren hatte hinterlassen müssen. Meiner bisherigen Erfahrung nach, veränderten intensive Erlebnisse zwangsläufig

das Verhältnis zweier Menschen. Sei es nun ein erster vorsichtiger Kuss, das Eingestehen einer heimlichen Liebe, oder auch das Aussprechen gegenseitig empfundener Zuneigung.

Wie konnte es da denn möglich sein, dass hier dieselbe Anechka vor mir stand, lächelnd und freundlich, nachdem sie mir zuvor eine Seite an sich offenbart, sie mich gar erleiden lassen hatte, welche in krassem Gegensatz zu eben dieser Freundlichkeit und Herzensgüte stand?

Heute, wo die Verwunderung dieses Augenblicks nur noch bloße Erinnerung ist und das damalige geballte Unverständnis meinerseits mich nunmehr fast beschämt, will ich jene Antwort geben, welche ich mir damals schuldig geblieben bin.

Selbstverständlich hatte sich nichts geändert, und zugleich auch alles.

Wir waren dieselben geblieben, doch hatten wir uns auch verändert, oder genauer, unsere Sichtweise aufeinander hatte es.

Mir gegenüber stand Anechka, lediglich um eine Facette reicher, welche ich nun an ihr kannte, aber dennoch derselbe Mensch. Genau so, wie ich im Grunde meines Seins noch derselbe war, obwohl ich mich ihr tags zuvor in einem Ausmaß ausgeliefert hatte, welches ich mir bis dahin nicht einmal hatte vorstellen können.

Was ich an jenem Morgen suchte, war ein Zeichen. Ein Riss im Spiegel, welcher das Spiegelbild bricht und entstellt, aber selbstredend gab es keinen solchen Riss, weder bei mir noch bei Anechka.

Wir waren immer noch ganz, hatten uns lediglich aus einem anderen Winkel betrachtet, und die Tatsache, wie wir uns auf diese Weise hatten sehen können, verband uns nur noch stärker.

Es gab keine grausame, keine freundliche und keine besorgte Anechka, so wenig, wie es einen freundlichen, einen besorgten und einen unterwürfigen Francis als solches gab. Es gab nur uns zwei, komplexe Persönlichkeiten, und was geschehen war, gehörte zu uns.

Wir hatten nicht gespielt, keine Rollen oder Masken benötigt, um die Grenzen des sogenannten Normalen miteinander zu überschreiten. Was mich damals allerdings verwirrte, erfüllt mich heute, da ich diese Zeilen niederschreibe, mit tief empfundenem Glück und Gewissheit.

„Jaaaa, alles gut, habe mich nur erschrocken" stammelte ich schnell, nachdem mich einen Blick in Anechkas besorgtes Gesicht aus meinen Gedanken gerissen hatte. Selbige stand immer noch da, sah mich fragend an und schüttelte auf meine Antwort hin etwas ungläubig den Kopf, um sodann endlich erleichtert und einigermaßen beruhigt wieder freundlich zu strahlen.

„Dann ist es ja gut", entgegnete sie, warf mir noch einen letzten, prüfenden Blick zu, drehte sich zu Türe und verließ das Zimmer in Richtung Küche, wohl wissend, dass ich ihr wie stets selbstverständlich folgen würde.

Der Morgen brachte keine Überraschungen.

Routiniert, wenn auch immer noch etwas unter dem Einfluss der Erlebnisse des Vortages stehend, deckte ich den großen Tisch im Esszimmer ein, während sie mich dabei, scheinbar über alle Maßen gelangweilt, beobachtete.

Ich ertrug ihr öffentlich zur Schau gestelltes Desinteresse, welchem ich in den vergangenen Tagen bereits mehrfach begegnet war, tapfer und ohne der Versuchung nachzugeben, die unaufhörlich in meinem Kopf kreisenden Fragen laut zu stellen.

Wohl wissend, dass sie hinter der gleichgültigen Fassade verborgen in Wirklichkeit jeden meiner Handgriffe auf das Genaueste kontrollierte.

Geschnittenes Brot in den Korb, nicht zu dick, nicht zu dünn. Butter immer auf einen Unterteller, welcher Selbige, da vorher bereits auf dem Herd erwärmt, schön streichfähig machte, dazu zwei exakt sechs Minuten lang gekochte Eier. Kaffee, drei gestrichene Löffel, Konfitüre, immer mit Etikett zu ihr, und so weiter, und so weiter.

Für fast alles gab es eine Regel, eine besondere Art und Weise, in der die Dinge laut Anechka zu geschehen hatten. Sie unterwies mich, korrigierte wenn nötig und wachte mit Adleraugen darüber, dass sich an diese Regeln auch peinlichst genau gehalten wurde.

Wir aßen schweigend, und während ich ständig auf dem Sprung - also in Erwartung weiterer Befehle und Demütigungen - sichtlich nervös auf der Sitzfläche meines Stuhles hin- und herrutschte, strahlte Anechka eine Ruhe und Ausgeglichenheit aus, welche mir mein eigenes Verhalten zeitweise fast lächerlich erscheinen ließen.

Was hatte ich denn erwartet?

Dass es nun immer so weiter gehen würde? Dass sie von jetzt an jeden Moment unseres Zusammenseins mit Kommandoton meinen Gehorsam kontrollieren und mich nackt auf dem Boden halten würde?

Natürlich war dies nicht der Fall, zumindest, was den angeschlagenen Ton und meine Nacktheit betraf, denn auf ihre Weise hatte sie die Kontrolle zu diesem Zeitpunkt natürlich längst ergriffen.

Nachdem wir unser Mahl beendet hatten, räumte ich alles an seinen vorgeschriebenen Platz zurück. Zügig erledigte ich den Abwasch, machte die Betten, kümmerte mich um das im Kamin nach lange vergangener Nacht nur noch schwach lodernde Feuer und ging anschließend ins Badezimmer, mich selber für den Tag zurechtmachen.

Salz und Pfeffer, ins Regal links neben den Kaffee. Die Teller nach Größe geordnet in den kleinen Schrank über dem Waschbecken, das Bettzeug aufschütteln und für den Tag so zusammenlegen, dass Unterseite und Matratze gleichermaßen durchlüften konnten. Sodann drei Holzscheide gegeneinander gelehnt, so, dass sie eine Art Dach über der noch heißen Glut bildeten und gleichmäßig abbrennen würden, jeder Handgriff saß.

Auch im Bad hatte jedes noch so kleine Ding seinen exakten Platz, den ich mittlerweile kannte, und an dessen Einhaltung ich mich anstandslos hielt.

Freilich, dies war Anechkas Haus und ich war hier Gast, aber diese Form von Organisation überstieg alles, was ich bisher erlebt hatte.

Teilweise war ihr Ordnungsdrang sicherlich der Tatsache geschuldet, dass sie alleine lebte und dies offenbar bereits einen längeren Zeitraum, aber je länger ich mich bei ihr aufhielt, je klarer wurde mir, dass es weit darüber hinausging.

Anechka brauchte diese Anordnung der Dinge.

Sie brauchte eine geregelte Umgebung nach ihren Vorstellungen, um sich in dieser kleinen Welt sicher und geborgen zu fühlen. Alles hörte buchstäblich auf ihr Kommando. Alles befand sich stets an seinem Platz, war jederzeit berechen- und verfügbar. Eben dies erwartete sie, brauchte es so sehr, auch bei ihrem Partner, und dieser Partner war ich.

Alles war geregelt, ohne dabei allerdings diesen - mir aus meinem Elternhaus in Erinnerung gebliebenen - Beigeschmack von Spießigkeit in sich zu tragen. Alles geschah hier einzig und allein, weil sie es so wollte, mit auferlegten Normen oder gesellschaftlichen Verhaltensweisen hatte dieser Umstand nicht im Geringsten zu tun.

Ordnung, Regeln und Verbote gaben Anechka ein Gefühl von Sicherheit, genau so, wie sie es seit meinem Eintreffen in diesem Hause auch bei mir getan hatten. Der Unterschied war lediglich, dass Anechka ihre Ausgeglichenheit aus deren Aufstellung zog, während mir als Sklave die Unterwerfung unter ihre Regeln zugedacht war.

Sie kontrollierte mich also jetzt stetig.

Wann immer ihr etwas wichtig erschien, schritt sie ein. Wenn auch nicht mit der sprichwörtlichen Peitsche in der Hand, so doch sehr bestimmt und ohne jemals Nachlässigkeiten meinerseits durchgehen zu lassen.

Ich wartete bereits geduscht und frisch gekleidet im Wohnzimmer, als sie einen Moment später eintrat, mich zufrieden auf die Stirn küsste und wir zusammen hinüber in ihre Werkstatt gingen.

Licht anstellen, Feuerstelle entzünden, Wassereimer befüllen, auch hier startete wie automatisch die mir anzutrainierende Kette der Erledigungen. Nachdem Anechka hinter ihrem Arbeitstisch Platz genommen hatte, setzte auch ich mich auf den mir bestimmten nieder. Direkt neben der Feuerstelle, wo ich mir Vortags auf ihr Geheiß hin ein Lager aus zwei Säcken voller trockenem Stroh errichtet hatte.

Stunden vergingen.

Ich wartete geduldig, jeden Handgriff mit Hammer, Säge, Wetzstein oder Lötlampe genauestens beobachtend.

Nicht, dass ich auch nur im Entferntesten etwas über die Abläufe und Verfahren der Silberschmiedekunst wusste. Aber die Zeit wurde lang, erfüllt einzig von unglaublich zäher Langeweile, und so war ich überaus dankbar für jede noch so kleine Ablenkung.

Gesprochen wurde selten, höchstens über die Arbeit. Die meiste Zeit des Tages aber, werkelte Anechka hoch konzentriert und ich hockte brav da, geduldig wartend auf den Augenblick, an dem sie mich zur Vorbereitung des Abendessens wieder hinüber ins Haus schicken würde.

Frühstück, Abräumen, Aufräumen, Feuer entzünden, Mittagstisch eindecken, Böden wischen.. so vergingen die Tage.

Die erste Woche verstrich, dann eine Zweite, und alsbald schienen die Vorkommnisse im Badezimmer wie aus einer anderen Wirklichkeit zu sein. Ich begann gar fast mich zu fragen, ob sie wirklich geschehen oder Teil einer meiner sexuellen Fieberträume vergangener Tage gewesen waren, so fremd und fern erschienen sie mir jetzt.

Anechka korrigierte mich, wann immer es ihr notwendig erschien.

Sie küsste mich gelegentlich auf Stirn oder Mund, wobei Letzteres eher selten vorkam, aber missachtete mich ansonsten, jedenfalls in so weit es sexuell oder sadomasochistische Aktivitäten anging.

Ich wurde immer noch keusch gehalten. Sie erkundigte sich von Zeit zu Zeit mit durchaus regem Interesse nach dem Zustand meiner steigenden Lust und geschwollenen Zeugungsorganen, machte aber keinerlei Anstalten, mich auf diese Weise zu benutzen.

Ich meinerseits hielt still und biss die Zähne in dem Wissen zusammen, das jeglicher Versuch meinerseits die Initiative in diese Richtung zu ergreifen, von Grunde auf zum Scheitern verurteilt gewesen wäre.

Ich diente, so will ich diesen Zeitraum beschreiben. Tatsächlich fanden wir gegenseitig Gefallen an unserer Position in diesem Haus, in dieser Beziehung, auch wenn ich so manches Mal unter Frustration und Zurückweisung litt.

Oft fragte ich mich in solchen Momenten nach dem Grund ihrer Zurückweisung. Warum wollte sie mich nicht benutzen, wo ich ihr doch jederzeit zur Verfügung stand?

Wir schliefen immer noch in getrennten Zimmern, tauschten - abgesehen von gelegentlichen Küssen - keinerlei Zärtlichkeiten aus, von sexueller Vereinigung ganz zu schweigen, aber etwas in mir war bereits süchtig nach dieser Lebensart. Ja, irgendetwas in mir empfand eine tiefe Befriedigung dabei, in dieser Weise nach Anechkas Vorstellungen und somit auch für sie selbst zu leben.

Die Unterwerfung, die Leibesvisitation und das Abspritzen auf ihr Kommando hin, so schien es, war ein Vorgriff auf Bevorstehendes gewesen.

Die Zeit war noch nicht reif, vielleicht hatte sie dies an jenem Abend am Feuer erkannt, damals, als ich die dunklen Schatten auf ihrem Gesicht als Zeichen der Verletzbarkeit und Zweifel missdeutet hatte.

Jetzt aber wollte sie sehen, dass ich bereit war, ihr um ihrer selbst Willen zu dienen, ohne dabei selbst bedient zu werden.

Sie bestimmte, wann sie Lust hatte, meinen Körper für mehr als das tägliche Kaffeekochen zu gebrauchen, und ich lernte diese schwere Lektion, eine Lektion der Demut und Selbstlosigkeit.

Es war keine einfache Zeit, zweifelsohne, aber ich bestand ihren Test. Wenn auch mit gelegentlichem Aufbegehren, kleinen Frechheiten und absichtlichen Nachlässigkeiten, welche sie meistens mit einem einzigen Blick, seltener mit einem Wort und ganz selten mit einer Ohrfeige oder einem Klaps aus dem Weg Räumte.

Ich bewunderte diese Frau mehr und mehr. Bei aller Arbeit und Frustration war ich glücklich, gar erfüllt, dass sie mir die Chance gab, mich zu beweisen und eines Tages hoffentlich mehr für sie sein zu dürfen. Lehrjahre sind eben keine Herrenjahre, wie man so schön sagt.

Unsere täglichen Abendessen waren eigentlich eher späte Mittagessen, denn Anechka machte keine Pause und kehrte so stets erst gegen fünf Uhr oder noch später aus der Werkstatt zurück.

Wir aßen dann zusammen, anschließend versetzte ich Haus und Schuppen wieder in die geheiligte Ordnung zurück, während sich Anechka stets eine entspannende Dusche nach getaner Arbeit zu gönnen pflegte.

Allabendlich saßen wir dann zusammen am Lagerfeuer, tranken heiße Schokolade, hingen unseren Gedanken nach und nutzten die gemeinsame Freizeit für Gespräche oder auch Kartenspiel.

Die Tage bestanden aus Arbeit, die Abende aber, waren anders.

Sie gaben Freiraum und Gelegenheit, uns gegenseitig besser kennenzulernen, weit ab von den Dingen des täglichen Zusammenlebens.

Sicherlich, auch zu dieser Tageszeit waren wir wohl kaum als ein normales Paar anzusehen, falls es so etwas überhaupt geben sollte, aber wir redeten ungezwungen, lachten und flirteten geradezu unschuldig schüchtern miteinander. Das Tagewerk war getan, und auch, wenn Anechka die Zügel niemals aus der Hand legte, ließ sie selbige hier gerne etwas schleifen.

An einem jener ungezwungenen Abende erfuhr ich von Anechkas panischer Angst vor Ungewittern, welche sie fast genau so fürchtete, wie jede Art von Fröschen, mochten sie auch noch so winzig sein.

Ich erfuhr darüber hinaus, dass sie vorzüglich Geige spielen und ebenfalls sehr passabel dazu singen konnte. Wir sangen auch manches Mal zusammen, zumeist allerdings nur russische Kinderlieder, welche ich noch in Jugendtagen von Inessa, der damaligen russischen Haushälterin meiner Eltern, mit Begeisterung gelernt hatte.

An einem anderen Abend erfuhr ich, dass sie als kleines Mädchen allzeit davon geträumt hatte, Schmied und nicht etwa Prinzessin oder gar Zarin zu werden, da sie der Schein des Feuers und des glühenden Metalls bereits damals fasziniert hatte.

Ich erfuhr, welches ihre Lieblingsblumen waren. Welche Orte sie immer schon einmal hatte besuchen wollen. Welche Gedanken oder Träume sie beschäftigten, und schließlich erfuhr ich auch, wessen Kleidung ich da nun seit Wochen täglich auf der Haut trug. Es war die Garderobe eines Toten.

Anechka wurde schlagartig still, als ich es eines Abends in ausgelassener Stimmung wagte, sie endlich nach der Herkunft jener Kleidungsstücke zu fragen, welche ich seit Verlassen des Krankenbettes zu tragen pflegte. Die Stille war kalt, unangenehm, hielt viel zu lange an, und als ich mich gerade in Gedanken dafür verfluchte, einen schönen Abend mit einer dummen Frage ruiniert zu haben, begann Anechka zögernd zu erzählen:

„Das ist ein trauriges Thema, Francis" sagte sie leise, so leise, dass ihre Stimme die Worte mehr hauchte denn aussprach. Sie machte eine kurze Pause, wohl um sich zu sammeln, und fuhr anschließend kaum lauter sprechend fort:

„Die Sachen gehören Jurij, oder besser, sie gehörten ihm, denn er ist bereits vor Jahren gestorben."

Erneut machte sie eine Pause, erneut kehrte Stille ein. Die Worte hingen bedrückend im Raum, wie morgendlicher Tau über einer feuchten Wiese, düster und schwer.

Ich schluckte nervös, war verlegen, unsicher, welche Reaktion meinerseits nun angebracht erscheinen könnte, doch noch, bevor ich meiner Erstarrung entkommen und in irgendeiner Weise reagieren konnte, fasste Anechka sich ein Herz und sprach ruhig weiter.

Sie sprach lange in dieser Nacht, monologisierte geradezu, ohne ein einziges Mal aufzublicken. Es schien lange her, dass sie sich gestattet hatte, ihren Gedanken derart freien Lauf zu lassen.

Ich erhaschte einen kurzen Blick auf eine mir bisher unbekannte Anechka. Eine verletzte, schwache, leidende und doch im Grunde starke Frau, welche sich ob des vergangenen Leids grämte, aber nicht zugelassen hatte, von dieser Gram verzehrte zu werden.

Jurij war ihr Freund gewesen, damals, in der guten Zeit.

Beide hatten sich direkt nach der Ankunft der Geschwister im Dorfe kennengelernt. Innerhalb kurzer Zeit war aus der Freundschaft mehr geworden, und aus Jurij bald ihr Liebhaber und Vertrauter.

Anechka war dann fortgezogen. Fort von ihrem geradezu protektionistischen Bruder, fort aus dem gemeinsamen Haus, hin zu Jurij, in dessen Haus sie nun immer noch lebte.

Die beiden hatten zusammen gelebt, geliebt, eine wunderschöne Zeit gemeinsam verbracht, und eines Tages hatte sie ihm tatsächlich den lange gehegten Wunsch offenbart, ihn für immer an sich zu binden.

Jurij war baff gewesen, baff und überglücklich.

Wie selbstverständlich hatte er sofort eingewilligt, ihr Eigentum zu werden, ihr Leibeigener, ihr Sklave.

„Der Bär hat ihn geholt."

Anechkas Stimme zitterte bei diesen Worten, dann liefen Tränen ihre Wangen hinunter, bildeten kleine Flüsse. Sie weinte, lautlos aber bitterlich.

Wieder saß ich bloß da. Unschlüssig, gehemmt, unfähig zu reagieren, wie ein Wild im Scheinwerferlicht eines herannahenden Automobils, und wieder reagierte Anechka schneller. Sie blickte auf, sah mich an und wischte sich verlegen, tapfer lächelnd die Tränen aus den Augen.

„Entschuldigung Francis, ich wollte dich nicht in eine solch peinliche Situation bringen", sprach sie sodann, ich aber erwiderte nur mitfühlend ihr zögerliches Lächeln und schwieg nachdenklich.

Das war es also, das steckte hinter der Fassade, war das fehlende Steinchen in unserem ganz persönlichen Beziehungsmosaik.

Anechka hatte ihr freies Leben hier teuer bezahlt.

Sie war bereit gewesen, alles aufzugeben, ihr ganzes bisheriges Leben, nur um diesen Zufluchtsort Andersartiger inmitten einer feindlichen und für sie unpassenden Gesellschaft zu finden.

Sie hatte sich auf den Weg gemacht, einen weiten Weg, und gerade als sie ihr Glück gefunden glaubte, wurde es ihr genommen, entrissen von etwas so banalem wie einem hungrigen Bären.

Anechka hatte gelitten, Gott und die Welt verflucht, aber all das hatte nicht geholfen. Am Ende war sie allein geblieben, allein mit ihrem Schmerz, allein in diesem leeren Haus.

Dann kam ich.

Nach ihrer Aussage waren bei meiner Ankunft hier seit Jurijs Tod bereits gut vier Jahre verstrichen. Vier Jahre des allein Lebens, und plötzlich knallte ich in ihr wohl sortiertes Junggesellinnenleben. Sie hatte mich gerettet, mich in ihr Haus geholt. Nach anfänglicher Ablehnung und Furcht standen wir uns mittlerweile nahe, so nahe, dass kein Weg mehr daran vorbei führte sich zu öffnen und schlecht verheilte Narben der Vergangenheit aufzureißen.

Ich war dankbar. Dankbar, dass sie sich mir geöffnet, sich mir offenbart hatte, und es ging sogar noch ein Stück weiter, weiter als pure Dankbarkeit - ich war stolz, stolz dass sie mir schon so weit vertraute.

„Es tut mir Leid."

Endlich brachte ich die ersten Worte des Bedauerns über meine Lippen, und Anechka schien meine Bekundung viel zu bedeuten, so selten dämlich und deplatziert sie mir in diesem Moment auch vorkam.

„Es tut mir Leid", was soll man schon anderes sagen, wenn dein Gegenüber alles verloren hat? Was hilft, was spendet Trost, wenn alles, was ihm wichtig war, fort ist? Für immer, denn nichts ist finaler als der Tod.

„Danke Francis" erwiderte Anechka zärtlich, wobei ihr Lächeln sich bei diesen Worten deutlich aufhellte, und wischte sich anschließend, immer noch sichtlich verlegen ob ihres Gefühlsausbruchs, die Tränen aus dem Gesicht.

Sie wirkte erleichtert, befreit, und brachte es tatsächlich fertig, mit ihren dankbaren Blicken in mir das wohlige Gefühl von Zufriedenheit zu wecken.

Ich fühlte mich dienlich. Fühlte, dass ich ihrem Heilungsprozess förderlich gewesen war, und sie ließ mich wissentlich in diesem Glauben, obwohl ich zu diesem Zeitpunkt ernsthaft davon überzeugt war, dass ich noch gar nichts für sie getan hatte. Jedenfalls nicht an diesem Abend, nicht in diesem Moment.

„So und jetzt ab ins Bett, morgen wird wieder ein langer Tag!"

Ihre Stimme klang zärtlich, aber da war auch endlich wieder jener herrische Unterton, welcher jegliches Missverständnis über eine mögliche Diskussionsfähigkeit der gerade geäußerten Worte im Keim erstickte.

Es war mein Signal, das Gespräch war vorüber.

Auf ihren Befehl hin stand ich auf, warf ihr noch ein liebevolles: „Gute Nacht, Anechka" zu und machte mich eilig davon.

In jener Nacht nach unserem Gespräch über Jurij lag ich noch lange wach, aufgewühlt und erschüttert von den Erlebnissen des Abends.

Ich war damals getrieben vom Wunsch eines Tages ebenso alles für Anechka sein zu dürfen, wie er es einst gewesen war, zugleich aber auch zerfressen

von Selbstzweifeln darüber, ob ich dieses Ziel jemals erreichen, diese Position jemals auszufüllen in der Lage wäre.
Die Zweifel blieben, ließen sich zwar von Zeit zu Zeit verdrängen, aber ganz losgeworden bin ich sie wohl nie.
Wenn dieses Manuskript jemals gefunden wird, wenn sie, mein unbekannter Freund und Leser, meine Zeilen tatsächlich gerade in Händen halten, bin ich entweder fort, oder jene Selbstzweifel dieser fernen Nacht sind verschwunden und ich gehöre bereits ihr.
Zweiundsiebzig Stunden, drei Tage und Nächte Zeit für den Rest meines Lebens, aber noch ist die Entscheidung fern, noch bleibt Zeit.

- Post für sie -

Es geschah an einem Dienstag.
Nicht, dass die Wochentage für mich noch in irgendeiner Art und Weise von Bedeutung waren, seit jener Nacht, in der ich aus der Türe des Zugabteils und somit zugleich auch aus meinem bisherigen Leben hinaus gestürzt war, aber dennoch erinnere ich mich genau.
Neben dem Kaminsims im Wohnzimmer hatte Anechka einen Kalender aufgehängt, dessen perforierte Blätter sie jeweils nach dem Frühstück sorgfältig abzureißen und ins Feuer zu werfen pflegt.
Auf diesen Blättern befand sich, neben der Datumsangabe, dem Wochentag und der entsprechenden Kalenderwoche, auch jeweils ein mehr oder weniger geistreicher Spruch russischer Dichter und Denker.
Jene Lebensweisheiten waren wohl als Leitfaden oder Mahnung fürs tägliche Leben gedacht, glichen meistens allerdings eher krampfhaft positiven Durchhalteparolen und waren, wohl der harten Realität einer verarmten russischen Bevölkerung geschuldet, fast ausnahmslos aufmunternder Natur.
Es mochten während meiner Anwesenheit zu diesem Zeitpunkt wohl bereits gut und gerne drei oder gar vier Dutzend dieser Lebensweisheiten allmorgendlich ein Opfer der Flammen geworden sein, ich erinnere das genaue Datum heute nicht mehr, jedoch erinnere ich noch genau den Kalenderspruch jenes Tages.
Auf den ersten Blick banal, schien er mir doch im Nachhinein mehr als zutreffend angesichts der Ereignisse, welche sich damals im Verlaufe jenes Tages zugetragen haben.
„Делу время - потехе час" stand in durch Fettschrift noch hervorgehobenen kyrillischen Buchstaben auf dem kleinen Zettel, welchen Anechka mir in einer Mischung aus Freude und Provokation unter die Nase hielt, wohl auf eine Reaktion meinerseits wartend. Ich aber blieb bewegungslos zu ihren Füßen knien und reagierte nicht.
„Der Sache Zeit, der Kurzweil eine Stunde" las ich und legte verwundert bei dem Versuch die Stirn in Falten, den tieferen Sinn jener Worte zu ergründen, welche ich soeben offenbar eher schlecht als recht in meine Muttersprache übersetzt hatte.
Ich wand mich Anechka zu, blickte Hilfe suchend zu ihr auf und zuckte unwissend mit den Schultern.
Sie verstand sogleich, wobei ich allerdings zunächst nur spöttisches Gelächter und keine weitere Erklärung als Antwort erhielt.

„Erst die Arbeit, dann das Vergnügen" übersetzte sie sodann fröhlich, nicht aber, ohne dem mit Schmutzwasser gefüllten Eimer zu ihren Füßen gleichzeitig einen gehörigen Stoß zu versetzen. So heftig, dass eine nicht geringe Menge Wasser über den Rand auf den von mir zuvor auf Knien geschrubbten Holzboden zurückschwappte.

„Erst die Arbeit, dann das Vergnügen" wiederholte sie, noch vergnüglicher lachend, wand sich ab und ging kichernd in Richtung Badezimmer davon.

„Schönes Vergnügen" dachte ich zornig, und es gelang mir nur mit Mühe, nicht vor Wut laut zu fluchen, während ich mich daran machte, den Boden erneut vom verschütteten Nass zu befreien.

Meine Knie schmerzten. Meine Hände waren voller kleiner, brennender Wunden. Meine Hoden seit Wochen prall gefüllt, ein herrliches Vergnügen war das Leben hier, nein wirklich!

Der weitere Tag verlief ereignislos.

Während ich die zu erledigenden Arbeiten im Hause ausführte, machte Anechka sich für die Arbeit zurecht, und schließlich gingen wir wie jeden Tag zusammen hinüber in die Werkstatt.

Ich nahm den zugewiesenen Platz auf meinem Thron aus Stroh ein, darauf gefasst, mich der nun anstehenden Langeweile möglichst gleichgültig auszuliefern. Endlose Stunden, doch noch bevor es Zeit für das Mittagessen wurde, klopfte es überraschend am kleinen Tor des Schuppens an.

Erst dachte ich, es wäre bloß ein zur Halluzination erwachsener Wunschtraum, schließlich döste ich bereits seit Stunden neben dem warmen Feuer, aber auf Zuruf Anechkas öffnete sich tatsächlich ein Spalt in der Bretterwand und Kiras Kopf schob sich hinein.

„Komm ruhig rein" forderte Anechka sie sogleich einladend dazu auf, zu ihr an den Arbeitstisch zu treten, und als Kiras Körper ihrem Kopf zu uns herein folgte, sie also die ersten Schritte in den Raum machte, stellte ich zu meiner Verwunderung fest, dass sie ein kleines Päckchen unter dem Arm trug.

Das Päckchen, welches in Packpapier gewickelt und stramm mit Zwirn zusammengeschnürt worden war, trug keinerlei Beschriftung oder Sonstiges, was einen Rückschluss auf seinen Inhalt zugelassen hätte.

„Ah, klasse, du hast es dabei!"

Anechkas Augen leuchteten beim Blick auf das kleine, unscheinbare Etwas förmlich erwartungsfroh auf.

Noch bevor Kira ihr das Päckchen aber übergeben oder auch nur etwas erwidern konnte, wand Anechka sich mir bereits zu und schickte mich mit den Worten: "Francis, in die Küchen, wir essen früher" aus dem Raum.

Ich gehorchte, wortlos, ohne Kira auf meinem Weg durch die Werkstatt hin zur Türe eines weiteren Blickes zu würdigen, lief um das Haus herum hinein in die Gute Stube und platzte vor Neugierde.

Was war bloß in diesem Päckchen?

Was brachte die Sklavin ihres Bruders meiner Herrin da, und noch entscheidender, wieso war es ein Geheimnis zwischen den Beiden?

Ich überlegte hin und her, stellte wildeste Vermutungen über das Päckchen, dessen Inhalt und Zweck an, konnte mir aber keinen Reim darauf machen.

Nachdem der Tisch bereitet war, kam die Zubereitung der Speisen in der Küche an die Reihe.

Wie mechanisch ging mir die Arbeit von der Hand, während meine Gedanken immer noch auf großer Fahrt waren, und so bemerkte ich nicht, wie Kira leise das Haus betrat, bis sie bereits dicht hinter mir stand.

„Hey, wie geht`s denn meinem neuen Sklavenbruder?" fragte sie mich plötzlich fröhlich. Ich fuhr erschrocken herum, hatte mich aber sofort wieder unter Kontrolle und erwiderte ein leicht spöttisches: "Gut, mein kleiner Nackedei", denn selbstredend war sie völlig nackt, genau, wie sie es bei unserem ersten Treffen hier gewesen war.

Ich zielte darauf ab, sie mit meiner Anspielung auf ihre Blöße in Verlegenheit zu bringen, aber Kira errötete nicht.

Sie grinste nur frech und sprang freudestrahlend in meine gerade noch rechtzeitig reflexartig ausgestreckten Arme.

Wir umarmten uns wie alte Bekannte. Bekannte jener Art, welche sich seit Jahren oder gar seit Kindertagen kannten.

Kira hatte keine Scheu. Sie war offenkundig hocherfreut mich zu treffen, und auch ich vergaß für einen Moment meine Neugierde, allein darauf konzentriert, meine Hände trotz stürmischer Umarmung möglichst fern von ihren erogenen Zonen zu halten.

So verständlich meine Erregung angesichts einer nackten Schönheit in meinem Arm und einer bereits mehrere Wochen lang andauernden Keuschhaltung auch gewesen wäre, ich wollte mir die Blöße einer Erektion unter allen Umständen ersparen.

„Ja, ich habe schon mal abgelegt, sonst ist es nachher nur um so kälter auf dem Heimweg" erklärte sie mir den Umstand, dass ihr einziges Kleidungsstück - ein bodenlanger Fellmantel mit doppelter Knopfleiste - über ihren Straßenschuhen an der Garderobe neben der Haustüre hing.

„DAS PÄCKCHEN" dachte ich bei mir, was interessierte mich schließlich schon ihr Mantel!

Ich wagte nicht, direkt zu fragen, war ich mir doch ziemlich sicher, dass Anechka ihr eh verboten hatte, mir Auskunft über dessen Inhalt zu geben.

„Na, wie geht es dir denn nun? Habe gehört, du schlägst dich ganz tapfer?" Beim Aussprechen des zweiten Satzes zwinkerte sie mir unmissverständlich zu. Es sollte wohl anerkennend oder doch zumindest freundschaftlich gemeint sein, und ich stieg tatsächlich darauf ein, schließlich saßen wir ja irgendwie im selben Boot.

„Gebe mein Bestes, hoffe es reicht" ließ ich Kira leicht mürrisch in der Hoffnung wissen, sie auf diese Art aus der Reserve zu locken.

Ich wollte, dass sie mir gegenüber etwas von dem preisgab, was sie über mich und die Bewertung meines Verhaltens wusste, war mir ziemlich sicher, dass Anechka noch vor Minuten über dieses Thema mit ihr gesprochen hatte.

Die Falle war gestellt. Lässig lehnte ich mich, mit vielleicht etwas zu theatralisch hängendem Kopf, zurück gegen die Anrichte, aber sie roch den Braten, ich hatte sie unterschätzt.

„Francis, Fishing for Compliments, das hast du doch gar nicht nötig" sagte sie spöttelnd und gab mir einen etwas zu heftigen, kumpelhaften Stoß in die Seite. Ich zuckte zusammen und errötete vor Scham.

„Ach wie niedlich, deine Herrin hat recht, manchmal bist du wirklich zum Anbeißen" übergoss sie mich weiter mit Spott, lachte belustigt und knuffte mich erneut in die Seite, diesmal allerdings sanft.

„Pass auf Francis, wir sind so was wie Freunde, verbunden durch die Verwandtschaft unserer Herrschaft. Du willst doch mein Freund sein, oder?" fuhr sie, nur einen Augenblick der Stille später, fort, und ich nickte zustimmend, verstummt ob meiner Verlegenheit.

„Gut, das freut mich, denn auch ich möchte dir eine gute Freundin sein." Bei diesen Worten strahlte sie, es lag ehrlich empfundene Zuneigung in ihrem

Blick und auch ich strahlte nun, angesteckt von ihrer etwas kindlich anmutenden Begeisterung.

„Schau" sprach sie, legte mir eine Hand auf die Schulter und blickte mich eindringlich an.

„Zuerst einmal bin ich Sklavin. Ich werde nicht gegen das handeln, was mir von meinem Herren aufgetragen wurde. Nicht für dich, nicht für mich selbst, nicht einmal für Gott höchstpersönlich."

Nachdem sie dies ausgesprochen hatte, folgte eine pathetische Pause, ganz so, als gebiete es der Name des Allmächtigen, ihrer Rede kurz inne zu halten. Mir war das egal, ich glaubte eh nicht an seine Existenz.

„Du kannst mich alles fragen."

Ihre hohe Stimme durchschnitt die pomadige Stille.

„Aber ich werde dir nicht immer antworten können, verstehst du das?"

Kira starrte mich erwartungsvoll auf meine Antwort wartend an, dieser Punkt schien ihr absolut von höchster Bedeutung zu sein.

„Das verstehe ich", erwiderte ich, woraufhin sie mir ein weiteres Mal freudig in die Arme viel. Diesmal aber machte ich mir keine Sorgen um die Position meiner Hände, ich war in Gedanken weit weg.

Natürlich leuchtete es mir ein, dass am Ende das Wort ihres Herren für sie über allem stand. Ob Gottheit oder Gesetz, aber wie war es denn dann wirklich um ihre Fähigkeit eine Freundin zu sein bestellt?

Wenn sie keine eigenen finalen Entscheidungen mehr zu treffen in der Lage war, ohne Rücksprache mit ihrem Herren also keine Zusagen machen konnte, wie sollte ich mich dann auf sie verlassen können?

Unsere kleine Beziehung wurde von unseren jeweiligen Herren koordiniert, wie unsere Leben überhaupt von ihnen bestimmt waren. Es lag also nicht in unserer Hand, wann wir füreinander da sein, worüber wir miteinander reden oder auch streiten durften.

Es war eine andere Art Freundschaft zwischen Besessenen, uns verband mehr unsere Stellung denn unsere Individualität.

Ich mochte Kira, wie sie mich offenkundig auch mochte, aber wir waren nicht länger unseres Glückes Schmied, und diese Tatsache verband uns weit mehr, als gemeinsame Interessen oder Ansichten es bei denen da draußen in der normalen Welt jemals vermochten.

„Hallo, bist du noch da? Ich muss los, hab noch einen weiten Weg."

Ihre Worte rissen mich aus meinen Gedanken.

Es brauchte einen Augenblick, sich zu sammeln, dann aber lächelte ich sie bedauernd an und presste ein traurig klingendes: „Ohhhhh.. schon?" hervor.

„Ja, schon. Muss leider sein, aber du hast ja selber auch noch einiges vor" sagte sie grinsend, zwinkerte mir ahnungsvoll zu, schloss mich ein drittes Mal in die Arme und war schon entschwunden.

Zurück blieb nur ich allein, mit meinen ungestellten Fragen, meiner ungestillten Neugierde und ungepellten Kartoffeln auf dem Tisch.

Als Anechka später am Tag, aber dennoch früher als gewöhnlich, das Haus betrat, hatte ich den Kalenderspruch vom Morgen bereits völlig vergessen. Ich tischte auf, wie immer.

Wir aßen zusammen, wie immer, und anschließend ging Anechka zum Duschen ins Bad, ebenfalls wie immer, diesmal allerdings nicht, ohne mich vorher darauf hinzuweisen, dass sie mich nach dem Abwasch im Schuppen erwarten würde.

Selbstverständlich nackt, wie es einem braven Sklaven geziemte, hatte ich dort zu erscheinen, warum, das sagte sie mir nicht.

Kein Wort zu Kiras Besuch, dem Päckchen oder dem, was sie mit mir vorhatte, ich tappte völlig im Dunkeln.
Etwas war heute anders, etwas Besonderes würde geschehen, das war klar.
Was dieses Etwas aber sein mochte, das wusste ich nicht.

- Komm spiel mit mir -

Kalte Füße, kalte Füße, kalte Füße.
Ich rannte nackt ums Haus, dem Eingang der Werkstatt entgegen.
Es war saukalt, und obschon nicht mehr tiefster Winter, so lag doch noch in beachtlichem Maße Schnee.
So beachtlich jedenfalls, dass ich bei jedem Schritt bis über die Knöchel meiner unbekleideten Füße im pulvrigen Weiß versank.
Die Dunkelheit war bereits hereingebrochen. Man konnte kaum die sprichwörtliche Hand vor Augen sehen, aber ich kannte den Weg ja genau, war ihn die letzten Wochen schließlich täglich abgeschritten.
Ohne Zwischenfälle erreichte ich dann auch das doppeltürige Tor des Schuppens, in dem Anechka bereits seit einer Stunde auf mich wartete.
Sie hatte das Wohnhaus leise verlassen, während ich noch in der Küche mit dem Abwasch beschäftigt gewesen war, jedenfalls, bis ich plötzlich die Haustüre ins Schloss fallen hörte.
Meine Nerven waren angespannt.
Nervös trat ich von einem Bein auf das andere, dann aber fasste ich mir ein Herz und klopfte zaghaft an.
Sekunden vergingen, keine Antwort, nichts.
Mir stockte der Atem. Fast schickte ich ein Stoßgebet gen Himmel, dann jedoch, als ich gerade den Mut gefunden hatte, es ein weiteres Mal mit etwas rabiaterem Klopfen zu versuche, erklang im Inneren auch schon Anechkas wohl vertraute Stimme.
Ich öffnete den Linken Flügel der Türe, schlüpfte hinein, schloss die Türe hinter mir und blickte verlegen umher.
Es war dunkler als sonst, der Petromax stand erloschen auf dem Arbeitstisch.
Nur das Feuer loderte, im Bemühen den Raum zu erhellen, unterstützt allerdings von gut drei Dutzend brennender Kerzen, welche Anechka sorgsam in einer Art lockerer Kreisanordnung um die beiden in der Mitte des Raumes stehenden Baumstämme herum verteilt hatte.
Auf den horizontal von Wand zu Wand verlaufenden Stamm hatte sie an den Rändern ebenfalls Kerzen gestellt, allerdings nicht in der Mitte, wo sich alle Stämme zu einer Art großem H kreuzten.
Dort, wo ich bei meinem ersten Besuch im Schuppen die verrosteten Ösen blank poliert hatte, befand sich das Zentrum des Lichtkegels.
Die Kisten und Kästen hingegen, welche an den Wänden aufgereiht weitestgehend im Dunkeln lagen, verstärkten die fokussierende Wirkung des erhellten Mittelkreises nur noch zusätzlich.
Anechka selber saß zwar wie gewohnt auf ihrem Stuhl, einem bequemen Modell mit Sitzpolsterung, Arm- und Rückenlehne, dieser befand sich allerdings nicht an seinem angestammten Platz, sondern im Halbdunkel verborgen seitlich etwa fünf Meter neben dem Eingang.
Sie hatte die Beine übereinandergeschlagen, trug, so weit ich es unter diesen Lichtverhältnissen sehen konnte, ihre hohen Stiefel und blickte anscheinend in

meine Richtung. Jedenfalls glaubte ich das, war es auch nur schwer auszumachen, denn ihr Mienenspiel blieb gänzlich im Dunkel verborgen.
„Auf die Knie!"
Ihre Stimme war fordernd. Ich gehorchte augenblicklich, fiel auf die Selbigen und blickte sodann mit zusammengekniffenen Augen in der trügerischen Hoffnung in ihre Richtung, aus meiner veränderten Position nun vielleicht endlich einen direkten Blick auf ihr Gesicht erhaschen zu können.
Es war sinnlos. Ihre Mimik blieb ein Rätsel, ganz im Gegensatz zu meiner, denn während sie - die Kerzen im Rücken - vom Lichtschein abgewandt thronte, kniete ich wie auf dem Präsentierteller, angestrahlt vom in meine Richtung fallenden Feuerschein.
Ich fühlte mich wie ausgestellt, entblößt, schutzlos, nackt am Boden.
„Sieh an, sieh an. Das klappt ja schon ganz gut, was?" fragte sie sodann voller Hohn und mit solch bissigem Unterton, dass sich mein Puls augenblicklich beschleunigte und sich meine Nackenhärchen vor Anspannung aufstellten.
Ich blickte ein weiteres Mal hoffnungsvoll in ihre Richtung, aber meine Augen wollten sich einfach nicht an das Gegenlicht gewöhnen. Immer noch war sie von Schatten verhüllt und so gelang es mir nicht, ihren Gesichtsausdruck zu deuten, was mich zunehmend verunsicherte.
Sekunden verstrichen. Sekunden, welche mir lang gedehnt, wie kleine Ewigkeiten erschienen.
Was erwartete mich? Hatte ich etwas getan, was sie erzürnt haben könnte?
Unsicherheit stieg in mir auf, breitete sich aus, wurde in dem Maße unerträglich, dass ich am liebsten laut geschrien hätte, wenn auch nur, um diese unerträgliche Stille zu durchbrechen.
Anechka aber saß einfach da, starrte mich regungslos an und wartete.
Endlich, einige weitere endlose Sekunden der Stille später, beendete sie mein Leid, sprach mich erneut an und forderte mit einem knappen, in Befehlston gesprochenen Satz dazu auf, etwas näher zu kommen.
Ich kroch gehorsam auf allen Vieren über den rauen Dielenboden auf sie zu, den Blick zu Boden gesenkt. Drei, vielleicht vier Schritte, aber bald schon, gebot sie mir anzuhalten und mich wieder aufzurichten. Ich gehorchte und erblickte zu meiner Verwunderung, dass wohl kaum die Hälfte der Strecke bewältigt und sie somit immer noch einige Meter von mir entfernt war.
Ich konnte sie nicht berühren, die Distanz zwischen uns blieb gewahrt, aber endlich konnte ich sie sehen, ein Anblick, welcher mir die Sprache verschlug.
Anechka trug, wie ich es bereits von der Türe aus vermutet hatte, ihre schweren Stiefel, welche sie im Winter wohl bei längeren Fußmärschen zuverlässig vor Nässe und Kälte schützten. Der Rest ihrer Kleidung war allerdings keinesfalls zu diesem Zweck ersonnen worden, denn alles, was sie trug, war hauchdünn und lag zudem noch so eng am Körper an, dass sich ihre Brüste und sonstigen weiblichen Rundungen nur allzu deutlich abzeichneten.
Alles schien aus einer Art dunkler Seide oder Nylon gefertigt und passte in seiner Exclusivität so gar nicht in die uns umgebene rustikale Atmosphäre einer aus groben Baumstämmen gezimmerten Hütte.
Ich schluckte, konnte die Augen aber nicht von ihr lassen.
Unaufhörlich ließ ich meinen Blick wandern, erhaschte hier einen schüchternen Blick auf stramme, im Licht verlockend schimmernde Innenschenkel, dort den sich abzeichnenden Schatten eines spärlich verhüllten Nippels. Direkt darunter, gar den hervorschimmernden Ansatz ihrer jungen, drallen Brust.

Anechka wirkte völlig entspannt. Ihr Gesichtsausdruck, ihre ganze Körpersprache zeugte von Souveränität und Stärke. Sie präsentierte sich mir, war sich ihrer Wirkung auf mich absolut bewusst und setzte ihre Reize gezielt gegen mich ein.

Ich wollte sie berühren, meine Hände über den - ihren warmen Körper zur Gänze bedeckenden - glatten Stoff gleiten lassen, mich an ihr reiben, sie spüren, mehr als alles auf der Welt.

Augenscheinlich wollte dies jemand anderes hier nun ebenfalls, denn etwa einen Meter unterhalb meiner gierigen Augen, richtete sich mein Penis zu voller Größe auf und bekräftigte so, deutlich und für alle sichtbar, sein reges Interesse an der vor ihm sitzenden Schönheit.

Anechka kicherte amüsiert, selbstredend war mein Verlangen ihr nicht verborgen geblieben. Wie in Zeitlupe streckte sie ihren rechten Arm nach mir aus, verharrte so und winkte mich sodann durch das lässige Krümmen ihres Zeigefingers dichter zu sich heran.

Sie grinste breit, wie eine freudig erregte Katze der das Kunststück gelungen ist, eine fette Maus zu sich in ihr Loch zu locken, und genau so fühlte es sich auch an.

Ich kroch näher, bis die Spitzen ihrer Stiefel zwischen meinen Händen erschienen, ich mich also direkt vor ihr befand.

Langsam richtete ich mich hier auf, nicht ohne meinen Blick ein weiteres Mal genießerisch über den Schaft der Schnürstiefel hinweg ihren knapp verhüllten Körper hinauf gleiten zu lassen.

Aus der Nähe wirkte alles noch glatter, wie eine zweite Haut.

Jede Wölbung ihres Körpers war deutlich wahrzunehmen.

Lediglich um die Hüften hatte Anechka einen kurzen Faltenrock geschlungen, welcher zwar ebenfalls aus glattem Material gearbeitet verführerisch im Lichtschein glänzte, aber nicht derart eng auf den Körper geschnitten war.

Was darunter lag, blieb so selbst aus meiner niedrigen, knienden Position heraus verborgen, denn der Rock verwehrte allzu neugierige Blicke zwischen ansonsten deutlich präsentierte Innenschenkel.

Alles war in Schwarz gehalten. Das Outfit schien sehr transparent, fast durchsichtig, und ich schäme mich keinesfalls zuzugeben, dass mir bei diesem Anblick buchstäblich das Wasser im Munde zusammen lief.

„Gefällt dir, was du siehst, mein Sklave?"

Anechkas Ton war freundlich, fast schüchtern, aber das hinzugefügte „Sklave" am Ende ihrer Frage, traf mich wie ein Schlag ins Gesicht. Ich liebte, wenn sie mich so nannte. Es erregte mich und ich wusste auch, dass ihr dieser Umstand nur allzu bewusst war.

„Ja Herrin" presste ich durch vor Anspannung wie verschlossen wirkende Lippen hervor und errötete leicht ob meines Geständnisses, obwohl mein immer noch hart erigierter Penis eine andere, deutlichere Sprache sprach.

„Gut, du hast es dir wahrlich verdient" fuhr sie ohne Zögern mit immer noch gütiger Stimme fort, worauf ich nur noch verlegener wurde, noch tiefer rot anlief und meinen Blick für einen Moment zu Boden senkte.

Ich kniete vor ihr, während sie saß.

Mein Kopf befand sich also ungefähr auf Höhe ihrer Brust.

Nachdem sie mir einen Augenblick des Verschnaufens gestattet hatte, legte Anechka ihren Zeigefinger unter mein Kinn und sorgte mit sanftem Druck dafür, dass sich mein Blick wieder nach oben richtete, zu ihr hinauf.

„Da gibt es keinen Grund schüchtern oder bescheiden zu sein, Sklave. Wenn ich dich lobe, dann hast du es auch verdient, verstanden?"

Während dieser Frage hielt sie ihren Zeigefinger die ganze Zeit als eine Art Mahnung unter meinem Kinn ausgestreckt, wohl um ein Ausweichen meines Blicks zu unterbinden. Dann aber zog sie ihre Hand ruhig zurück auf ihren Schoß und ich nickte, als Zustimmung dafür, dass ich sie verstanden und begriffen hatte.

„Sechsundzwanzig Tage Keuschheit. Nun, das ist ab jetzt dein Platz im Leben, aber dennoch ist diese Leistung durchaus anzuerkennen.

Ehrlich, schließlich weiß ich doch, wie oft mich dein kleiner Freund bereits morgens in seiner jetzigen Ausdehnung begrüßt hat."

Ihr Blick wanderte unwillkürlich hinunter zu meinem steifen kleinen Freund. Sie streckte ein Bein nach mir aus, erreichte bald mit dem Fuß mein Glied, verzog den Mund zum mir bereits vertrauten hämischen Grinsen und ließ ihre Schuhspitze mehrfach langsam meinen Schaft hinauf und wieder hinabgleiten.

Wie zu erwarten, zuckte mein Schwanz vor Begeisterung bei jeder neuerlichen Berührung ihres Stiefels. Es fühlte sich einfach herrlich an, nach der langen Zeit der Entbehrung wieder stimuliert zu werden, und sei es auch nur von einem gegerbten Stück Leder.

Anechka lachte, zog ihren Fuß zurück, lehnte sich auf dem Stuhl nach vorne, so, dass ihr Gesicht dicht an das meine heran kam und sprach:

„Die Enthaltsamkeit ist keine Strafe, mein lieber Francis, auch wenn du sie vielleicht als solche empfindest. Macht über dich zu haben, auch deine sexuellen Gelüste, steht mir als deine Herrin einfach zu. Ich genieße es, dich vor Verlangen verzweifeln zu sehen, genieße das Leid in deinen Augen, wenn die Hoffnung auf Erleichterung wieder einmal stirbt. Ich werde dich in Zukunft aus vielerlei Gründen kommen lassen, sei es zu meiner Belustigung, Befriedigung, oder nur als notwendiges Mittel dich noch weiter zu versklaven, aber verdienen kannst du es dir nicht. Eine solche Belohnung steht dir als Sklave nicht zu. Du bist mein, Spielball meiner Lust, Opfer meiner Willkür."

Für einen Moment verharrte sie schweigend, als wolle sie ihre Worte auf diese Weise bedeutungsvoll im Raum nachhallen lassen, dann aber lehnte sie sich wieder zurück, machte es sich bequem und sah mich regungslos an.

Was erwartete sie denn von mir?

Was sollte ich darauf bloß erwidern, ich hatte mich doch zusammengerissen! Die letzten Wochen waren gefüllt von Arbeit und Entsagung gewesen, was wollte sie denn noch?

Ich überlegte krampfhaft, kämpfte mit zuckendem Schwanz um Fassung, aber es wollte mir einfach nicht einfallen, bis sie es, nur einen weiteren langen, schweigsamen Blick in mein Gesicht später, letzten Endes selber aussprach:

„Deine Hingabe Francis bedeutet mir alles. Sie ist Lebenselixier für mich. Sie zeigt mir, wie sehr du mich liebst, wie sehr du mir vertraust. Ich weiß, auch ein Sklave hat Bedürfnisse, aber es obliegt einzig meiner Verantwortung, dich glücklich zu machen. Du hast dich aufgeopfert, seit ich dir angeboten habe in meinem Hause zu bleiben. Fast ohne Murren, aber was bedeutete diese Aufopferung schon, hättest du sie nicht um meiner selbst willen, sondern nur zur Erlangung eines baldigen Orgasmus erduldet?"

Sie schwieg abermals, aber dieses Mal war ich nicht verwirrt sondern nickte umgehend zustimmend, was umgehend ein zufriedenes Strahlen auf ihre vollen Lippen zauberte.

Ich verstand, dass Demut aus Liebe zu ihr alles bedeutete, während geheuchelte Hingabe im Gegenzug für Befriedigung das wohl Schlimmste an Beleidigung war, was sie sich von ihrem Untertan vorstellen konnte.

Meine Selbstaufopferung aber war echt gewesen.

Es hatte sich gut angefühlt, mich ausgefüllt und befriedigt, ihr zu Willen zu sein, auch wenn es manchmal schwer, geradezu unmenschlich gewesen war. Ich hatte für sie gelitten und gelebt. Ich war stolz darauf, wie ich mich geschlagen hatte, und all diesen Stolz versuchte ich nun, in meinen Blick zu legen, während ich hier vor ihr kniete und sie unbeirrt ansah.

„Ich weiß, Francis" war ihre Antwort auf meine unausgesprochene Frage. Sie blickte mich gütig an und fügte ein bekräftigendes: "Deine Unterordnung ist echt, ich spüre es seit unserem ersten Tag" hinzu.

Ich war gerührt, jedenfalls so weit ein Mann es sein kann, der mit erigiertem Schwanz vor einer attraktiven Frau kniet, aber bevor ich etwas erwidern konnte, lehnte Anechka sich zu Seite, ergriff eine hinter dem Stuhl im Verborgenen stehende Papiertüte und richtete wieder das Wort an mich:

„Nun, mein Sklave, ich habe dir eine kleine Überraschung besorgt. Ich denke, du hast sie dir verdient. Die Belohnung eines Sklaven ist die immer weitergehende Unterwerfung unter seine Herrin. Je folgsamer du bist, desto weiter und strikter werde ich mich deiner bemächtigen. Du hast erste Schritte in diese Richtung gemacht. Ich kann mit Recht stolz auf dich sein und möchte, dass du als Zeichen dafür von nun an jederzeit diese von mir verschlossenen Ledermanschetten trägst."

Mit diesen Worten griff sie in die Tüte und entnahm vier schwarze Streifen Leders, welche mit Nieten, Schnallen und Ringen verziert waren, ganz ähnlich denen, welche ich auf meiner kleinen Spionagetour in ihrem Zimmer unter dem Bett gefunden hatte.

Anechka sortierte die offenbar teilweise verschieden langen Stücke in ihren Händen, legte drei von ihnen in voller länge über ihren Oberschenkel, hielt den Vierten in der rechten Hand und sah mich in einer Mischung aus Erwartung und Verblüffung an.

„Hey, worauf wartest du? Streck deine Hände aus!" sagte sie schließlich lachend, offenbar amüsiert aufgrund meiner Ahnungslosigkeit. Ich gehorchte, streckte ihr brav beide Arme hin.

Anechka hatte etwas Mühe, die erste Manschette um mein rechtes Handgelenk zu legen. Zwei Mal rutschte sie ihr fast aus der Hand. Das Leder war kalt, glatt, neu und offenbar noch sehr steif.

Die Streifen für die Handgelenke maßen wohl sechs Zentimeter in der Breite, verfügten über jeweils zwei silberne, sorgsam verschweißte D-Ringe an ihrer Außenseite und waren aus doppelt genähtem, etwa vier Millimeter starkem Leder gefertigt. In dieses Leder hatte man in Abständen von jeweils einem Zentimeter paarweise Löcher gestanzt, durch die beim Übereinanderlegen zwei sich am anderen Ende angebrachte Hohlkopfnieten stachen, sodass die Fesseln in ihrer Größe verstellbar und zudem mit einem durch eben diese Nieten gezogenen Bügelschloss ausbruchssicher zu verschließen waren.

Genau dies tat Anechka auch. Ein kleines, in Silber gehaltenes Bügelschloss tauchte plötzlich in ihrer Hand auf, ein leises Klicken, und schon war ein Abnehmen meinerseits ohne die Fessel dabei zu zerschneiden unmöglich.

In mir kribbelte es.

Der Geruch des Leders. Die Kälte auf meiner Haut. Das Klicken des Schlosses und die Gewissheit, es ohne ihre Erlaubnis nicht öffnen zu können, das alles erregte mich in einem mir bisher unbekannten Maße.

Sie nahm Besitz von mir, Besitz von meinem Körper.

Bald drang ein zweites Klicken an mein Ohr, Anechka hatte auch die zweite Fessel sicher verschlossen, da stand sie plötzlich unvermittelt auf, ging um mich herum und blieb in meinem Rücken stehen.

Für einen Augenblick war es ganz still. Nur das Knistern des Feuers war zu hören, da beugte Anechka sich zu Boden und ich spürte erneut die Kälte des Leders auf der Haut. Es klickte zwei Mal, schon zierten in derselben Art gefertigte Manschetten meine Fußgelenke, welche sich lediglich geringfügig in Länge und Breite von jenen an meinen Händen unterschieden.

„Steh auf, dreh dich zu mir um!"

Ihr Ton war gebieterisch, aber da war noch etwas anderes in ihrer Stimme.

Ich erhob mich, wand mich ihr zu, blickte in ihr Gesicht und wusste augenblicklich, was es war. Ihre Augen strahlten, im Grunde ihr ganzes Gesicht, sie war überglücklich.

Nicht, dass Anechka ansonsten stets einen verzagten Eindruck bot. Mitnichten, ich hatte sie bereits einige Male feixen, Lachen und Kichern hören, aber dieser Ausdruck war neu, war anders als jeder, den ich von ihr kannte.

„Na, das sieht ja schon ganz gut aus", sagte sie voller Besitzerstolz, trat dabei einen Schritt zurück und gab mit einer Handbewegung zu verstehen, dass sie jetzt auch die Rückseite begutachten wollte. Sofort drehte ich mich im Kreis, denn das sogenannte „Ganze", das war ja ich.

Zwei Mal ließ sie mich kreisen, wobei sie - immer noch strahlend - jeden Zentimeter ihres Nackten, in Fesseln liegenden Sklaven beäugte. Dann hieß sie mich, stehen zu bleiben, trat ganz nah an mich heran und flüsterte: „Brav, Sklave. So gefällt mir das" in mein rechtes Ohr.

Ich erwiderte ihr Lächeln gerade, zugegeben etwas geschmeichelt ob ihres Kompliments, da fasste sie auch bereits meine Handgelenke, schob den Zeigefinger ihrer rechten Hand durch zwei der D-Ringe und zog mich mit den Worten: "Dann gehen wir sie mal einweihen, komm spiel mit mir" in Richtung der im Kerzenlicht erhellten Balken in die Mitte des Raumes hinter sich her.

Hier angekommen sah ich, dass sie einen kleinen Tisch im Schatten des hinteren Balkens aufgestellt hatte, und zwar so, dass er von der Türe aus nicht zu erkennen gewesen war. Beim Anblick dieses Tisches, begann mein Herz plötzlich zu rasen. Meine Augen weiteten sich ungläubig, denn auf dem Tisch lag der Koffer, der Koffer aus ihrem Zimmer.

„Oh, mein Gott" dachte ich nur.

Innerhalb eines Wimpernschlags zuckten die Bilder jedes einzelnen, sich in diesem Koffer befindenden Folterinstruments durch meinen Kopf, welches ich bei meiner heimlichen Durchsuchung desselben zu Gesicht bekommen hatte.

Was würde sie mit mir anstellen?

Wie weit würde sie gehen, und was bedeutete „weit gehen" eigentlich?

Nur einige weitere geistesabwesende Schritte später, standen wir schon neben den geschälten Baumstämmen, genau in der Mitte des von flackerndem Kerzenschein erhellten Kreises.

Anechka kümmerte sich nicht um mich. Sogar meine Hände gab sie frei und trat, noch zur Steigerung meiner Ängste, gleich zielstrebig an den aufgeklappt auf dem Tisch liegenden Koffer heran.

„Was haben wir denn da Schönes?"

Die Worte waren gemurmelt, wie man manchmal eben mit sich selber spricht, aber dennoch so laut, dass ich ihren Inhalt hören musste.

Ob dies nun beabsichtigt gewesen war oder auch nicht, es verfehlte in keiner Weise seine Wirkung.

Hier stand ich also.

Lederfesseln um Hand- und Fußgelenke, nackt im Schein der Kerzen den Dingen harrend, die da kommen mochten, oder genauer gesagt jenen, welche Anechka aus ihrer „Spielzeugsammlung" auszuwählen gedachte.

Nur einen, scheinbar quälend langen Moment später, wandte sie sich mir wieder zu. Mein Blick fiel sofort auf ihre Hände und ich atmete unbewusst vor Entspannung tief aus. Was ich erblickte, waren mehrere starke Lederriemen, keine Peitsche oder sonstige Folterinstrumente.

„Francis, was hast du denn erwartet?"

Anechka sah mich besorgt an. Offenbar hatte mein Entspannungsseufzer sie etwas beunruhigt, allerdings hielt dieser Zustand nicht lange vor, da trat sie auch schon an mich heran.

Mit knappen Worten befahl sie mir, den linken Arm seitlich etwa in Höhe meines Kopfes auszustecken. Anschließend zog sie einen der Lederriemen durch jenen Ring, in den sie kurz zuvor noch ihren Zeigefinger gehakt hatte, und zurrte die Enden gekonnt zwischen zwei der im Holz verankerten Ösen um den Stamm.

Das gleiche Spiel wiederholte sich noch einmal auf der anderen Seite, und ehe ich mich versah, stand ich gefesselt mit ausgestreckten Armen zwischen den Baumstämmen mitten im Raum.

Ich schluckte, versuchte, mehr im Spiel denn ernsthaft bemüht, meine Hände durch kraftvolles Ziehen zu befreien, stellte aber schnell fest, das Anechka ihre Sache offenkundig gut gemacht hatte. Die Fesseln gaben keinen Zentimeter nach.

Anechka trat erneut einen Schritt zurück, betrachtete beglückt jenes Subjekt, welches sie in ihre Falle gelockt hatte, und kehrte sodann zurück, um auch dessen Fußfesseln gleichermaßen sicher mit dem als eine Art Andreaskreuz dienenden Holz zu verschnüren.

Gesagt, getan.

Ich musste meine Beine gehörig spreizen. So weit, dass meine Füße beidseitig ungefähr zwanzig Zentimeter über die eigene Schulterbreite hinaus auseinander standen. Meine Herrin zurrte anschließend die Lederriemen in Bodenhöhe fest, und schon stand ich unbeweglich da, einem Hampelmann gleich, dessen Schnur ein erbarmungsloses Kind zum Spaß allzu straff gezogen hält.

In meinem Rücken verlief der waagerechte Stamm jenes Baumes, auf den Anechka an den Rändern ihre Kerzen gestellt hatte. Er verband die anderen, an die ich gefesselt war, miteinander und gab mir so Halt.

Er ermöglichte mir, mich in dieser unbekannten und zudem unbequemen Stellung etwas anzulehnen, verhinderte so, dass ich aufgrund meines unsicheren Standes allzu sehr vor und zurück schwankte.

„Siehst du, das ist auch schon alles was wir heute brauchen" hauchte Anechka, welche in der Zwischenzeit wieder dicht an mich herangetreten war beruhigend in mein Ohr. Sie lächelte mich freundlich an, feixte und fügte sodann ein vielsagendes: "Jedenfalls fast" hinzu, welches meinen Puls augenblicklich wieder beschleunigte.

Auch ihre Körpersprache änderte sich schlagartig, ihr Blick wurde hart. Jegliche Zärtlichkeit und Anteilnahme wurde von etwas Bestialischem, fast möchte ich sagen Bösem, vertrieben.

Sie lächelte immer noch, aber das Lächeln war abwesend und emotionslos, fern jeglicher Fröhlichkeit. Noch etwas machte mich nervös, das Lächeln galt nicht mir.

Gedankenverloren stand meine Herrin da und starrte durch mich hindurch. Für einen Augenblick wirkte sie gar völlig teilnahmslos, dann aber überwand sie ihre Lethargie schließlich und blickte mich unvermittelt direkt an.

Ihre Hand schnellte blitzartig nach vorn, ergriff meinen Haarschopf im Nacken und riss meinen Kopf mit solcher Brutalität zurück, dass ich ein erschrockenes Aufschreien nicht unterdrücken konnte.

Anechka kam ganz nah an mich heran.

Es wirkte fast so, als wolle sie in mich hinein kriechen. Ich spürte ihre Nähe, ihre Wange an der meinen. Hörte, wie sie tief einatmete und begriff im selben Moment, dass sie gerade meine Witterung aufnahm, als der stechende Schmerz auch schon in meinen Körper fuhr.

Sie hatte mich gebissen, in den Halsansatz gleich oberhalb des Schlüsselbeines. Ich zuckte zusammen, zerrte aus Reflex an meinen Fesseln, doch ein Entkommen war unmöglich. Nicht einmal den Kopf konnte ich wenden. Ihre Hand hielt ihn sicher in Position, kraftvoll und unnachgiebig, einem Schraubstock gleich.

„Na na, wer wird denn gleich weglaufen, was?"

Ihre Stimme drang unmittelbar an mein Ohr. Mehr gehaucht denn gesprochen, aber dennoch beruhigte mich ihr vertrauter Klang etwas, gab mir wenigstens für den Moment ein Bisschen Halt.

Anechkas Kopf ruhte seitlich auf meiner linken Schulter, ihr Atem streichelte beim Sprechen sanft meinen entblößten Hals.

Ich spürte genau, wo sie sich befand, aber sehen konnte ich sie nicht, so verzweifelt ich meine Augen auch in ihre Richtung verdrehte.

„Du riechst so gut, da konnte ich einfach nicht widerstehen."

Mit diesen Worten glitt ihr Gesicht ein weiteres Mal langsam meine seitliche Halsgegend bis zum linken Ohr hinauf.

Anechka inhalierte tief, schnurrte dazu wie ein Kätzchen vor der sprichwörtlichen Schüssel voller Milch, ließ dann von meinem Haar ab und zog sich anschließend genau so weit von mir zurück, dass ich zwar ihr Gesicht sehen konnte, sie aber dennoch so nahe bei mir stand, dass es mein ganzes Gesichtsfeld einnahm.

Dann kamen ihre Hände, kalt, unerwartet.

Zärtlich, kaum wahrnehmbar glitten sie meine ungeschützten Seiten entlang. Langsam arbeiten sie sich vom Beckenknochen aufwärts bis zu den Schultern empor, verharrten dort einen Augenblick und wandten sich sodann meiner Vorderseite zu.

Sie streichelten mich, bis sie schließlich meine Nippel erreichten, welche - geduldig einige Male sanft umkreist - bald darauf erigierten.

„Du willst also spielen, nicht wahr Francis?" sagte Anechka, worauf sie mir mit aller Kraft ihres zierlichen Körpers brutal in die mittlerweile zur Gänze erregten Brustwarzen kniff.

Der Schmerz war unglaublich.

Ein heftiges Brennen fuhr in meine Brust, verzog mein Gesicht zur schmerzverzerrten Maske, dann blieb die Zeit einfach stehen.

Sekunden verstrichen, der Schmerz aber blieb.

Er setzte sich in mir fest und verdrängte alles, alles wurde zu Schmerz.

Ich atmete tief ein. Luft strömte zischend durch meinen Mund, füllte bis zum Bersten meine Lunge, der Schmerz aber blieb.

Ich biss die Zähne zusammen, streckte meine Brust in dem verzweifelten Versuch heraus, meinem malträtierten Nippel durch diese angespannte

Körperhaltung wenigstens ein Deut Entlastung zu verschaffen, der Schmerz aber blieb konstant.

Wehrlos, schutzlos war ich ihm ausgeliefert, somit auch ihr ausgeliefert, konnte mich nicht entziehen und schloss resignierend die Augen.

„Ich warte" ertönte plötzlich von irgendwo her Anechkas Stimme, weit weg, wie durch Watte gedämpft. Sie verstand sich bemerkbar zu machen, grub ihre Nägel noch etwas tiefer ins sanfte Fleisch und zog kräftig nach oben.

Meine Augen weiteten sich. Der Schmerz, welchen ich bisher für unerträglich gehalten hatte, verstärkte sich noch, saugte mich zurück in die Realität und ich folgte ihm.

Gehorsam stellte ich mich auf die Zehenspitzen und nickte verzweifelt in der Hoffnung, meinem Martyrium somit ein Ende bereiten zu können.

Es gelang. Mein Gegenüber ließ von mir ab, der Schmerz entschwand.

Meine Brust entspannte sich, die angestaute Luft entwich und ich sackte zurück auf die Fußsohlen.

Anechka grinste zufrieden, legte ihre Handflächen so über meine Brust, dass die Warzen zur Gänze bedeckt waren, und begann langsam, sie in kreisenden Bewegungen zu massieren.

Sofort war er wieder da, mein schmerzhafter Freund, aber eher unterschwellig, erträglicher und nicht alles verzehrend wie zuvor.

„Nun, dann will ich mal mit dir spielen, was?" fragte mich eine beinahe zärtliche Stimme prompt, welcher es aber nicht gelang, einen triumphalen, euphorischen Unterton gänzlich zu verbergen.

Meine Nippel brannten mit jeder Umkreisung ihrer Hände mehr.

Was anfänglich Abkühlung gewesen und fast entspannend gewirkt hatte, wurde jetzt mehr und mehr zur Qual.

Ich atmete bereits stoßweise, mein ganzer Körper angespannt, die Zähne wieder zusammen gebissen, als Anechka unvermittelt von mir abließ, einen Schritt zurück trat und mich - einem interessanten Stück einer exclusiven Ausstellung gleich - eindringlich betrachtete.

Ich fühlte mich seltsam.

Einerseits genoss ich die Auszeit, die Gelegenheit mich zu sammeln und zu begreifen, was da eigentlich gerade mit mir und in mir geschehen war, andererseits aber fühlte ich eine große Leere und Einsamkeit. So nahe waren wir uns gerade noch gewesen, hatten aufeinander reagiert, als wären wir ein Körper, vereint in Leid und Qual. Anechka stand kaum zwei Meter entfernt, doch trennten uns plötzlich Welten, ich war verwirrt.

„Dem scheint es ja zu gefallen!"

Ihre Worte rissen mich wieder einmal aus meinen Gedanken.

Ich blickte Anechka an, die mit ausgestrecktem Arm dastand und auf mich deutet. Ich folgte ihrem Zeigefinger, sah an mir herunter und stellte fest, dass sie recht hatte. Mein Penis ragte vollends erigiert und blutrot, wie eine mächtige Salami zwischen meinen Schenkeln empor.

Ein schneller Schritt nur, und bevor ich es begriff, hielt Anechka ihn bereits fest umschlungen in der geschlossenen rechten Hand.

Lüstern grinsend vollführte sie sodann einige, kaum merkliche Pumpbewegungen und flüsterte aufgeregt in mein Ohr:

„Da haben wir wohl einen kleinen Masoschwanz, was?"

Wie zur Verdeutlichung ihrer Aussage packte sie noch fester zu, begann meinen Penis kräftiger zu massieren und fuhr fort:

„Brav, sehr brav, meine Hoffnung wird also nicht enttäuscht. Wir werden eine Menge Spaß miteinander haben, dein Schwanz und ich."

Kaum hatte sie dies gesprochen, da senkte sie ihr Haupt, saugte meinen rechten Nippel gekonnt in ihren Mund und begann, ihn im selben Rhythmus sanft zu beißen, in dem sie meine Vorhaut kraftvoll vor und zurück über mein erigiertes Glied gleiten ließ.

Im ersten Moment erschrak ich etwas, fürchtete mich vor dem zu erwarteten rasenden Schmerz in meiner Brust, dann aber entspannte ich mich und bald vermischten sich die Gefühle in meinem Körper.

Ich ließ mich fallen, ließ alles mit mir geschehen, schloss die Augen und genoss, wie sich Lust und Schmerz in meiner Wahrnehmung zu einer Emotion nie gekannter Wonne und Intensität vereinten.

Ich begann leise unkontrolliert zu stöhnen, streckte Anechka begierig Brust und Genital entgegen, vergaß alles um mich herum, so erregend wirkten ihre Berührungen auf meinem von Enthaltsamkeit ausgedörrten Körper.

Dann war plötzlich alles vorbei.

Als ich, in einer Mischung aus Überraschung und Bedauern, wenig später meine Augen öffnete, stellte ich fest, dass Anechka meinem, aufgrund der Fesselungen sehr beengten Blickfeld, entschwunden war.

Ich reckte meinen Kopf panisch von einer Seite zur anderen, so sehr, dass ich es im Genick laut knacken hörte. Ich suchte sie, konnte aber keinen Blick auf meine Peinigerin erhaschen.

Es war wieder still, totenstill, nur das Feuer in der Schmiede war zu hören.

Meine Nerven spannten sich an, hatte sie mich etwa verlassen?

Da, plötzlich hörte ich ein Geräusch aus Richtung des kleinen Tisches schräg hinter mir. Ein leises, metallisches Klicken drang an mein Ohr, dem Geräusch beim Verschließen meiner Fesseln nicht unähnlich.

Derselbe Klang, aber doch verschieden, viel höher als es die Vorhängeschlösser vorhin gewesen waren.

Ich fuhr erschrocken herum, oder sagen wir besser, ich versuchte es. Viel mehr als ein hilfloses Zappeln ließen die immer noch stramm sitzenden Lederriemen beim besten Willen nicht zu.

Ich verrenkte mich so weit es ging, hielt vor Spannung gar den Atem an, und tatsächlich klickte es wenig später erneut, ich hatte mich also nicht getäuscht.

Einen Wimpernschlag darauf trat Anechka zurück in mein Blickfeld.

Ihr kleines Psychospielchen hatte seine Wirkung auf mich wahrlich nicht verfehlt. Auch Anechka war sich dieser Tatsache offenbar bewusst, kam breit grinsend, zwei kleine silbern funkelnde Gegenstände spielerisch in ihren Händen wiegend, direkt auf mich zu.

Als sie mich erreichte, erkannte ich, dass es sich bei den Gegenständen um zwei kleine Klammern handelte, welche an den Enden durch eine filigran wirkende Kette verbunden waren.

„Klick" machte es noch ein weiteres Mal, als Anechka die Backen der Klemmen in ihren Händen gegeneinander schnellen ließ, dann war sie wieder bei mir, ganz dicht, und machte sich daran, sie auf meine empfindlichen Nippel zu setzen.

Aus Erfahrung klug geworden, inhalierte ich tief und hielt die Luft bis zu dem Moment an, in dem sich die Klammern schlossen.

In einer Mischung aus Keuchen und Stöhnen pumpte ich sodann meine Lunge leer, und tatsächlich war der Schmerz so erträglicher, nicht zu vergleichen mit dem, was ihre Fingernägel bewirken konnten.

Kurz zuckte ich noch, als die Verbindungskette aus den Händen meiner Peinigerin glitt und vor meiner Brust zu baumeln begann, dann aber kontrollierte ich den Schmerz, alles war gut.

„Na, das sieht doch hübsch aus, wie ein kleiner Weihnachtsbaum."
Anechka verspottete mich, hatte offenbar ihre pure Freude daran, mich zu demütigen. Wie beiläufig ergriff sie dabei die Silberkette und begann, ruckweise daran zu zerren, immer ein winziges Bisschen stärker als zuvor.
Der Effekt war erstaunlich. Selbstverständlich wurden meine Nippel in die Länge gezogen, was an sich schon schmerzhaft genug gewesen wäre, aber darüber hinaus waren die Klammern derart konstruiert, dass sich ihr Druck auf mein empfindliches Fleisch gar noch erhöhte, sobald die an der Kette anliegende Zugkraft gesteigert wurde.
Je stärker meine Peinigerin also an der Kette zog, je erbarmungsloser bissen die daran befestigten Schmetterlingsklemmen zu.
Ein grandioser Spaß, jedenfalls für Anechka.
Selbige stand vor mir und quiekte geradezu vor Vergnügen darüber, wie ich bei jedem neuerlichen Straffen der Kette vor Schmerzen das Gesicht verzog, meinen Körper anspannte und verzweifelt auf die Zehenspitzen stieg.
Sie ließ mich tanzen. Der Schmerz bestimmte den Takt, und es war erst genug, als sie dies grausame Spiel wohl gute zwanzig oder dreißig Male mit mir getrieben hatte.
Meine Nippel brannten wie Feuer. Erschöpft ließ ich mich in die Fesseln sacken. Mein Herz raste, meine Lungen pfiffen vor Anstrengung, so stand ich da, oder vielmehr, so hing ich.
„Komm spiel mit mir", das hatte sie gesagt. Ganz unschuldig hatte sie dabei geklungen, nachdem sich die Manschetten um meine Fesseln und Handgelenke schlossen.
Wer hier nun wirklich mit wem spielte, darüber waren in der Zwischenzeit nun wirklich jegliche Zweifel aufs Nachhaltigste ausgeräumt worden!
Einen Moment nur, gerade genug Zeit, um wieder etwas zu Atem zu kommen, gönnte Anechka mir jetzt, hielt dabei allerdings die ganze Zeit diese verfluchte Kette in Händen. Bedrohlich, wie ein über meinem Haupt schwebendes Damoklesschwert.
Unaufhörlich spielte sie vor Aufregung mit den einzelnen Gliedern, studierte jede meiner Regungen und wartete.
Dann, kaum hatten meine Fußsohlen festen Halt auf den Dielen gefunden, zerrte sie mich wieder auf die Zehenspitzen, ergriff mein steifes Glied mit festem Griff, und unser kleines Spielchen begann von Neuem.
Erneut glich sie den Rhythmus von Schmerz und Wollust aufeinander ab, zog gleichzeitig an Kettchen und Genital. Ich ließ mich fallen, ließ einfach los, stöhnte auf und wurde hinfort gerissen, weit weg, von einer berauschenden, alles verschlingenden Welle aus Lust und Qual.
Mit geschlossenen Augen wand ich mich vor Wonne, schaltete alsbald jegliches Denken ab und wurde ganz Gefühl, ganz willenloses Fleisch.
Reagieren, etwas anderes erwartete Anechka nicht von mir, kein Gedanke an Aktion, Zurückhaltung oder Gewissen.
Mit jedem Zerren wurde ich mehr Opfer ihrer Lust, wie sie es zuvor so schön ausgedrückt hatte, öffnete mich und lieferte mich ihr so noch weiter aus.
Binnen Kurzem näherte ich mich meinem ersten Orgasmus seit Wochen, doch Anechka wusste dies gekonnt zu unterbinden.
Immer dann, wenn mein Stöhnen allzu zügellos wurde, mein Körper zu zittern begann und mein Schoß sich ihr übertrieben fordernd entgegen streckte, unterbrach sie prompt. Sie ließ von mir ab, trat einen Schritt zurück und betrachtete amüsiert, wie ich mich vor Enttäuschung und unerfüllter Sehnsucht wand.

Mein Schwanz zuckte, meine Nippel waren wund, mein ganzer Körper darbte nach allzu lang entbehrter Befriedigung, doch ich erlangte sie nicht, und sobald ich etwas abgekühlte, rückte sie mir wieder zu Leibe.

Es ist unmöglich für mich, aus der Erinnerung heraus einzuschätzen, wie lange meine Angebetete mich so quälte, aber ich erinnere mich noch an ein gutes halbes Dutzend verweigerte Höhepunkte.

Ich erinnere zudem wie ich, völlig erschöpft, schweißnass und nicht ganz Herr meiner Sinne, zu Boden sackte, als sie mich schlussendlich freigab und die einengenden Lederriemen von den Stämmen löste.

Ich erinnere mich an das Hoch, den andauernden Kick, welchen die meinen Körper durchflutenden Hormone mir verpassten, aber vor allem Anderen erinnere ich mich noch an eines, an ihr vor Liebe, Freude und Dankbarkeit strahlendes Gesicht.

- Gute Nacht -

Nachdem ich mich etwas erholt hatte, schlang meine Herrin einen bereitgelegten Frottee-Bademantel um meinen nackten, schweißnassen Körper, drückte mich zärtlich an sich, und wir gingen zurück ins Haus.

Meine Gliedmaßen zitterten bedenklich, gleich denen eines Junkies auf dem Höhepunkt des kalten Entzuges, dabei waren es aber genau jene in meinen Blutkreislauf strömenden Drogen, welche hauptverantwortlich für meinen entrückten Zustand zeichneten.

Adrenalin, Endorphin, Melatonin, der ganze körpereigene Hormoncocktail, ausgeschüttet vor Lust, Angst und Schmerz.

Ich schwebte förmlich über die Schwelle ins Badezimmer und brauchte so Hilfe, um überhaupt in die Badewanne steigen zu können.

Nachdem Anechka meine Hand- und Fußfesseln aufgeschlossen und sorgfältig beiseitegelegt hatte, übergoss sie mich mit einem Schwall zuvor erwärmten Wassers, worauf mein zuckender Leib sich bald wohltuend entspannte. Weitere von mir sehnlichst mit geschlossenen Augen erwartete Übergüsse folgten. Die Wanne füllte sich stetig, wenn auch langsam, bis ich ganz und gar vom wohlig warmen Etwas bedeckt wurde, was ich in vollen Zügen rückhaltlos genoss.

„Rühr dich nicht von der Stelle", mit diesen Worten ließ sie mich schließlich allein, wohl um in der Werkstatt nach dem Rechten zu sehen, jedenfalls erklärte mein müder Geist es sich damals so.

Ich gehorchte, streckte meine müden Glieder in der Behaglichkeit der Wanne aus, und bald schon trieb ich davon, in Gedanken versunken.

Es dauerte einen beträchtlichen Augenblick, bis mein Gehirn wenigstens wieder so weit Betriebstemperatur erreichte, dass ich begriff, was mich da grob bei der Schulter packte und sanft schüttelte.

Als ich meine Augen öffnete, erblickte ich Anechka, welche mich aus einer Mischung zwischen Besorgnis und Erheiterung heraus anstarrte.

Ich war eingeschlafen, halb im Wasser liegend, hatte sie gar nicht zurück kommen hören und bemerkte so auch erst jetzt, dass sich die Umgebungstemperatur in der Zwischenzeit empfindlich gesenkt hatte.

„Wohl etwas zu viel für dich, meine Spielchen, was?" folgte ihre spöttelnde Bemerkung auf dem Fuße, gleich, nachdem sie von meiner Unversehrtheit überzeugt, und somit wieder oben auf war.

Dann, noch bevor ich vollständig aus meinem Kurzschlaf erwachte und etwas entgegnen konnte, wurde bereits der Stöpsel gezogen, das Wasser rann geräuschvoll aus der Wanne und ich wurde aufgefordert, Selbige nun auch endlich zu verlassen.

„Alles muss ich selber machen, du Faulpelz", beschwerte sich Anechka anschließend, während sie mich, mitten im Raum stehend, sorgfältig mit einem frischen, rauen Handtuch trocken rubbelte.

Es sollte wohl vorwurfsvoll klingen, aber bereits kurz darauf brach auch schon ihr fröhliches Lachen hervor, ob aufgrund der eigenen Worte oder meines, deshalb recht betretenen, Gesichtsausdrucks, war für mich nicht zu ermitteln.

Nachdem ich ihrer Meinung nach zu Genüge trockengelegt war, umschloss sie meine Gelenke wieder mit den Ledermanschetten, verriegelte sie gewissenhaft mit den passenden Vorhängeschlössern, hängte sich die dazugehörigen Schlüssel an einer feinen, ziselierten Silberkette um den Hals, und führte mich hinüber in meine Kammer.

Hier angekommen hieß sie mich, rücklings auf dem Bett Platz zu nehmen, eine Anweisung, welcher ich nur zu gerne folge leistete.

Ein weiteres Mal entkrampften sich meine geschundenen Muskeln, als ich in die weiche, federnde Matratze sank, und fast automatisch schloss ich wieder für einen Moment die Augen, nur ganz kurz.

Nur einmal tief durchatmen und verschnaufen, mehr wollte ich nicht, aber als ich sie wieder öffnete, stand Anechka bereits neben der Kopfseite meines Bettes, eine massive Eisenkette in der linken Hand.

„Wir machen dich wohl besser fest, nicht, dass deine Hände noch unbeabsichtigterweise auf Wanderschaft gehen!" sagte sie, diabolisch grinsend, beugte sich zu mir hinab und begann geschickt, die Kette zwischen Kopfteil und Rahmen des Bettes hindurchzufädeln.

„Auf Wanderschaft gehen?" fragte ich mich, aber selbst, als ich begriff, was sie damit gemeint hatte, erschien mir ihre Sorge, angesichts meiner völligen Entkräftung, doch eher unangebracht.

Ich war fertig, dachte wahrlich nicht daran, in dieser Nacht noch heimlich zu onanieren, musste mir allerdings eingestehen, dass mein Blick, während ich dies dachte, immerwährend auf dem glänzenden Stoff verweilte, welcher sich straff über ihren Brüsten spannte.

Wohlgeformten Brüsten welche mir, während sie mich ans Bett fesselte, noch ein gehöriges Stück näher kamen, und deren Brustwarzen sich, begünstigt durch die Beleuchtung, überdies noch deutlicher unter der dunklen Bluse abzeichneten, als dies bereits vorhin im Schein der Kerzen zu besichtigen gewesen war.

Es klickte metallisch, das mir mittlerweile vertraute Geräusch eines einrastenden Schließbügels, und schon war es mir unmöglich gemacht, mich aus eigener Kraft von meinem Lager zu erheben.

Die Kette war durch die Ösen meiner Handfesseln gezogen, auf einem Drittel ihrer Länge durch ein massives Bügelschloss verschlossen und beidseitig um den metallenen Rahmen des Bettes gekettet, was meine Bewegungsfreiheit doch empfindlich einschränkte.

Zwar konnte ich die in Abstand von etwa einem Meter verbundenen Hände in Höhe meiner Schultern neben meinen Körper bringen, mich somit also wenigstens zum Schlafen auf die Seite drehen, mich unsittlich berühren, dass konnte ich derart verschnürt allerdings nicht.

„Hey, der kann wohl nie genug bekommen", bemerkte Anechka mit gespielter Empörung, nachdem sie zurückgetreten war, und ihr Werk begutachtet hatte.

Hierbei zeigte sie auf mein, zu meiner eigenen Überraschung bereits wieder erigiertes Glied, grinste erneut breit, und legte den Schlüssel für die Ketten wie beiläufig auf den Nachttisch.

Mit den Worten: „Dann mal eine gute Nacht, Sklave", verließ sie kurz darauf bestens gelaunt das Zimmer, jedoch nicht, ohne meinem steifen kleinen Freund im Vorbeigehen noch einen heftigen, klatschenden Klaps mit den Fingern der flachen Hand zu verabreichen.

Der hieraus resultierende Schmerz war überraschend stark, zuckte kurz hoch in meinen Unterleib, fühlte sich aber im Grunde eher brennend und oberflächlich an, ganz ähnlich dem einer saftigen Ohrfeige.

Er war nur von kurzer Dauer, reichte jedoch aus, mich zu Genüge abzulenken, so dass mir keine Zeit für eine Antwort blieb, bevor meine Peinigerin bereits schnellen Schrittes das Zimmer verlassen hatte.

Ich sah ihr hinterher, sprachlos, und stellte sodann verwundert fest, dass sie die Zimmertüre nicht, wie all die Abende zuvor, fest verschloss, sondern einen handbreiten Spalt weit offen stehen ließ.

Während ich mich noch darüber wunderte, huschte sie bereits, auf dem Weg ins Bad, eilig an meiner Türe vorbei, nur einen Sekundenbruchteil zu sehen, aber nackt, wie Gott sie erschaffen hatte.

Kurz darauf wurde das Wasser im Nebenzimmer angestellt.

Es plätscherte unüberhörbar, ich war also nicht der Einzige, der nach den aufwühlenden Ereignissen des Abends das Verlangen nach einem reinigenden Bad gehabt hatte.

Während ich mich noch, verzweifelt auf der Suche nach einer bequemen Stellung, wieder und wieder in meinen Fesseln wand, relaxte meine Herrin nebenan genüsslich, und peste bald darauf, erneut vollkommen nackt, wieder direkt an meinem Türspalt vorüber.

„Daher also die geöffnete Türe", glaubte ich, den Grund für ihr Handeln bereits zu kennen, aber welchen Zweck Anechka mit der geöffneten Türe wirklich verfolgte, das sollte ich erst einige Minuten nach ihrer Rückkehr ins eigene Schlafzimmer wirklich ergründen.

Zunächst hörte ich sie noch, hörte, wie Schranktüren sich knarzend öffneten, aber nach einer Weile wurde es schließlich vollkommen still, eine Stille, welche allerdings schon bald darauf durchbrochen wurde, und zwar vom rhythmischen Stöhnen einer jungen Frau.

Ich erstarrte schlagartig, glaubte zunächst, mein ausgelaugter Verstand spiele mir einen Streich, lag bewegungslos da und lauschte ins Dunkel.

Das Stöhnen hielt eine ganze Weile an, steigerte sich gar langsam, wurde laut und hemmungslos, bis es schließlich in einem der lautstärksten Orgasmen gipfelte, welchen ich jemals vernahm.

Hatte sie beabsichtigt, dass ich ihr Liebesspiel belauschte?

Ich konnte es kaum glauben, doch der kurz darauf aus Anechkas Zimmer an mein Ohr dringende Befehl: „So, jetzt aber wirklich Augen zu", verwischte endgültig alle noch daran bestehenden Zweifel.

Ich antwortete nicht, lag ganz still, um meinen Wachzustand nicht durch das Rasseln der Ketten zu verraten, und starrte an die Decke.

Sie hatte die Türe also deshalb nicht verschlossen, damit ich sie beim Masturbieren hören konnte, und dies auch offenkundig sehr genoss.

Sie liebte es, sich nicht nur im Alltag, sondern auch beim Sex ganz einfach zu nehmen, was sie wollte, nett war so etwas freilich nicht.

Meine Bedürfnisse schienen dabei keine rechte Rolle zu spielen.

Ich existierte nur, um ihr auf jede erdenkliche Art dienlich zu sein, aber gerade dies, diese Souveränität, zog mich tiefer in ihren Bann.

„Das kann ja noch heiter werden" dachte ich eine Weile später, immer noch aufgekratzt, doch dann kehrte die Müdigkeit in meinen geschundenen Körper zurück. Ich fiel in dringend benötigten Schlaf, welcher jedoch schon nach wenigen Stunden ein jähes Ende fand.

Warum, das wusste ich zunächst nicht, nur, dass es früher Morgen oder gar noch Nacht sein musste, denn im Zimmer war es tiefschwarz. Lediglich aus dem Flur drang ein schwacher Lichtschein zu mir in das Zimmer hinein, aber auch dieser erhellte meine Umgebung kaum.

Etwas hatte mich aufgeschreckt, mich aus dem Tiefschlaf gerissen, doch jetzt war nichts zu sehen, so sehr ich auch, mit schlaftrunkenen, zu Sehschlitzen verkniffenen Augen, orientierungslos umherstarrte.

„Spinn nicht rum, alles ist in Ordnung", beruhigte ich mich selbst, aber gerade, als mir dies tatsächlich gelang und ich mich wieder erschöpft in die Kissen zurücksinken lassen wollte, wurde die Zimmertüre plötzlich mit einem einzigen Ruck bis zum Anschlag aufgerissen.

Eine fremde, bemäntelte Person trat ins Zimmer, blieb unvermittelt neben dem Türrahmen stehen, blickte in meine Richtung, und ich erschrak dermaßen, dass ich einen krächzenden, hohen Angstschrei nicht unterdrücken konnte.

Für einen Moment vergaß ich die Ketten, versuchte, mich im Bett aufzurichten, um dem vermeintlichen Angreifer wenigstens ein Mindestmaß an Gegenwehr entgegensetzen zu können, doch die Fesseln ließen meinen Gliedern selbstverständlich keine Chance.

Meine Bewegung wurde bereits im Keim erstickt und ich viel, wie ein hilflos auf dem Rücken liegendes Insekt, mit schmerzverzerrtem Gesicht zurück auf mein Lager.

Meine Gedanken rasten. Mein Blick wanderte hin und her, unzähmbare, lähmende Angst beherrschte mich, was sollte ich tun?

Dank Anechkas Sorge um meinen Sexualtrieb war ich zu einem guten Teil bewegungsunfähig, und selbst wenn der Unbekannte von eher schmächtiger Statur zu sein schien, jedenfalls soweit ich dies trotz Finsternis feststellen konnte, so gab ich dennoch ein dankbares Ziel ab.

Ein Zögern nur, ein Verharren, dann setzte sich die Person wieder in Bewegung. Sie trat einen Schritt vor, dann einen weiteren, kam wortlos direkt auf mich zu.

Mir stockte vor Schreck der Atem, was hatte er nur vor?

Panik, ja schiere Todesangst breitete sich in mir aus, kam wie eine riesige Welle über mich, plötzlich, kraftvoll und sinnesberaubend.

Ich wollte schreien, die im Nebenzimmer schlummernde Geliebte warnen, doch bevor ich meinen Mund öffnen konnte, stand die dunkle Gestalt auch bereits neben mir.

Kraftvoll umschloss sie mit der Rechten meine Kehle und drückte erbarmungslos zu.

Ich leistete keine Gegenwehr, war wie betäubt, unfähig zu reagieren, unfähig zu atmen, eine kleine Ewigkeit lang.

Als ich gerade einen verzweifelten Versuch unternehmen wollte, den direkt neben mir stehenden Peiniger mit meinen ungefesselten Füßen zu attackieren, beugte sich dieser plötzlich über mich, küsste zärtlich meine Stirn, lockerte seinen Griff etwas und flüsterte:

„Ich werde dich jetzt mal ordentlich ficken, mein kleiner Sklave."

Ich war perplex.

Die Stimme klang bestimmt, dennoch auch durchaus heiter und vorfreudig, aber dies allein, verwunderte mich nicht im Geringsten.

Etwas Anderes raubte mir die Fassung, traf mich wie ein Schlag in die Magengrube, denn ich kannte diese Stimme. Sie gehörte Anechka.

Noch bevor ich etwas sagen konnte, nur einen erleichterten Seufzer später, ließ sie bereits gänzlich von meinem Hals ab, riss mir die schützende Decke weg, trat einen Schritt beiseite und ließ ihre Hände genüsslich meinen nackten Körper hinabgleiten.

„Groß und prall die Eierchen, wie sich das für einen Sklaven gehört", drangen ihre Worte bald, nachdem sie meine entblößten Hoden ertastet und umschlossen hatte, aus der Dunkelheit zu mir hinauf.

Gerade ausgesprochen, da begann sie auch schon, meine Testikel in ihrer rechten Hand gegeneinander zu treiben, massierte mit der Anderen mein noch gänzlich schlaffes Glied, beides so kraftvoll, dass ich vor Lust und Schmerz zugleich erschrocken aufstöhnte.

Meine Gefühle waren in Wallung, ich wusste kaum mehr, wo ich war.

Gerade hatte ich noch geglaubt, einem unbekannten Angreifer hilflos ausgeliefert zu sein, und nun, kaum zwei Wimpernschläge später, malträtierte meine Herrin bereits in der Absicht mein Glied, es sich baldmöglichst einverleiben zu können.

Sie wollte mich in sich, wollte Sex, nicht mehr und nicht weniger.

Ihr beängstigender, spätnächtlicher Auftritt diente einzig diesem Zweck. Die im Vorfeld bei mir erzeugte Todesangst war nur das Vorspiel gewesen, nur eine Art Beibrot zu ihrem bizarren Kick.

Wieder und wieder, einem Uhrwerk gleich, gruben sich ihre scharfen Fingernägel nun in meinen empfindlichen Hodensack, während zugleich meine Vorhaut zurückgezogen und mein Penis, stets den Schaft hinauf, bis zum Kopf in ihre Faust gepresst wurde.

Anechka wichste hart, walkte ohne jegliche Rücksicht, aber trotz anhaltender Verwirrung meinerseits, strömte das Blut bald kraftvoll in mein mittlerweile bereits halb erigiertes, gepeinigtes Glied.

Es gelang mir zwischenzeitlich gar, mich etwas zu entspannen, aber als ich gerade anfing, gefallen an dieser rohen Behandlung zu finden, warf Anechka ihren Mantel ab, und hörte schlagartig damit auf.

Wortlos, und nun auch gänzlich unbekleidet, setzte sie sich rittlings auf meinen Bauch, hob ihr Becken an, ergriff meinen Schwanz mit der Linken und brachte ihn sodann, begleitet von einem gehauchten: „Wage nicht dich zu bewegen", sorgsam unter sich in Position.

Meine entblößte Eichel zuckte kurz verzweifelt, den äußeren Lippen ihrer feuchten Grotte so nahe, als wolle sie ihm einen feuchten Kuss aufs vor Geilheit angeschwollene Haupt drücken, aber ich gehorchte, lag einfach da, bewegungslos und still.

Es mag vielleicht nur eine Sekunde gedauert haben, bis sie die unerträgliche Starre durchbrach, sich etwas vorbeugte und meinen Hals mit beiden Händen umschloss, mir erscheint diese in der Erinnerung allerdings wie eine Stunde, so lang wie ein kleiner Tod.

Anechka verharrte über mir, unterstrich somit wieder einmal ihr Vergnügen an fremder Hilflosigkeit und eigener Macht, dann aber senkte sie ihr Becken, ließ mich eindringen, während sich ihr Griff schloss und mir somit die Kehle zuschnürte.

Das Gefühl war unbeschreiblich.

Meine Herrin, welche mich in sich aufnahm, bis wir beide meine Hoden an ihrem festen Hintern spüren konnten, stöhnte enthemmt auf, während ich, schier entrückt vor Genuss, geräuschlos die Augen einwärts drehte. Mein Oberkörper bäumte sich auf, meine Muskeln spannten sich, zerrten an den Ketten, mehr blieb ihnen kaum übrig.

Drei weitere Male wiederholte sich dieses feine, doch gemeine Spiel, wobei Anechka stets etwas länger mit dem Hinabsenken ihres Unterleibes zu warten schien, ehe sie schließlich begann, mich begierig zu reiten, die Hände dabei stets fest um meine Kehle gelegt.

Ich bekam Atemnot, versuchte verzweifelt, dringend benötigten Sauerstoff in meine Lungen zu saugen, zugleich aber war ich wie von Sinnen, erfüllt von Lust und Hingabe, einer durchaus gefährlichen Mischung, wie ich in dieser Nacht auf die harte Tour lernen sollte.

Von Zeit zu Zeit, vielleicht nach jedem fünfzehnten Stoß, lockerte sich Anechkas Umklammerung kurz, und sie gab mich vorübergehend frei.

Gnädigerweise, bekam ich so eine kleine Auszeit, aber kaum drei, manchmal nur zwei gierige Atemzüge später, schlossen sich ihre Hände erneut, und mein lustvoller Todeskampf begann von vorn.

Der menschliche Körper ist erstaunlich, besonders aber, wenn es darum geht, sich selber am Leben zu erhalten.

Eine, zum Beispiel durch heftiges Würgen erzeugte, Unterversorgung an Sauerstoff im Blut etwa, erhöht dessen Kohlendioxidgehalt, worauf als Reaktion im Gehirn umgehend Adrenalin ausgeschüttet wird.

Ein körpereigenes Hormon also, welches neben Panik, Herzrasen und Stress, zudem auch einen Zustand euphorischer Glückseligkeit und sexueller Lust herbeiführen kann, welcher jeder Beschreibung spottet.

Im Angesicht des Erstickungstodes ist wahrlich kein Platz für Moral.

Intellekt und Mitgefühl schwinden, nur das reine Überleben zählt, oder der nächste Orgasmus, ganz nach Situation und eigenem Empfinden.

Immer schneller hob und senkte sich Anechkas Becken, immer länger wurden die Phasen meiner Atemnot, und als sie sich, noch wesentlich geräuschvoller als zuvor in ihrem Zimmer, einem Orgasmus näherte, war auch ich nah dran, allerdings daran, das Bewusstsein zu verlieren.

Zuckend, geschüttelt von unkontrollierbaren Muskelkontraktionen, sank sie schließlich befriedigt auf meine Brust, stöhnte ein letztes Mal laut auf, und unter ihr lag ich, purpurrot, erschöpft nach Luft ringend.

Es dauerte eine gehörige Weile, bis wir wieder bei uns waren.

Mein Atem pfiff, das Bettlaken unter mir war schweißnass, mein Herz raste, und auch meine Reiterin schien vom Erlebten doch etwas mitgenommen zu sein. Ohne eine Regung lag sie minutenlang auf mir, den Kopf auf meinem Oberkörper ruhend, mein zuckender Schwanz immer noch versunken in ihrer triefenden, herrlichen Weiblichkeit.

Dann aber erhob sie sich, dankte mir mit einem innigen Zungenkuss und machte sich mit den Worten: „Nicht schlecht, für das erste Mal. Wirklich, gar nicht schlecht", davon, ohne mich weiter zu beachten. Ich blieb zurück, wieder einmal um eine außergewöhnliche Erfahrung reicher, allerdings ebenso wieder, ohne selber gekommen zu sein.

An Schlaf war in jener Nacht zunächst nicht mehr zu denken.

Mein Bauch klebte, mein Geschlecht auch, ihr Saft war zwischen meinen Schenkel bis zu den Backen hinab geflossen.

Alles um mich herum war feucht, alles roch nach Sex, nach ihr.

Sie hatte unser kleines Stelldichein wahrlich genossen, ich konnte es deutlich spüren, aber berühren, konnte ich mich leider nicht.

Aus ihrem Schlafzimmer drang kein Laut mehr an mein Ohr, und als sie mich am nächsten Morgen, als wäre nichts gewesen, kommentarlos aus meinen Fesseln befreite, schien alles wie ein vergessener Traum.

„Na Francis, eine gute Nacht gehabt?", fragte sie mich noch später, als wir bereits beim Frühstück zusammen saßen, aber das war auch schon alles, was sie noch zu den Ereignissen der Nacht zu sagen hatte.

Es schien ihr selbstverständlich zu sein, was auch immer seit meiner Entscheidung in diesem Haus zu beleiben zwischen uns geschah, aber offenbar war sie bisher durchaus mit mir zufrieden, denn in den Abendstunden fand auch ich schließlich die ersehnte Befriedigung.

Zugegeben, in Eigenarbeit und vor ihr, aber dennoch war der Höhepunkt derart sensationell, dass ich fast dazu neigte, die wochenlange Entbehrung im Nachhinein als lohnend anzusehen.

Unter eiserner Selbstdisziplin angestaut, ergoss sich nun endlich ein wahrer Schwall über entgegengestreckte, glänzende Stiefel, allerdings zahlte ich für meine Entleerung selbstredend einen hohen Preis.

Bevor ich mich erheben durfte, mussten alle Spuren beseitigt sein, und so lachte am Ende wieder nur Anechka allein, hatte ich, nackt und auf Knien, doch keinen anderer Lappen als meine eigene Zunge dabei.

- Zucht und Ordnung -

Rückblickend kann ich sagen, dass jene Nacht, in der wir uns das erste Mal körperlich liebten, der Beginn eines neuen Lebens war.

Anechka wirkte wie befreit, glücklich, selbstsicher und stark.

Sie sprühte geradezu vor Ideen und kleinen Gemeinheiten, welche sie nun endlich ohne Zurückhaltung an mir ausleben konnte.

Las sie zum Beispiel ein Buch, so kniete ich oft mit verbundenen Augen und Angstschweiß auf der Stirn davor, so dass sie mir, wenn es ihr gerade beliebte, dabei von Zeit zu Zeit schmerzhaft zwischen die Beine treten konnte.

Hatte sie Lust, genügte stets ein Wort, und schon kroch ich brav zwischen ihre Schenkel, leckte sie leidenschaftlich und ausdauernd.

Manch Essen musste ich erst auf ihren speziellen Wunsch hin mit - zeitweise über etliche Tage in meinen geschundenen Hoden angesammelter - Samenflüssigkeit „garnieren", bevor ich es zu ihrer Belustigung unter Würgen und Brechreiz hinunter in meinen verzweifelt rebellierenden Magen zwang.

Es machte ihr Spaß, mich mehrmals täglich einem Orgasmus nahe zu bringen, nur um sich dann, wenn ich mich bettelnd und winselnd wand, lachend von mir abzuwenden.

Die Zeit des Wartens, die Testphase ob ich meinerseits auch selbstständig ohne Zwang und Belohnung den Willen ihr zu dienen mitbrachte, war nun vorbei. Ein neuer Abschnitt begann, ein zuweilen wahnsinnig schöner, aber zeitweise auch sehr anstrengender Abschnitt.

„Die Leine anziehen", so bezeichnete sie, was in den folgenden Wochen neben ihren bösartigen Spielchen ebenfalls mit mir geschah, und genau so fühlte es sich an meinem Ende der Leine auch an.

War meine Herrin bisher bei Fehlern zumeist gnädig gewesen und hatte jene höchstens mit einem Blick oder Klaps bedacht, so folgte jetzt stets die Strafe auf dem Fuße.

Essensentzug, stundenlanges Strafknien in der Ecke, Sprechverbote, Schlafen auf dem harten Holzboden, Anechka war durchaus einfallsreich, und alles geschah ohne Gnade, oft nur aufgrund eines Stöhnens meinerseits, als Reaktion auf einen ihrer Befehle hin.

Jegliche Widerrede, jedes freche Wort, jede Undiszipliniertheit führte gleich zur Züchtigung.

Diese konnte sofort erfolgen - Anechka liebte es zum Beispiel, mir spontan ohne Vorwarnung in die Genitalien zu boxen - oder langwieriger Natur sein.

Zur Erziehung fesselte sie mich dann etwa abends, zusätzlich zur stets angelegten Kette noch mit starken Lederriemen, welche sie um Ellenbogen, Fuß- und Kniegelenke schlang. Auf diese einfache aber überaus wirkungsvolle Weise machte sie mich für die Nacht völlig bewegungsunfähig. Nach und nach schliefen mir so die schmerzenden Glieder ein, wurden teilweise von Krämpfen durchzuckt, während mir eine Linderung durch Entlastung unmöglich blieb.

Zu solchen Gelegenheiten ließ sie mich spüren, dass sie enttäuscht von mir war und im Gegensatz zu den täglich an mir verübten Gemeinheiten nun keine Lust aus meinem Leid zog.

Die Bestrafungen dienten allein meiner Erziehung, aber kaum waren sie überstanden, hatte Anechka auch schon wieder ein freundliches und vergebendes Lächeln für mich übrig.

Sie hatte ein feines Näschen, durchschaute sofort, wenn ich mich gezielt daneben benahm, um ihre Aufmerksamkeit zu erlangen, und jedes Mal hatte sie die passende Antwort parat.

Irgendetwas gab es immer, was ich auf den Tod hasste, und genau solcherlei Strafen suchte Anechka sich für mich aus. Schließlich war der Sinn mich zu bestrafen, und da war kein Platz für sexuelle Kicks.

Möglichst unangenehm musste es sein, um den Lerneffekt zu gewährleisten, aber besonders liebte sie eines ihrer kleinen Spielzeuge, welches sie eines Tages breit grinsend aus dem Lederkoffer zauberte.

Jenes „Spielzeug" bestand aus zwei fein geschliffenen, an den Ecken abgerundeten Holzplatten, wirkte unscheinbar, war aber bald darauf von mir gefürchtet wie das Weihwasser vom sprichwörtlichen Teufel.

Eine der ungefähr sechs Mal zehn Zentimeter messenden Platten, hatte in der Mitte eine kleine Aussparung und ließ sich, mittels zweier seitlich angebrachter Schrauben, in gleichgroße Hälften zerlegen.

Die andere war massiv gearbeitet, ließ sich also nicht zerlegen und war lediglich am Rand mit zwei Bohrlöchern versehen.

Die Wirkungsweise war eben so einfach wie grausam.

Im geöffneten Zustand wurden die beiden Hälften oberhalb der Hoden um den Hodensack gelegt, anschließend fest miteinander verschraubt und mit der zweiten Platte mittels zweier langer Schrauben verbunden.

Ein Entkommen wurde so unmöglich gemacht. Meine Hoden passten im geschlossenen Zustand nicht durch die Aussparung, und mit jeder Umdrehung der Flügelmuttern an der Unterseite der Konstruktion verringerte sich der Abstand zwischen den Hölzern um ungefähr einen Millimeter.

Ein Millimeter hört sich wirklich nicht viel an, aber sobald die untere Platte begann, die Hoden mit immer stärkerem Druck gegen die Obere zu pressen, wurde ein winziger Millimeter für mich zur Welt.

Bei jedem noch so kleinen Zeichen von Ungehorsam zog Anechka die Muttern eine Umdrehung mehr an. Der Schmerz wurde immer unerträglicher, und oft vergingen Stunden, ehe sie mich endlich wieder befreite und so von meinem Leid erlöste.

Es ist erstaunlich, wie brav man plötzlich wird, wenn jede Verfehlung umgehend zu Stunden endloser Qual führt, das sei ihnen aus eigener Erfahrung heraus wärmstens versichert.

Hatte ich beim ersten Besuch von Anechkas Bruder noch einigermaßen fassungslos das Zusammenspiel von Herrn und Sklavin bewundert, so wurde ich nun meinerseits trainiert. Bald reichte ein Blick oder Wort aus, mich gefügig zu machen, wusste ich doch, welchen Leids Vorboten diese letzten Warnungen waren.

Es mag vielleicht grausam klingen, wie mit mir umgesprungen wurde, aber seltsamerweise empfand ich es nicht so.

Es gab immer noch Abende, an denen wir redeten, lachten, oder ich einfach meinen Kopf auf ihren Schoß legte, um zärtlich gestreichelt zu werden. Es gab atemberaubenden Sex, wobei die Initiative hierfür ausschließlich von ihr ausging und ich immer noch größtenteils keusch gehalten wurde. Es gab emotional aufwühlende und geradezu horizonterweiternde sadomasochistische Spielchen, die wir zusammen spielten, aber vor allem gab es bald eines, absolute Sicherheit.

Es gab kein Zweifeln, kein Hinterfragen, es gab nur richtig und falsch. Verhielt ich mich, wie Anechka es von mir erwartete, so wurde ich bestenfalls irgendwann dafür mit etwas belohnt, was ich genoss. Verhielt ich mich falsch, wurde ich darüber unmissverständlich in Kenntnis gesetzt und, war ich nicht willens oder in der Lage, mein Verhalten zu ändern, dafür auf schmerzliche Weise bestraft.

So anstrengend, schmerzhaft und erniedrigend diese Strafen auch waren, im Grunde empfand ich sie eher als Hilfen, befähigten sie mich doch, über meinen eigenen Schatten zu springen.

Mein Leben wurde erstaunlich einfach. Andere Sorgen als die, meine Herrin zu befriedigen, gab es nicht mehr. Ich war von jeglicher Last befreit und lebte für sie allein.

Ich unterwarf mich ihr freiwillig, aber manchmal brauchte es eine starke Hand, und dann war ich Anechka dankbar, dass sie Zeit und Mühe auf sich nahm, mich auf meinem Weg zu unterstützen.

Der Mensch ist ein Gewohnheitstier. Es braucht einiges um lieb gewordene Gewohnheiten wieder abzustreifen, so schlecht sie auch im Nachhinein betrachtet gewesen sein mögen.

Seit Monaten hatte es für mich weder Zigarette noch Drink gegeben, aber mittlerweile waren Anerkennung, Selbstaufgabe, Lust und Schmerz das geworden, wonach ich mich fast ununterbrochen sehnte.

Anechka zog mich aus, beraubte mich meines natürlichen Schutzschildes, entblätterte mich Stück für Stück, bis nur noch der Kern meines Selbst übrig blieb, verletzbar und nackt.

Der Lebemann, welchem das morgendliche Erwachen unter irgendeinem Kneipentisch im eigenen Erbrochenen nicht fremd gewesen war, hatte sich seit seinem Eintritt in dieses Haus verändert, und wie sie auch immer über das bisher hier Berichtete denken mögen, es war für mich auf jeden Fall eine Veränderung zum Guten.

Ich schlief in Ketten, wurde von einer Frau nach Lust und Laune gedemütigt, sexuell missbraucht, gefügig gemacht und unterdrückt, aber ich wurde geliebt für das, was ich wirklich bin, war glücklich und fühlte mich frei, endlich frei.

- Der Brief -

Es taute, die Schneeschmelze hatte eingesetzt.
Langsam bildeten sich um das Haus herum kleine dunkle Flecken zwischen all dem ermüdenden Weiß der vergangenen Monate.
Schleichend erwachte die Natur, fast unmerklich breiteten sich die Grasflächen immer weiter aus, gewannen schließlich die Oberhand, sehnlich erwartet wie Festland nach langer Zeit auf hoher See.
Mehr als drei Monate hatten Anechka und ich nun bereits miteinander verbracht, waren uns nach und nach immer näher gekommen. Allmählich hatte ich begonnen, mein bisheriges Leben zu vergessen. Alles außerhalb unserer vier Wände hatte zunehmend immer mehr an Bedeutung verloren.
Ich war glücklich, fühlte mich hier geborgen, und Anechka gab mir kein Anzeichen daran zu zweifeln, dass es ihr ebenso ging.
Wir lebten in unserer eigenen Welt, ernährten uns von dem, was die kleine Speisekammer neben der Küche für uns bereithielt.
Von Zeit zu Zeit ging Anechka ins Dorf hinab, lieferte ihre handgefertigte Ware ab und kehrte anschließend mit frischer Milch, saftigem Fleisch und dutzenden Eiern zurück.
Im letzten Sommer hatte sie anscheinend mit ihrem Bruder umfangreich landwirtschaftlichen Anbau betrieben, denn die Regale der Kammer quollen auch jetzt noch fast über vor Mehl, Hafer, eingelegtem Obst und Früchten.
In den langen Wintermonaten aber, gab es nichts zu tun, und so waren wir uns gegenseitig genug gewesen, jeder des anderen Mittelpunkt der Welt.
Mittlerweile war es April, und ich hatte die Zeit genutzt.
In den letzten Wochen hatte ich hart an mir gearbeitet, war geduldiger und zugleich ausgeglichener geworden, nicht zuletzt aufgrund der Strafen, welche Anechka mittlerweile kaum noch verhängen musste.
Ich war noch ich selbst, immer noch Frechdachs und Besserwisser, aber wir hatten unsere eigene Art gefunden, damit umzugehen.
Längst hatten wir unsere Kanäle, unsere Gewohnheiten und Rituale, die es uns erlaubten, problemlos zu kommunizieren.
Dank langer Gespräche, intensiven Trainings und sicherlich auch Dank unserer kleinen SM-Spielchen, kannte Anechka mich nur zu genau.
Schon im Vorfeld konnte sie abschätzen, ob es ein wirkliches Problem gab, über das auf Augenhöhe zu sprechen war, oder ob mir lediglich ihre Strenge und Zucht fehlte.
Dies war tatsächlich immer öfter der Fall. Die Büchse der Pandora war geöffnet worden. Ich verzehrte mich geradezu danach, immer weiter getrieben und benutzt zu werden, was allerdings nicht unbedingt dazu führen musste, dass meine Herrin diesem Zustand auch zeitnah Abhilfe schaffte.
Anechka hielt ganz klar die Zügel in der Hand, entschied, wann wir bereit waren, einen Schritt weiter zu gehen, und ich folgte ihr blind.
Wir verstanden uns, hatten eine ähnliche Art schwarzen Humors, und ich glaube, es ist nicht übertrieben zu behaupten, dass wir uns damals schon gegenseitig bis über beide Ohren ineinander verliebt hatten.

Außer ihrem Bruder und Kira, seiner Sklavin, hatte ich bisher keine anderen Mitglieder der Gemeinde von Aussteigern, die es da im Dorf irgendwo unten im Tal geben sollte, kennengelernt.

Zwar war ich begierig darauf zu sehen, wie diese Menschen lebten, ihr Zusammenleben organisiert hatten und in der Öffentlichkeit auftraten, aber bei diesem Thema kannte Anechka keine Diskussion.

Sie erwartete keine überraschenden Kontrollbesuche mehr, die Vorhänge im Haus wurden schon seit Langem tagsüber wieder weit aufgezogen, aber dennoch hielt sie mich versteckt, was ich nicht wirklich nachvollziehen konnte.

„Wenn du mein bist, führe ich dich ganz offiziell in der Gemeinde ein, aber erst dann", war alles, was meine Retterin hierzu zu sagen pflegte. Ich, als ihr Partner und Sklave, hatte dies zu akzeptieren.

Das tat ich auch, wenn auch widerwillig, jedenfalls bis zu jenem Tag im April, als ein kleines Briefchen alles änderte.

Anechka werkelte wie gewöhnlich in der Hütte neben dem Haus, hatte mich, wie jeden Tag, vorgeschickt das Essen zu bereiten, doch als ich die Haustüre öffnete, blieb ich wie vom Donner gerührt stehen.

Ich sah ihn sofort da liegen, direkt hinter der Türe, durch deren Spalt er offenbar geschoben worden war.

Einen Moment glotzte ich ungläubig auf den unschuldig daliegenden Umschlag, konnte es kaum glauben.

Unerwartetes passierte hier so gut wie nie. Lediglich einen unangekündigten Besuch hatte es in all der Zeit meiner Anwesenheit gegeben, und jetzt lag da plötzlich dieses Ding in meinem Weg, deplatziert wie ein Monokel im Auge eines brüllenden Affen.

Mein Herz schlug schneller. Endlich überwand ich meine Verwunderung, bückte mich und hob den weißen Umschlag auf.

Neugierig drehte ich ihn in meinen Händen, aber es gelang mir nicht, so irgendwelche Rückschlüsse über seinen Inhalt zu erlangen. Beschriftet oder adressiert war er jedenfalls nicht.

Nach kurzem Ringen widerstand ich dem plötzlichen Impuls, den Umschlag einfach aufzureißen, zog stattdessen die Türe wieder zu und rannte um das Haus herum zurück zur Werkstatt.

„Ein Brief, lag einfach hinter der Türe" rief ich aufgeregt, nachdem ich das Tor aufgerissen und mit einem Satz in den Raum gesprungen war, worauf Anechka langsam den Kopf hob und mich streng ansah.

„Hatte ich dich nicht geschickt, das Essen zu bereiten?", fragte sie ruhig, während ich zu ihr an den Tisch trat und, dort angekommen, vor Aufregung von einem Bein auf das andere hüpfte.

„Jaaa.. aber.. aber.." stammelte ich, aufgrund ihrer Reaktion nur noch mehr aus dem Konzept gebracht, und hielt ihr den Umschlag mit ausgestrecktem Arm entgegen.

„Ich weiß Francis, die Einladung zum Frühjahrstreffen" fuhr Anechka, immer noch betont ruhig, gelangweilt fort und machte keinerlei Anstalten, nach dem Brief zu greifen.

Ich hingegen runzelte die Stirn. Einladung zum Frühjahrstreffen, was sollte das denn bedeuten? Verwirrt blieb ich einfach stehen, wo ich war, den Arm immer noch ausgestreckt und blickte sie fragend an.

Keiner bewegte sich. Dann aber legte Anechka doch die Zange aus der Hand, mit welcher sie gerade gearbeitet hatte, allerdings nicht, ohne mich durch ein leises Seufzen darüber in Kenntnis zu setzen, dass sie von dieser Unterbrechung alles andere als begeistert war.

„Ein Seufzer" dachte ich, kein gutes Zeichen.

Im Regelfall folgte nun entweder eine Maßregelung, oder, was fast noch schlimmer war, eine langwierige Ausführung darüber, wie ich mich als Sklave zu verhalten hatte.

Ich hätte den Brief einfach hinlegen, den Kopf senken und mich mit eingekniffenem Schwanz entfernen können, das ist mir bewusst. Normalerweise hätte ich dies wohl auch getan, aber nicht dieses Mal, denn die Umstände waren schließlich nicht normal!

Für einen Moment lieferten wir uns ein Duell mit Blicken, aber als ich tapfer standhielt, seufzte Anechka erneut und fing kopfschüttelnd an zu erzählen:

„Nichts wildes Francis, kein Grund hier durchzudrehen. Vier Mal im Jahr trifft sich der ganze Ort und bespricht, was es eben so zu regeln gibt. Listen werden aufgestellt, was nicht vor Ort gefertigt, sondern aus der nächsten Stadt besorgt werden muss. Öffentliche Beschwerden können vorgebracht und geschlichtet werden. Das Dorffest wird geplant, eben alles, was von Zeit zu Zeit besprochen werden muss.

Die ganze Meute kommt zusammen, quatscht ein paar Stunden wild durcheinander und präsentiert sich gegenseitig die neuen Kunststückchen ihrer jeweiligen Sklaven, das neue Kleid oder den neuesten Schmuck."

Stille.

Anechka sprach nicht weiter, erwartete wohl meine Reaktion, aber ich rührte mich nicht, während in meinem Kopf hunderte Filme darüber, wie ein Heer nackter Sklaven von ihren Herrinnen öffentlich zur Schau gestellt wurde, gleichzeitig abliefen.

Oh mein Gott, das musste ich einfach sehen, aber in dem Augenblick, als ich dies dachte, war mir natürlich auch bereits klar, dass es nicht einfach werden würde, Anechka ebenfalls von der Dringlichkeit meines Vorhabens zu überzeugen.

„Steh hier nicht rum, das Essen kocht sich nicht allein" herrschte eben diese mich auch in just demselben Moment bereits mit rigider Stimme an, und ich kehrte in die Realität zurück.

Schlagartig wurde ich mir wieder bewusst, wo ich mich befand, zuckte vor Schreck leicht zusammen, machte auf den Hacken kehrt und stürzte in Richtung Ausgang davon.

„Hey, mein Brief" rief Anechka mir noch nach, worauf ich sofort stehen blieb, aber als ich Anstalten machte, zu ihr zurückzukommen, schickte sie mich dann doch lachend mit den Worten: „Schon gut, nimm ihn mit, ich weiß ja eh, was drin steht" davon.

In der Tat, das wusste sie wirklich, denn als der Brief später beim Abendessen endlich von ihr geöffnet wurde, enthielt er tatsächlich die vermutete Einladung. Anechka ließ dies völlig kalt, aber meine Gedanken kehrten in den nächsten Tagen immer wieder zu diesem ominösen Frühjahrstreffen zurück. Zum Treffen und vor allem dazu, wie ich es bloß bewerkstelligen konnte, daran ebenfalls teilzunehmen.

Eine Zusammenkunft aller Bewohner dieser bizarr anmutenden Gesellschaft, das wollte ich endlich mit eigenen Augen sehen.

Seit Monaten war ich nun bereits hier, lebte im Verborgenen, Tag ein Tag aus allein mit meiner Lebensretterin, hinter verschlossenen Türen.

Mich dürstete nach Sonne und Gesellschaft, danach, endlich Teil dieser Gemeinschaft zu sein, und meiner Meinung nach, hatte ich es mir auch redlich verdient. Ich hatte eine harte Ausbildung genossen, und dachte, ich gehörte nun endlich dazu.

Einige Tage zerbrach ich mir den Kopf, grübelte schweigend, aber schließlich blieb selbstredend nur eine Möglichkeit, ich musste meine Herrin darum bitten, aber wie?

Eine Woche lang verhielt ich mich vorbildlich.

Ich erledigte gewissenhaft und ohne Klagen, was immer sie mir auch auftrug, ertrug schweigend und geduldig, was immer sie auch mit mir anstellte. Ich gab mir in allem besondere Mühe, war extra aufmerksam, höflich und zuvorkommend, passte den rechten Moment für meine Frage ab, und kassierte dann doch eine Absage.

„Ich weiß, dass du es sehr gerne möchtest, aber die Zeit ist noch nicht reif" war Anechkas Antwort, damit war das Thema für sie erledigt.

Ich hingegen war tief enttäuscht.

- Der Spaziergang -

Ablehnung gehört zum Sklavenalltag, ist unser tägliches Brot.

Deine Herrin mag keinen Tabakgeruch an dir?

Schade, das war es dann mit dem Rauchen!

Dein Herr ist Vegetarier, lehnt den Verzehr jeglichen Fleisches ab?

Schade, du hast die längste Zeit Steaks verzehrt!

Alles im Leben hat seinen Preis. So ist es auch mit der Freiheit, die uns jene Person beschert, welche bereit ist, Verantwortung für uns zu übernehmen. Ich habe vorhin versucht zu schildern, wie befreit ich mich fühlte, nachdem Anechka mehr und mehr das Heft übernahm. Wie Alltags- und Zukunftssorgen, Zweifel und Ängste aus meiner Welt verschwanden, vertrieben von ihrer allgegenwärtigen Macht.

Mein Teil in dieser Beziehung war es, ihr gehorsam zu folgen, aber das ist nicht immer leicht, wie erfüllend es im Grunde auch sein mag.

Ich genoss in vollen Zügen, wie wichtig ich mittlerweile für Anechka war, wie sehr sie mir vertraute, sich mir öffnete und ihre Launen an mir auslebte. Aber eines Tages stellte ich mich gegen sie, und dieser Tag war der 1. Mai.

Seit jenem Tag, als die Einladung auf unserer Schwelle gelegen hatte, waren damals gute drei Wochen vergangen, und über ihre abschlägige Antwort auf die Frage bezüglich meiner Teilnahme am Frühjahrstreffen hin, war bisher kein weiteres Wort gefallen.

Alles lief gut zwischen uns.

Anechka war überaus zufrieden, hatte inzwischen damit begonnen, mich in die Grundlagen der Silberschmiedekunst einzuweisen, aber mein Hauptbetätigungsfeld war nach wie vor die Hausarbeit.

Deshalb schickte sie mich am frühen Nachmittag jenes folgenschweren Tages einmal mehr hinüber ins Haus, die Speisen für unser Essen zu zubereiten.

Nach außen hin hatte ich scheinbar akzeptiert, dass mir ein Einblick in die Dorfgemeinschaft auf unbestimmte Zeit verwehrt bleiben würde, innerlich aber, hatte ich jeden Tag aufs Neue gehofft und war ebenso jeden Tag von Neuem enttäuscht worden.

In fünf Tagen sollten sich, laut Text der Einladung, alle in der verlassenen Kapelle am Rande des Dorfes einfinden. Alle freilich außer mir, was mich offen gesagt verbitterte.

Hatte ich denn nicht alles getan, war brav und folgsam gewesen?

Sicherlich, einen Anspruch auf mehr als eine gewissenhafte und führsorgliche Behandlung durch meine Herrin hatte ich dadurch nicht, aber ich betrachtete das damals anders. Meiner Meinung nach stand es mir zu, Teil dieser Gemeinschaft zu sein.

Den Umstand, dass Anechka ihren treuen Sklaven vor den anderen verbarg, empfand ich als Beleidigung und Abwertung meiner selbst.

Rückwirkend hätte ich mit ihr reden sollen, auch angesichts einer bereits erteilten Absage, aber dazu war ich zu stolz, zu verletzt und letztlich zu unerfahren.

Im Haus angekommen, deckte ich den Esstisch ein, stellte alles routiniert an seinen vorgeschriebenen Platz, war aber in Gedanken weit weg. Heute würde ich es wagen, heute gab es kein zurück.

Nicht zuletzt aufgrund der Tatsache, dass ich am Vortage mit gespielter Tollpatschigkeit, aber in Wahrheit teuflischer Berechnung, die letzten Eier aus dem Regal hinunter auf den Küchenboden gefegt hatte, wusste ich, dass Anechka sich bald auf den Weg ins Dorf machen würde.

Dort wurde täglich frisch feilgeboten, was unsere kleine Speisekammer nicht hergab, und dieses Mal würde ich ihre Abwesenheit nutzen, zumindest darüber war ich mir bereits im Klaren.

Wie vermutet dauerte es nicht lange, da folgte Anechka mir bereits ins Haus. Während sie sich wetterfest kleidete, war ich dabei, das Geschirr des Vortages zu reinigen, überaus darauf bedacht, mich ganz natürlich zu verhalten. Minuten vergingen, ich wurde immer angespannter, ohne mir dies jedoch anmerken zu lassen, jedenfalls hoffte ich das.

Wie gewöhnlich rief sie mich anschließend zu sich ins Wohnzimmer, ließ sich von mir die hohen Stiefel schnüren, hieß mich noch einmal ausdrücklich während ihrer Abwesenheit auch ja brav zu sein, trat sodann zur Türe hinaus und ließ mich allein.

Im Haus wurde es still.

Einen Augenblick stand ich unentschlossen neben dem Kamin, unsicher darüber, wie ich nun vorgehen sollte, dann aber fasste ich mir ein Herz, rannte hinüber zur Türe und lugte vorsichtig durch das kleine Fenster hinaus.

Tatsächlich, da war Anechka. Ich sah ihren Rücken, den wehenden Mantel, beides bereits gute zweihundert Meter von meinem Standort entfernt. Sie bog gerade um die Ecke, folgte dem ausgetretenen Pfad bergabwärts in forschem Schritt und ohne sich ein einziges Mal umzudrehen.

Ich blickte ihr nach, selbst dann noch, als sie längst um die Kurve verschwunden und somit für mich nicht mehr zu sehen war.

Sollte ich es wirklich wagen?

Sicher, ich hatte seit meiner Ankunft hier so manchen Fehler gemacht, war ungebührlich und gelegentlich gar respektlos gewesen, aber mich gegen ein klares Verbot wenden, das hatte ich bisher nicht gewagt.

„Komm schon, du Feigling" sagte ich zu mir selbst, wohl um mich von der Richtigkeit meines Vorhabens zu überzeugen und die leise Stimme in meinem Kopf zum Schweigen zu bringen, jene unbewusste Stimme, auf die man bei Zeiten eigentlich besser hören sollte.

Einen Augenblick rang ich mit mir. Engel und Teufel kämpften verbittert um meine Seele, dann aber war die Entscheidung getroffen.

Ich ließ in der Küche alles stehen und liegen, wo es gerade war, ging vom Wohnbereich aus schnurstracks in mein Zimmer, nahm den gefütterten Mantel des getöteten Jurij aus dem Schrank und zog anschließend die einzigen Schuhe an, welche ich besaß, die Lackschuhe meiner feinen Abendgarderobe.

„Nur ein kleiner Spaziergang, nur mal gucken", schon wieder sprach ich mit mir selbst, so angespannt war ich. Sodann warf ich noch einen letzten Kontrollblick durch das Fenster, riss anschließend ruckartig die Haustüre auf und trat ins Freie.

Hektisch sah ich mich um, drehte mich mehrmals im Kreis, panisch vor Angst, von jemandem beobachtet zu werden, aber niemand war zu sehen. Nur Natur, so weit das Auge reichte.

Ich inhalierte, saugte die frische Luft tief in meine Exraucherlungen, stand einfach da und blickte hinaus in die neu gewonnene Freiheit.

Wohin sollte ich gehen?

Weiter als einmal um das Blockhaus herum, war ich seit meiner Ankunft vor Monaten nicht gekommen.

Ich kannte mich in der Gegend nicht aus, geschweige denn, dass ich überhaupt wusste, wo in diesem riesigen Land ich mich befand.

Nachdem ich einige Zeit unschlüssig herumgestanden hatte, entschied ich mich dafür, dem Trampelpfad vor unserem Heim bergauf zu folgen.

Wohin er mich führen würde, konnte ich nicht wissen, eines aber wusste ich, Anechka wollte ich keinesfalls begegnen. Ein Marsch in die entgegengesetzte Richtung, in die sie verschwunden war, schien also nur allzu logisch zu sein.

Nach etwa einem halben Kilometer stieg der Pfad steil an, schlängelte sich in engen Serpentinen die natürliche Gebirgslandschaft hinauf, und es dauerte nicht lange, da war ich bereits völlig außer Puste und vor Anstrengung schweißnass.

Ich hielt mich am Wegrand, möglichst im Schatten der dicht beieinander wachsenden Birken verborgen, aber niemand begegnete mir. Nichts war zu sehen als endlose Wälder, Felsen und von Wildblumen übersäte Grasflächen. Kein Haus, kein abzweigender Weg, keine Brücke, nichts.

Es gab kein Anzeichen von Zivilisation, so weit ich meinen Blick auch schweifen ließ, und bald war ich am Ende meiner Kräfte, ausgepowert von einem gerade einmal halbstündigen Anstieg.

„Ganz schön außer Form" dachte ich, die Hände in die Seiten gestemmt, sah mich noch einmal gründlich um und kehrte dann, einigermaßen frustriert, langsam zu Anechkas Haus zurück.

Nein, von meinem geheimen Ausflug hatte ich mir wirklich mehr versprochen. Ich hatte gehofft, einen Blick auf das Dorf werfen zu können, welches doch angeblich ganz in der Nähe liegen sollte.

Was, wenn alles eine große Lüge war, wenn es außer Anechka und ihrem seltsamen Bruder gar keine Sadomaso-Gemeinde gab?

Wollte sie vielleicht nur deshalb nicht, dass ich an jenem ominösen Treffen teilnahm, weil es ein solches gar nicht gab?

Gut, es gab eine Einladung, aber die hätte auch Kira zu meiner Täuschung platziert haben können und mich zudem noch schamlos belügen, auf Geheiß ihres Herren war sie dazu ohne Zweifel bereit.

„Vielleicht hätte ich doch in Anechkas Richtung gehen sollen", schoss es mir gerade durch den Kopf, als ich ihr Haus erreichte und die hölzerne Eingangstüre öffnete. Weiter darüber nachsinnen aber, konnte ich nicht, denn genau jene Anechka, welcher ich vielleicht besser hätte folgen sollen, stand unvermittelt direkt vor mir.

Mein Herz rutschte in die Hose. Ich erstarrte zu Eis, unfähig mich zu bewegen oder etwas zu meiner Verteidigung äußern zu können.

Mit hasserfülltem Gesichtsausdruck stürzte meine Herrin furiengleich auf mich los, schlug mir wortlos mit der offenen Hand ins Gesicht und versetzte mir anschließend mit beiden Händen einen solch heftigen Stoß gegen die Brust, dass ich rückwärts aus der Türe taumelte.

Einen unbeholfenen Schritt später stolperte ich, stürzte verblüfft zu Boden, und noch bevor ich wusste, wie mir geschah, da war sie auch bereits neben mir und begann, mich mit Fußtritten zu malträtieren.

Immer wieder trafen mich ihre Stiefel, warfen mich von Neuem zu Boden, und auch wenn sie nicht besonders schmerzhaft waren, so verhinderten ihre Tritte doch, dass ich zurück auf die Füße kam.

Eine ganze Weile spielte sie ihr brutales Spiel. Sie ließ ihrer Wut freien Lauf, trieb mich vor sich her, stets dazu bereit, mich mit einem weiteren Kick erneut aus dem Gleichgewicht zu bringen, wann immer ich mich anschickte, mich aus meiner misslichen Lage zu befreien.

Ich hatte keine Chance. Blind vom aufgewirbelten Staub kroch ich hilf- und planlos in dem Bemühen umher, wenigstens die empfindlichsten Körperstellen vor ihren Treffern zu schützen.

Endlich, einige weitere Fußtritte gegen meinen Oberkörper später, ließ sie von mir ab, trat einen Schritt zurück und ich kam hustend auf alle Viere. Verzweifelt japste ich so nach Luft, wie ein erschöpfter Hund an einem warmen Sommertag.

Ich war geschockt. Geschockt ob ihrer Anwesenheit, geschockt ob ihrer Brutalität und der Tatsache, dass sie imstande gewesen war, mich zu verprügeln, hatte ich mich doch bisher immer für zumindest körperlich weit überlegen gehalten.

Es traf mich in meinem Mannesstolz, besiegt vor ihren Füßen im Staub zu liegen, wie seltsam sich dies auch, angesichts bereits erduldeter Schikanierungen meinerseits, für sie anhören mag.

Mich packte die Wut, doch noch, bevor ich in irgendeiner Weise reagieren konnte, war Anechka schon wieder bei mir, beugte sich von hinten über mich, schlang eine ihrer Ketten um meinen Hals und zog sodann erbarmungslos zu. Es schmerzte höllisch.

Die Kettenglieder zurrten sich um meinen Hals, verkanteten, quetschten die empfindliche Haut und bissen mir ins Fleisch.

Die Kette war anscheinend am Ende mit einem Schlitzring versehen, durch welchen Anechka blitzschnell das freie Ende geführt hatte, und somit in der Lage war, sie nach Belieben zuzuziehen.

Ich kannte dieses Prinzip, hatte es bereits früher gesehen, und plötzlich schoss mir auch durch den Kopf wo, nämlich als Schleifkette in der Forstwirtschaft. Solche Art Ketten benutzten eigentlich Waldarbeiter, um frisch gefällte Bäume aus dem Dickicht zu ziehen. An den zumeist glitschigen Stämmen fand nur ein solches Werkzeug wirklich Halt, und genau dasselbe geschah nun auch mit mir, denn just in diesem Moment setzte Anechka sich in Bewegung und schleifte mich, mit vor Schmerz verzerrtem Gesicht, wie ein Stück Vieh in Richtung Werkstatt hinter sich her.

- Strafe -

Ich versuchte mich zu wehren, der eisernen Umklammerung zu entfliehen, aber auch, wenn ich kurz meine Chance witterte, als Anechka anhielt, um das Tor der Werkstatt zu öffnen, erkannte ich bald, dass es kein Entkommen gab.

Unser kurzer Stopp reichte gerade aus, dass sich die Kette für einen Moment weit genug lockerte, um einen verzweifelten Japser nach Luft zuzulassen, aber abstreifen, ließ sie sich nicht.

Ganz im Gegenteil, als meine Herrin sich wieder in Bewegung setzte, zog sie sich mit einem Ruck nur noch fester um meine Kehle, zwang mich so, Schritt zu halten. Ich gehorchte, kroch auf allen Vieren über die Schwelle bis in die Mitte des dämmrigen Raumes hinein.

Hier blieb Anechka erneut stehen, sah sich um und schien einen Augenblick unschlüssig über ihr weiteres Vorgehen zu sein.

Ich rang nach Luft, aber es dauerte nur Sekunden, nicht einmal lange genug, mir die brennenden Augen zu reiben, da hatte sie sich auch bereits neu orientiert. Wortlos setzte sie sich wieder in Bewegung und stieg über den, in einer Höhe von ungefähr einem Meter parallel zum Boden direkt vor uns verlaufenden, Baumstamm hinweg.

Die Kette ließ sie dabei locker, doch bevor ich begriff, was geschah, stand Anechka auch bereits auf der anderen Seite, genau zwischen den beiden Säulen, an welche sie mich schon früher bei unseren Spielchen zum Spaß gefesselt hatte.

Hier angekommen wand sie sich mir zu, stemmte einen Fuß gegen den dicken Stamm, ergriff die Kette mit beiden Händen, lehnte sich etwas zurück und zwang mich durch heftiges Ziehen, ihr zu folgen.

Gegenwehr war zwecklos.

Zu sicher waren ihr Griff und Stand, zu unsicher der meine, und so taumelte ich vorwärts, stieß mit dem Kopf schmerzhaft gegen das geschälte Holz, doch meine Peinigerin kümmerte das anscheinend wenig.

Sie ließ nicht im Geringsten nach, zerrte mich immer weiter, bis ich bäuchlings über dem Baumstamm hing, die Beine auf der einen, die Arme auf der anderen Seite weit ausgestreckt.

Mit dieser demütigenden Position schien Anechka fürs Erste zufrieden zu sein. Sie nahm ihr Bein herunter, hockte sich direkt vor mir hin und begann geschickt, Kettenglieder durch die Ösen meiner linken Handfessel zu fädeln.

Mein verzweifelter Versuch, mich zu erheben, wurde kurzerhand mit einer beachtlichen Folge heftiger Ohrfeigen unterbunden. Noch ehe das Dröhnen wieder zur Gänze aus meinem Kopf verschwunden war, zurrte meine frühere Retterin die Kette auch bereits durch eine der Ösen, welche im Holz neben mir verankert waren.

Nachdem sie mit meiner anderen Hand ebenso verfahren war, verschloss sie das Ende mit einem starken Vorhängeschloss, trat einen Schritt zurück, besah sich die Takelage und lachte zufrieden.

„So, denke das dürfte reichen" sagte sie fröhlich, aber ohne jedes Zeichen von Wärme oder Mitgefühl in der Stimme, und sie hatte recht, es reichte wirklich.

Ich stand bewegungslos, vorn über den Stamm gebeugt, mit zur Seite gefesselten Händen und rausgestrecktem Hinterteil da.

Wann immer ich auch versuchte, mich oder wenigstens meine Hände zu bewegen, zerrte ich nur noch stärker an der um meinen Hals liegenden Kette und würgte mich somit selbst.

„Ich.. es.. ich wollte nicht.." stotterte ich, versuchte mich für mein Verhalten zu entschuldigen, aber die Zeit der Entschuldigungen schien vorbei. Bevor ich aussprechen konnte, hagelte es bereits wieder deftige Ohrfeigen.

„Ich will nichts hören, es spielt eh keine Rolle, deine Taten sprechen doch wohl für sich" brüllte Anechka mich unvermittelt und derart außer sich an, dass ich es langsam wirklich mit der Angst zu tun bekam.

Schmerzen hatte ich zwar bereits kennen und zugegebener Maßen auch lieben gelernt, aber das hier war etwas anderes. Auch das Gefühl, gefesselt und ihr schutzlos ausgeliefert zu sein, war mir bekannt, jedoch hatte Anechka mich bisher nie in diese Position gezwungen.

All die Male hatte es eher spielerischen Charakter gehabt.

Selbst wenn sie mich bestraft hatte, war ich freiwillig angetreten, jetzt jedoch, war nichts spielerisch oder freiwillig. Nein, ich war zusammengeschlagen, gepackt und gewaltsam unterworfen worden.

„Wer nicht hören will, nun, den Rest kennst du ja" hörte ich Anechkas Stimme noch hinter mir, als sie um mich herum ging, um Rocksaum und Mantel über meinen Rücken hinauf zu schieben.

Das war alles, im weiteren Verlauf sprach sie nicht mehr, kein einziges Wort.

Es fällt mir schwer, die Ereignisse dieses Tages auch nur im Entferntesten zu beschreiben. Sie schmerzhaft zu nennen, scheint auch rückblickend eine geradezu absurde Verharmlosung der Gräuel zu sein, welche mir während der folgenden Stunden angetan wurden.

Nachdem mein Gesäß und die Rückenpartie entblößt waren, ging Anechka zum - mittlerweile dauerhaft in der Werkstatt bereitstehenden - Spielzeugkoffer hinüber, überlegte kurz und entnahm ihm etwas, was nur ein Psychopath als spielerischen Gegenstand bezeichnen würde.

Es war eine sogenannte Tawse, das typische Strafwerkzeug für körperliche Züchtigung an Schulen vieler europäischer Länder, vielleicht sogar noch, als ihre Großeltern damals Schüler waren.

Durchaus wissenswert, jedoch interessierte mich der historische Hintergrund dieses Folterwerkzeugs damals freilich wenig, als eine eben solche Tawse wieder und wieder blutrote Striemen über meinen sich windenden Körper zog.

Die Konstruktion ist einfach, nichtsdestotrotz sehr wirkungsvoll, und besteht im Wesentlichen aus einem Holzgriff mit einem acht Zentimeter breiten, eingearbeiteten Lederriemen von ungefähr sechzig Zentimetern länge.

Das Leder ist doppelt genäht, extrem zäh, und der Griff ermöglicht es dem Zuchtmeister, es mit beängstigender Präzision und Brutalität auf nahezu jeden sich anbietenden Körperteil des armen Individuums niedersausen zu lassen, welches er zu züchtigen sucht.

Wie sie ja bereits wissen, war ich damals dieses bemitleidenswerte Subjekt, und nachdem der erste Schock über den plötzlich auftretenden brennenden Schmerz auf meinem Gesäß verarbeitet war, blieb nur noch eines - das Ertragen schier endloser Qual.

In der heutigen Zeit gehen Menschen oft arglos mit Begriffen wie Leid, Qual, Folter und Ähnlichem um, aber ich meine, was ich schreibe!

Es folgte ein Martyrium, Anechka kannte keine Gnade.

Weder Betteln, noch Unschuldsbezeugungen, Besserungsversprechen oder wilde Beschimpfungen hielten sie auf. Ebenso nicht, dass ich ihr versicherte, der Spaß wäre jetzt wirklich vorbei, und auch nicht meine vor Wut geschluchzten Tränen, welche mir bald in kleinen Rinnsälen über meine vor Hitze und Aufregung glühenden Wangen liefen.

Irgendwann, als meine Not nicht mehr zu ertragen schien, schwor ich ihr gar gänzlich ab. Ich verleugnete meine Liebe, schrie sie an, sie solle mich gehen lassen, ich wolle nicht mehr ihr Sklave sein, allerdings schien sie meine Sichtweise dieses Themas nicht im Geringsten zu interessieren. Sie peitsche unablässig weiter, ohne jede Reaktion, bis von einem ehemals stolzen Mann nur ein Häuflein wimmernden und zuckenden Elends übrig geblieben war.

Es war keine wirkliche Folter, denn nichts, was ich sagen oder tun konnte, hätte diese Tortur beendet, es war viel mehr ein Strafgericht.

Anechka bestrafte mich, zeigte mir meine Grenzen auf, zwang mich, ihren Willen über den Meinigen zu stellen, ohne Wenn und Aber.

Was immer sie tat, wie weit sie auch gehen würde, ich musste es ertragen, und aus der heutigen Sicht zurück muss gesagt werden, mich gewaltsam zu brechen, war in diesen Stunden wohl klar ihre Intention.

Ich hatte sie hintergangen, ihr Vertrauen verletzt, und nun verletzte sie mich, in ihrer Welt schien dies absolut logisch.

Irgendwann, lange nachdem Zeit aufgehört hatte für mich zu existieren, weil auf den gerade bewältigten Schmerz doch eh nur der Nächste folgte, hörte Anechka auf.

Ich war irritiert, aber auch viel zu sehr außer meiner selbst, um zu realisieren, dass ich es tatsächlich überstanden hatte. Als sie wenig später meine Fesseln löste, stürzte ich zu Boden wie ein nasser Sack.

Für einen Augenblick ließ sie mich allein, kehrte aber bald mit einem Eimer in der Hand zurück, entkleidete mich mühselig und begann, mich mit einem weichen Schwamm und warmen Wasser vorsichtig zu waschen.

Langsam kam ich zurück.

Zurück zu mir und zurück in das, worauf die Menschen sich irgendwann einmal geeinigt haben, es als Realität zu betrachten.

Das Wasser tat gut. Etwas später war ich gar in der Lage, mit ihrer Hilfe aufzustehen. Ich stand, angelehnt an einen der Baumstämme, mit ausdruckslosem Gesicht da, und als Anechka sicher war, dass ich Halt gefunden hatte, hockte sie sich hin und wusch auch den Rest meines geschundenen Körpers.

Keiner von uns sprach ein Wort.

Mein Geist war wie leer gefegt. Ich beobachtete immer noch aus einer Art Zwischenwelt heraus, was da eigentlich mit meinem Körper geschah, und auch Anechka schwieg, anscheinend der Meinung, sich bereits allzu verständlich geäußert zu haben.

Nachdem sie ihre Waschung beendet hatte, geleitete sie mich hinüber ins Haus, schob mich mit den Worten: „Nein, du schläfst bei mir" zunächst in ihr Zimmer, anschließend gar in ihr Bett.

Den Versuch, mich auf den Rücken zu legen, bereute ich sofort.

Es brannte, als hätte ich mich statt auf weiche Daunen, in glühende Kohlen gelegt. In Bauchlage aber war es zu ertragen.

Ich schloss die Augen, innerlich völlig leer, sagte kein Wort.

Als ich bereits vor Erschöpfung dem Schlaf nahe war, kroch endlich auch meine Zuchtmeisterin zu mir unter die dünne Decke.

Lange Zeit hatte ich davon geträumt, ihr auf so vertraute Weise nahe sein zu dürfen, einzig genießen, konnte ich ihre Nähe in diesem Moment nicht.

„Schlaf, es ist alles gut, wir reden morgen" flüsterte mir noch jemand im Halbschlaf ins Ohr, es musste wohl Anechka gewesen sein, doch noch, ehe ich darüber nachdenken konnte, ob wirklich alles gut war, sank ich bereits in tiefen, traumlosen Schlaf.

- New deal -

Am nächsten Tag war alles neu.
Anechka hatte wohl bereits eine Weile neben mir gelegen und mich schweigend betrachtet, denn als ich die Augen öffnete, blickte ich in ihr liebevoll strahlendes Gesicht und erschrak darüber dermaßen, dass ich fast aus dem Bett gesprungen wäre.
Da lag sie, meine Peinigerin, direkt neben mir, den Kopf lässig auf ihren angewinkelten rechten Arm gestützt, und lächelte mich gütig an.
Ich zuckte zusammen, meine Herrin aber beruhigte mich umgehend wieder und kraulte mir beruhigend durchs zerzauste Haar.
Als ich mich wieder einigermaßen gefangen hatte, begann sie gar, meinen Rücken mit zärtlich auf die Haut gehauchten Küssen zu überschütten.
Mich schauderte. Die Erinnerung der vergangenen Nacht war noch zu frisch, als dass sie nicht sämtlichen Raum in meinem noch schläfrigen, nur halb funktionsfähigen Verstand eingenommen hätte.
Ein Kuss. Dann ein weiterer, langsam arbeitete Anechka sich meinen Rücken hinunter, und nach anfänglichem Schreck gelang es mir tatsächlich, mich etwas zu entspannen und ihre Liebkosung zu genießen.
Eine Weile lagen wir einfach da, schweigend.
Je mehr Zeit verstrich, desto schwerer fiel es mir, diese sich zärtlich an mich schmiegende Frau mit jener in Verbindung zu bringen, welche mir letzte Nacht buchstäblich das Fell über die Ohren gezogen hatte.
Sie hatte mich geschlagen, mich zum Äußersten getrieben. Die Spuren ihrer Misshandlungen an meinem Körper waren noch frisch, und so fühlte es sich elnerselts unglaublich gut, andererseits aber auch in gewisser Weise falsch und verlogen an, von ihr auf diese intime Art mit Zuneigung geradezu bedrängt zu werden.
Mir war nicht nach Kuscheln.
Ich wollte das Erlebte irgendwie verarbeiten, es in irgendeiner Weise schaffen, die Splitter wieder zusammenzufügen. In meinem Verstand und Herzen war etwas zerbrochen. Die Splitter ihres Spiegelbildes lagen vor mir, oder besser, jenes Bildes von ihr, welches ich mir gemacht hatte, und welches in den Stunden der Folter krachend zersprungen war.
Wer war diese Person, die da neben mir lag?
Wie hatte sie mir all dies nur antun, mich dermaßen geradezu emotional verstümmeln und herabwürdigen können?
Ich warf einen langen, suchenden Blick in ihr immer noch vor Zufriedenheit und Zuneigung strahlendes Gesicht, suchte mir bekannte Züge und selbstverständlich fand ich sie auch.
Da war das vertraute Lächeln. Die fein geschwungenen Lippen, die neckisch funkelnden Augen, in welche ich mich verliebt hatte, und instinktiv spürte ich bald, dass ich sie immer noch liebte, lediglich verstehen, konnte ich sie nicht.
Anechka bemerkte meine Verwirrung.
Ihr Blick änderte sich, wurde fragend, aber als ich ihr gerade von meinen Zweifeln und Nöten berichten wollte, legte sie mir auch schon ihren ausgestreckten Zeigefinger über die Lippen und begann zu erzählen:
„Ruhig Francis, bitte hör mir erst zu, ich will dir erklären."
Ich nickte fast unmerklich Sie zog langsam ihre Hand zurück, überlegte einen Moment, wie sie beginnen sollte, und sprach sodann ganz ruhig weiter:
„Ich weiß, letzte Nacht muss für dich erschreckend gewesen sein."

Wieder nickte ich zustimmend, dieses Mal aber um einiges deutlicher.

„Es mag sich für dich im ersten Moment lächerlich anhören, aber sei dir versichert, ich habe mindestens genau so gelitten wie du."

Nach diesen Worten legte sie eine kleine Wirkungspause ein, sah mir, wie zur Bekräftigung ihrer Aussage, tief in die Augen, und sie hatte recht, angesichts des Erlebten klang es für mich in der Tat lächerlich.

„Ja, du bist das arme unschuldige Opfer, dass ich nicht lache", führte sie ihren Gedanken, von meinem trotzigen Gesichtsausdruck gänzlich unbeirrt, fort.

„Hast du vielleicht mal über meine Position in dieser Geschichte nachgedacht, mein lieber Francis?"

In Folge dieser Frage schwieg Anechka erneut, blickte mich mit Vorwurf und Hoffnung zugleich im Blick an, während ich den meinen bald verunsichert abwenden musste.

Noch war mir nicht wirklich klar, wohin dieses Gespräch letztendlich führen sollte, aber in einem hatte sie recht, unschuldig war ich an all dem bestimmt nicht gewesen.

Ich war gegangen, ich hatte ihre Regeln verletzt, und somit lag der Auslöser dessen, was mit mir geschehen war, ganz klar bei mir.

„Meine Geldbörse war alles, was ich noch holen wollte", riss mich ihre Stimme aus meinen von Schuldgefühlen verhangenen Gedanken. "Und was finde ich vor? Ein verlassenes Haus."

Wieder schloss sich eine unangenehme Pause an das Gesagte an, und je länger diese andauerte, je stärker wurde in mir der Drang, mich ihr gegenüber verteidigen zu müssen.

Ja, ich hatte bewusst gegen ihren Befehl gehandelt, aber gab ihr das vielleicht das Recht, mich dermaßen durch den Wolf zu drehen?

Bevor mein Gehirn genügend Zeit gehabt hatte, die passende Antwort auf meine Frage zu finden, hatte ich sie leider auch bereits laut gestellt.

Ein Umstand, welchen ich bald bereits bereute, denn Anechkas Antwort ließ nicht lange auf sich warten.

„Francis, das ist ja wohl keine Frage, oder?" empörte sie sich, und obwohl ich mich ihrer Meinung nach wohl gerade selbst deklassiert hatte, fuhr sie, ein genervtes Augenrollen später, ungeduldig fort:

„Natürlich hatte ich das Recht, ich hatte sogar die Pflicht es zu tun!"

Anechkas Stimme überschlug sich fast, so aufgeregt war sie, aber dennoch lag eine dermaßen präsente Überzeugungskraft in ihr, dass ich mich nicht erwehren konnte, insgeheim von ihr fasziniert zu sein.

„Ich bin hier die Herrin, ich trage die Verantwortung, ich stelle die Regeln auf, welchen Sinn soll das machen, wenn ihr Brechen für dich nicht zu Konsequenzen führt? Nein, mein Freund, ich muss dir vertrauen können, und dieses Vertrauen habe ich wieder hergestellt, indem ich dich lehrte, was ungehorsam für einen Sklaven bedeutet."

Mit diesen Worten erhob Anechka sich, offenbar zu erregt, die Unterhaltung in liegender Position fortzuführen, stand wild gestikulierend, völlig nackt neben dem Bett und sprach doch unbeirrt weiter:

„Es hätte dir etwas passieren können, Francis. Die Büchse über dem Kamin hängt aus gutem Grund da, ich habe dir sogar erzählt, was mir von einem Bären bereits geraubt wurde, und du schleichst dich hinter meinem Rücken davon? Ich bin in der Zeit tausend Tode gestorben, bevor du endlich wieder Lust dazu hattest zurückzukehren und folgsam zu sein! Ich werde nicht in Angst um dich leben, so stark meine Liebe zu dir auch immer sein mag."

Es folgte eine weitere Gedankenpause. Ich saß mittlerweile mit hochrotem Kopf auf der Kante des Bettes, und auch, wenn mein Gesäß immer noch wie Feuer brannte, ignorierte ich den Schmerz doch, so gefesselt war ich.

„Schau Francis", Anechkas Stimme wurde wieder ruhiger, offenbar zwang sie sich, ihre Emotionen zu beherrschen.

"In diesem Haus gibt es keine Kompromisse. Hier herrscht weder Mehrheitsrecht noch Anarchie. Du kannst machen, was du willst, allerdings nur so lange, bis es dem entgegen steht, was ich will. Ich war immer ehrlich mit dir, habe damals, als du dich entschieden hast, zur Probe bei mir zu bleiben, keinen Hehl daraus gemacht, dass körperliche Züchtigung im Bereich des Möglichen liegt. Es hat mir keine Freude bereitet, dich derart zu unterwerfen, aber ich würde und werde es, falls nötig, wieder tun. Nicht aus einem Egotrip heraus, sondern, weil ich es dir als meinem Sklaven schuldig bin. Hier gilt mein Wort, darauf kannst du dich jederzeit verlassen, was auch immer geschieht. Selbiges erwarte ich von dir. Du hast deine Strafe erhalten. Sie ermöglicht mir, dir wieder vertrauen zu können, und ich hoffe, dass dies nichts an unserer Liebe zueinander ändern wird. Letzte Nacht war es nicht der liebenswerteste Teil von mir, welchen du erlebt hast, doch es ist meine Art zu leben. Wenn du mich so nicht achten und lieben willst, nicht bedingungslos mein sein und mir folgen kannst, dann haben wir keine Zukunft, dann gehört dieser Teil meines Selbst für dich wohl einfach nicht dazu."

Hiermit verabschiedete sie sich, ergriff ihre Kleider und verließ ohne mich noch eines Blickes zu würdigen das Zimmer.

Wieder, zum ich weiß nicht mehr wievielten Male, blieb ich sprachlos und zur Genüge verwirrt zurück.

- Der Preis der Liebe -

Sie ließ mich allein, ungestört, über Stunden.

Stunden, in denen ich allerlei zu tun gehabt hätte. Vom Feuermachen, über die Zubereitung der Speisen bis hin zur Hausarbeit, aber sie kam mich nicht holen, klopfte nicht an die Türe, es blieb einfach still.

Ich überlegte viel, lag die meiste Zeit auf dem Bett, regungslos auf dem Bauch, denn meine Glieder schmerzten bei jeder Bewegung. Mein Körper war gänzlich übersät mit Prellungen und Blutergüssen.

Das sollte es also sein, mein glorreiches neues Leben?

Ich verstand, was Anechka mir zu sagen versucht hatte, jedenfalls das Meiste, aber war dies wirklich eine erstrebenswerte Beziehungsform?

Bisher war alles mehr oder weniger ein Spaß gewesen.

Sicherlich, es hatte in der letzten Zeit verstärkt hinter die Ohren gegeben, wenn ich provozierte hatte, oder mich versehendlich falsch verhielt.

Die Torturen in der Hodenquetsche und beim Strafknien waren nicht vergessen, aber was sie jetzt mit mir veranstaltet hatte, sprengte diesen Rahmen beträchtlich.

Es gab das Spiel, währenddessen Erniedrigung und Schmerz der Luststeigerung dienten. Es gab kleine Gemeinheiten, sadistische Demonstrationen ihrer Macht, aber seit letzter Nacht war da mehr, viel mehr, denn seitdem gab es zudem harte Strafen, unerbittliche Züchtigungen über alle Grenzen hinaus.

Ich versuchte mir darüber klar zu werden, ob es einen wirklichen Sinn hinter einer solchen Versklavung gab. Versuchte möglichst objektiv zu sein, und stieß bei meinen Gedankengängen doch immer wieder gegen die Barrieren längst vergessen geglaubter Moralvorstellungen, gegen Prägungen aus meiner Erziehung und Sozialisierung.

Keiner glaube, dass er sich jemals von anerzogenen Werten und Tabus derjenigen Gesellschaft freimachen kann, in der er aufgewachsen ist. Es geht einfach zu tief, sitzt in uns, tausendfach eingebrannt in unsere Seelen, wie der angeborene Instinkt eines Haifisches zu töten.

Mal sehen, wie war das noch gewesen, in der normalen Welt?

Ach ja, Gewalt war böse. Jemanden Zwingen falsch, ihn erniedrigen eine Sünde, und jetzt sollte all dies plötzlich ein Zeichen von Liebe, Verantwortung und Geborgenheit sein?

Seitdem ich Anechka getroffen hatte, halb tot in ihrem Gästebett liegend, hatte sich mein Horizont in rasantem Tempo geweitet.

Dinge wie das Ertragen von Schmerz, das Zeigen von Schwäche und das Erdulden von Demütigung, welche für mich bisher negativ belegt gewesen waren, hatten fix ihren verbotenen Reiz auf mich ausgeübt.

Ich war süchtig danach geworden, Spielball dieser Frau zu sein, welche mich weiter trieb, immer weiter als zuvor, und mir so das Gefühl gab, zu wachsen und Teil einer gemeinsamen Reise zu sein.

Selbst das Gefüge von Befehl und Gehorsam hatte ich verinnerlicht, hatte begonnen, einen gehörigen Teil meines Selbstwertgefühls daraus zu beziehen, dass ich ihr folgsam war und dafür gelobt wurde.

Sie hatte mich in ihren Bann gezogen, war überlebensgroß geworden, eine wahre Herrin, eine unantastbare Gebieterin, göttinnengleich.

Unterwegs hatte ich Opfer gebracht, keine Frage. Entscheidungsfreiheit hatte ich gegen Gehorsam, Selbstbestimmtheit gegen Regeln und Verbote eingetauscht, das Recht auf eigene Sexualität gegen die Möglichkeit um Erlösung zu betteln.

All dies war mir bewusst gewesen, die ganze Zeit, denn schließlich war ich kein Hohlkopf, und bisher hatte sie mir ja immer eine Wahl gelassen, zumindest hatte ich dies geglaubt.

Im Rausch der Sinne aber, in der unglaublichen Freiheit eines Menschen, der weder eigene Entscheidungen treffen, noch andere Sorgen als diejenige, seiner Göttin zu gereichen kennt, hatte ich übersehen, dass all dies irgendwann einen sehr hohen Preis haben würde. Nämlich dann, sollte mein eigener Wille dem Ihren eines Tages unversöhnlich entgegen stehen.

Den Salzstreuer immer nach rechts zu stellen, aufzustehen, wenn es befohlen wird, selbst das Erdulden von Keuschhaltung, alles hatte seinen Reiz, war es doch Teil unseres privaten Machtspielchens, auf das ich mich gerne eingelassen hatte.

War ich gut, gab`s Belohnung. War ich böse, folgte ein Denkzettel, welcher mir helfen und zugleich ihre Macht demonstrieren sollte.

Ich hatte sie genossen, die Aufmerksamkeit welche sie mir schenkte, selbst wenn ihre Strafen ermüdend gewesen waren, aber stets in dem Bewusstsein, jederzeit unterbrechen zu können.

Ich hatte als Spiel, als Neckerei Liebender verstanden, was für Anechka bitterer Ernst und Grundlage unserer Beziehung war.

Welchen Sinn hatte es, Regeln aufzustellen, wenn ihr Brechen für mich ohne Folgen blieb? Ja, da hatte sie natürlich recht, aber unter Strafe hatte ich bisher verstanden, mich lustvoll in eine Richtung zu leiten, und nicht, mir ihren Willen erbarmungslos einzupeitschen.

Für Anechka schien es nur logisch, dass die Herrin die Verantwortung für ihren Sklaven und sein Betragen hatte, logisch also, mit allen nötigen Mitteln dafür zu sorgen, dass er sich innerhalb der aufgestellten Parameter verhielt.

Wie weit diese Mittel reichen konnten, hatte ich gestern am eigenen Leib erfahren, aber war ich wirklich dazu bereit, mich derart einem anderen Menschen zu unterwerfen?

Anechka hatte nicht genossen, mich derart zu brechen, und irgendwie schmeichelte es mich gar auf eine verdrehte Art, dass sie meinetwegen dennoch dazu bereit gewesen war. Sie liebte mich, hatte sich Sorgen um mich gemacht, und es als ihre Pflicht angesehen, aber machten diese Beweggründe den erfolgten Missbrauch wirklich besser?

Hatte ein Missbrauch meiner als Sklave überhaupt stattgefunden?

Ich kam nicht überein, an diesem Tag, der Nebel lichtete sich nicht.

Es ließ sich nicht vereinbaren, was ich dachte, was ich fühlte und was ich erzogen worden war, zu denken und zu sein.

Ich ahnte, dass ich vorsichtig sein musste. Spürte, dass die Spielereien vorbei waren und es bald keinen Weg mehr für mich zurück geben würde.

Ich fühlte mich hingezogen zu dieser gnadenlosen Frau, zu ihrer vom simplem schwarz oder weiß geprägten Welt, aber ich fühlte auch Zweifel, ob ich dauerhaft in dieser Welt leben konnte.

Eine solche Art zu leben konnte mich verschlingen, das wurde mir klar, und noch etwas erkannte ich, nämlich, dass ich Anechka nun wirklich fürchtete, und diese Tatsache erregte und beunruhigte mich zugleich.

- Zeit der Prüfung -

Die nächsten Tage waren furchtbar, geprägt von Zweifel.

Als ich aus dem Zimmer kam, schließlich konnte ich mich zu meinem Bedauern nicht ewig dort verstecken, deckte Anechka gerade den Tisch.

Ihr Blick war argwöhnisch, gepaart mit einer Portion Scheu, ganz so, als prüfe sie mich, als wolle sie sicher gehen, dass ich immer noch dort, immer noch ihr Untergebener und Teil unseres Paktes war.

Wir sprachen zunächst kaum ein Wort, und auch wenn sich unser tägliches Leben bald wieder einspielte, mit all seinen Ritualen und Abläufen, ganz die Alten, wurden wir nicht.

Es hatte sich etwas verändert zwischen uns. Etwas fühlte sich fremd an, so wie ein einst vertrauter Partner, welcher nach erfolgter Trennung mit einem Mal fern, unnahbar und unerreichbar scheint.

Ich hatte mich entschieden zu beleiben. Wenigstens in so weit war ich mir mittlerweile klar, wenn auch die Stimme meines Verstandes nicht müde wurde, zu warnen, dass man sich eine solche Behandlung niemals, gleich, aus welchen Gründen heraus, gefallen lassen durfte.

Ein wenig fühlte ich mich wie eine, ihr blaues Auge mit Sonnenbrille und Schminke kaschierende Hausfrau, welche aus Scham und Liebe zu ihrem Mann versucht, die Spuren seiner Verfehlung vor der Welt und nicht zuletzt auch vor sich selber zu verbergen.

Anechka fühlte es, spürte, wie ich mich wand, und tat das einzig Richtige, wenn für mich auch Schmerzlichste - sie zog sich zurück.

Ich sehnte mich nach ihr, nach ihrer Strenge und Konsequenz, welche meine Zweifel sonst im Nu zu verscheuchen vermochten, aber ich verstand auch, dass ich diesen Kampf alleine mit mir austragen musste.

Wir führten lange Gespräche, in denen sie immer wieder beteuerte, dass sie stets nach unser beider Wohl urteilte. Strafe gehörte da dazu, und mich unter Kontrolle zu halten, war eben Teil einer durch Machtgefälle charakterisierten Beziehung. Herrin und Sklave, im wahrsten Sinne des Wortes.

Sie vertraute mir und wurde dieses Vertrauen durch Bruch ihrer Regeln von meiner Seite erschüttert, so hatte ich, für sie ganz normal, eben die Rechnung hierfür zu bezahlen.

Sie war überzeugend. Mein Herz vertraute und glaubte ihr aufs Wort, aber dennoch blieb jene instinktive Skepsis gegenüber dem, was fremd und auf den ersten Blick beängstigend scheint.

Dies hier war kein Spiel mehr, es ging um unser Leben. Sich einer Person auf Gedeih und Verderb auszuliefern, ihr das Recht zur körperlichen Züchtigung zuzugestehen, war weit mehr, als eine durch offensiv zur Schau getragene Frechheit provozierte Ohrfeige.

Ich rang mit mir, versuchte logisch nach Vor- und Nachteil abzuwägen, positive und negative Aspekte in einer Liste gegenüberzustellen, war aber irgendwann stets mit meinem Latein am Ende.

In mir schlugen zwei Herzen. Eines kraftvoll, siegessicher und brennend vor Begehren darauf, sich diesem neuen Leben mit Haut und Haaren zu verschreiben, eines aber zögerlich, ängstlich und unsicher, ob es diesem schmackhaften Braten wirklich trauen konnte.

Oh ja, schmackhaft war sie, die Aussicht darauf, nie wieder alleine und unbestimmt zu sein. Zu wissen, wohin, und wem man gehörte, kurz gesagt, Teil eines größeren Ichs, Teil von uns beiden zu sein.

Es fällt mir schwer, diesen Zustand besser zu beschreiben, zu transportieren, wie ein Leben als Sklave sich anfühlt, steht es doch in krassem Gegensatz zu all dem, was uns seit dem Tag unserer Geburt als glücksbringende Selbstverwirklichung nahegelegt wird.

Dieser Lebensstil hatte seinen Preis, für beide von uns, aber während Anechka offenbar bereit war, den ihren in Form von Mühe, Zeit und manchmal sicherlich anstrengender Konsequenz mir gegenüber zu zahlen, war ich hierzu vielleicht nicht bereit.

Oder war ich es doch, konnte es mir nur aufgrund meiner sozialen Prägung und meiner erlernten Männerrolle, als starker und unabhängiger Versorger, vor meinem eigenen Stolz nicht eingestehen?

Ich war verwirrt, brauchte offenbar Hilfe, lehnte aber dennoch ab, als Anechka mir zwei Tage später vorschlug, ihren Bruder zu besuchen, um meine Fragen mit seiner Sklavin zu ergründen.

Kira war nett, keine Frage, aber eine intellektuelle Reflexion meiner Sorgen und Zweifel, ein Gespräch darüber, ob es gesund sein konnte, bedingungslos zu lieben und sich derart aus der Selbstverantwortung heraus zu stehlen, traute ich dieser Frau einfach nicht zu.

Konnte es Liebe sein, jemanden als Eigentum zu betrachten, auf das man ohne Zweifel achtet, dem gegenüber man auch verpflichtet war, welches man aber zugleich, sollte es nötig erscheinen, unter Zuhilfename körperlicher Gewalt nach den eigenen Vorstellungen formte?

War ich denn noch bei Trost, ein solches Leben als erstrebenswert anzusehen, nur, weil es mir neben Sicherheit, Lob und Verlässlichkeit, Bestimmung für mein ansonsten bedeutungsloses Leben versprach?

Zweifelte ich wirklich, oder war alles nur willkommene Ausrede, lediglich fehlende Courage davor, das Glück beim Schopfe zu packen?

Ich war glücklich gewesen, diese gemeinsamen Monate, ohne Frage. Ich hatte mich frei und endlich am Ziel meiner Selbst gefühlt, was interessierten mich da eigentlich moralische Maßstäbe einer Gesellschaft, in der ich mich nie daheim gefühlt, und der ich nun endlich entkommen war?

Fragen über Fragen, zwei Tage rauchte mir der Schädel, dann hatte Anechka ein Einsehen. Am Abend des folgenden Tages sollte das ersehnte Treffen in der örtlichen Kapelle stattfinden, und entgegen ihrer Ankündigung durfte ich nun doch dabei sein.

„Ich spüre, dass du zweifelst, vielleicht ist es hilfreich, uns in Gemeinschaft zu sehen, um zu verstehen, worum es wirklich geht."

Ich war baff. So einfach war das also.

Weder Betteln noch provozieren meinerseits waren geeignet gewesen, Anechka umzustimmen, aber dennoch war sie bereit, sich zu korrigieren, hatte sie ihren Irrtum einmal erkannt.

„Ich bin auch nur ein Mensch, Francis, auch ich treffe falsche Entscheidungen" pflegte sie in solchen Momenten zu sagen, und ich liebte sie dafür, betrafen ihre Entscheidungen doch meistens uns zwei.

Reichte die Aussicht darauf, endlich einen Blick auf jene Parallelgesellschaft werfen zu können, auch nicht aus, meine Unsicherheit gänzlich zu vertreiben, so fühlte ich mich doch zumindest gleich erheblich besser.

Es ging voran, Anechka hatte entschieden, die Zeit der Erstarrung zwischen uns war endlich vorbei.

- Höhlenmenschen -

Anechkas Weckruf kam mitten in der Nacht.

Aus heiterem Himmel stand sie plötzlich neben mir, schüttelte mich leicht an der Schulter, und als ich, einigermaßen entgeistert die Augen aufriss, da löste sie bereits meine Fesseln.

Ohne viel Aufhebens schickte sie mich anschließend mit den Worten: „Na dann los Francis, du wolltest doch unbedingt dabei sein" ins Bad, machte auf den Fersen kehrt und stürzte davon, ohne mich auch nur eines weiteren Blickes zu würdigen.

Der Wasserstrahl war eiskalt.

Der Heizofen war nicht vorgeheizt, der Kessel über Nacht abgekühlt, und mit einem Schlag war ich hellwach, tappte allerdings immer noch darüber im Dunkeln, wieso meine Herrin mich wohl zu solch nachtschlafender Zeit geweckt haben mochte.

Ich wollte doch unbedingt dabei sein, wovon redete sie nur?

Die Versammlung war doch erst am kommenden Abend, es blieben noch gute 18 Stunden Zeit!

So weit konnte es doch wohl nicht sein, was sollte also diese Hektik?

Als ich ins Zimmer zurückkehrte, lagen meine Kleider schon bereit.

Ich zog mich schnellst möglich an, darum bemüht, Anechka keinen Grund für eine Absage meiner Teilnahme in buchstäblich letzter Minute zu liefern.

Gerade fertig geworden, hastete ich ins hell erleuchtete Wohnzimmer, wo ich auf die Hausherrin traf, welche gerade damit beschäftigt war, ihren kleinen, aus Wildleder gefertigten Rucksack sorgsam zu verschnüren.

Anechka sah mich, musterte mich kurz, zeigte anschließend auf ihre neben der Türe stehenden Stiefel und selbstredend verstand ich sofort. Ich ergriff sie und half ihr dabei, sich vollständig für den offenbar bevorstehenden Nachtmarsch zurecht zu machen.

Anschließend schlüpfte ich ebenfalls in meine, für einen Marsch im Gegensatz zu den ihren fast unbrauchbaren Schuhe und schlang mir hastig den dicken Mantel um. Nachdem sie mir den gepackten Rucksack gereicht und ihrerseits die polierte Flinte geschultert hatte, machten wir uns auf den Weg, hinaus in die dunkle Nacht.

Es war diesig, kaum ein Stern war am Himmel zu sehen, aber dennoch kamen wir überaus zügig vorwärts.

Gut, ehrlich gesagt kam nur Anechka zügig vorwärts. Sie schien die Gegend auch bei Nacht wie ihre Westentasche zu kennen, während ich eher hintendrein stolperte, stets darum bemüht, möglichst Schritt mit ihr zu halten.

Der Weg führte uns fast die ganze Zeit bergab, also in entgegengesetzter Richtung, in die ich bei meinem unsäglichen Ausflug gegangen war. Das Gehen war so weit weniger anstrengend, aber dennoch kam ich bald außer Puste und war nach einer gefühlten Ewigkeit froh, als Anechka plötzlich unvermittelt anhielt.

„Du versteckst dich da, ich sehe nach, ob die Luft rein ist" zischte sie mir sodann, mit ausgestrecktem linken Arm auf eine kleine Lichtung direkt neben uns zeigend, leise zu.

Ich gehorchte, tastete mich vorsichtig voran, blieb aber leider bereits nach wenigen Schritten an einer aus dem Boden herausstehenden Baumwurzel hängen, strauchelte und stürzte lautstark zu Boden.

„Psssssst" machte es noch ermahnend, einige Meter von mir entfernt im Dunkeln, dann kehrte für eine Weile absolute Ruhe ein.

Ich rieb mir - mit blankem Hintern im feuchten Gras liegend - das schmerzende Knie, erhob mich dann wieder, sah mich etwas um und richtete Mantel sowie Rock.

Es mag wohl eine Stunde gedauert haben, eine Uhr hatte ich ja nicht, da kehrte Anechka endlich zu mir zurück. Sehnsüchtig erwartet, wie ich sagen muss, aber anstatt sich lange mit einer Begrüßung aufzuhalten, ergriff sie sogleich meine Hand und führte mich mit traumwandlerischer Sicherheit die Lichtung entlang, bis zum Eingang eines kleinen Stollens.

„Hier rein" hauchte sie geheimnisvoll, als würden wir in ein feindliches Fort, und nicht lediglich in einen im Nichts des Waldes endenden Schacht hineinschleichen.

Ich folgte, stolperte mit zum Schutz ausgestreckten Armen in den kaum mannshohen Tunnel hinein, und endlich, nachdem meine Begleiterin zur Genüge davon überzeugt war, dass man uns von draußen unmöglich noch erblicken konnte, hielten wir abrupt an.

Mit einem kleinen, gemeinen Schubser, wurde ich bald darauf unsanft herumgedreht. Anechka stand jetzt hinter mir, öffnete den auf meinem Rücken sitzenden Rucksack und entnahm eine kleine Öllampe, welche sie bald darauf mit einem Streichholz entzündete.

Wortlos und, im nunmehr spärlich flackernden Schein der Lampe, auch durchaus schnellen Schrittes, eilten wir weiter durch den, sich mit zunehmender Strecke noch verjüngenden, anscheinend von Menschenhand gehauenen Stollen.

Der Weg führte schnurgerade in steilem Winkel hinauf, machte dann, nachdem wir ungefähr einhundert oder einhundertfünfzig Meter gegangen waren, plötzlich einen scharfen Knick nach rechts, und ehe wir uns versahen, standen wir vor einem aus massivem Gusseisen gearbeiteten Gitter.

Der Tunnel endet hier.

Die nackte Felswand erhob sich vor uns, aber in Bodenhöhe hatte man ein etwa sechzig Mal sechzig Zentimeter messendes Absperrgitter eingelassen, anscheinend, um Besucher am Weiterkriechen zu hindern.

„So, da sind wir" sagte Anechka, wobei sie einigermaßen erleichtert klang, sah in mein zweifelndes Gesicht und begann zu lachen.

„Nein, wirklich, schau mal da runter" befahl sie mir anschließend, nachdem der erste Lachanfall überwunden war, wobei sie allerdings immer noch vor Vergnügen gluckste.

In der Erwartung, sicherlich etwas Atemberaubendes zu erblicken, denn schließlich hatten wir für diesen Anblick eine beachtlich anstrengende Partie hinter uns gebracht, steckte ich den Kopf vorsichtig durch die im Fels verankerten Stäbe.

Anechka ging gar ein paar Schritte zurück, um mich so aus dem Lichtkegel der Lampe zu befreien, aber so weit ich meine - sich langsam wieder an die Dunkelheit gewöhnenden - Augen auch aufriss, so sehr ich auch suchte, ich sah absolut nichts.

Keine Wände, keine Schatten, keine Umrisse, einfach nichts.

Was sollte das Ganze?

„Na, spannend oder?" hörte ich Anechkas Stimme spotten, welche im vor mir liegenden Dunkel mehrfach widerhallte, wodurch ich wenigstens eine ungefähre Vorstellung von der Größe des Raumes erhielt, in dessen undurchdringliches Schwarz ich gerade starrte.

Er schien riesig zu sein. Eine große Höhle oder Grotte, die Akustik war atemberaubend wie In einer Kirche, und plötzlich begriff ich.

Vor mir, hinter dem verrosteten Absperrgitter, lag die Kapelle, in der sich die Dorfgemeinschaft am kommenden Abend versammeln würde.

Ich zog meinen Kopf vorsichtig aus dem engen Zwischenraum, wand mich meiner Herrin zu und grinste wissend.

„Ah, du hast schon verstanden, was?" deutete diese meinen Blick, zwinkerte mir zu und trat samt Lampe wieder dichter an mich heran.

„So kannst du sehen, ohne gesehen zu werden. Hier kommt nie jemand hin, halte dich aber die Nacht über von der Vergitterung fern, damit man den Schein der Lampe in der Kapelle nicht sieht. Nach Tagesanbruch kannst du hier sitzen und warten, ich habe dir netter Weise sogar etwas Verpflegung in den Rucksack gepackt. Sei um Himmels willen leise, aber das brauche ich ja wohl nicht extra zu betonen, oder?"

Bevor ich etwas erwidern konnte, ergriff Anechka bereits kraftvoll meine Hand und zog mich in Richtung Ausgang davon.

Als wir den scharfen Rechtsknick des Stollens erreichten, blieb sie noch einmal stehen, wies mich erneut darauf hin, mich nicht vor Tagesanbruch sehen zu lassen, gab mir einen zärtlichen Abschiedskuss und ließ mich allein.

Ich sah ihr noch nach, bis sie vom Dunkel des Tunnels verschluckt wurde, stellte anschließend vorsichtig die kleine Öllampe ab, nahm den Rucksack vom Rücken und setzte mich auf den kalten Felsboden.

Wie spät mochte es jetzt wohl bereits sein?

Wie lange noch, eingepfercht in dieses kühle Grab, bevor die Sonne aufging und ich einen Blick in die Kapelle werfen konnte?

Gemütlich war es nun wirklich nicht, mein Lager für die Nacht, aber schließlich fand ich doch noch etwas Schlaf, lang ausgestreckt auf meinem Mantel liegend, den Rucksack als Kopfkissen.

Mit steifen Gliedern, dazu noch gehörig ausgekühlt, erwachte ich einige Stunden später, sah mich überrascht um, begriff dann aber schnell, wo ich war und wieso das schwache Flackern der Lampe die einzige Lichtquelle in meiner beengten Umgebung war.

Ich ließ die Lampe zunächst einmal stehen, kroch einige Meter den finsteren Stollen entlang, lugte dann vorsichtig um die Ecke, und tatsächlich, am Ende des Ganges fiel Licht herein, es war bereits Tag.

Vorsichtig, immer darauf bedacht, kein Geräusch zu machen, näherte ich mich mit klopfendem Herzen dem verrosteten Gitter.

Hindurchsehen konnte ich bereits. Auf der anderen Seite lag offenbar ein erleuchteter, riesiger Raum, aber erst wenn ich es erreichte und mich hinunter bückte, würde es mir auch möglich sein, einen direkten Blick in diesen Raum werfen zu können.

Ich hielt kurz inne, lauschte, und als von der anderen Seite kein Laut an mein Ohr drang, nahm ich meinen Mut zusammen, ging in die Hocke und blickte senkrecht durch die alten Gitterstäbe hinab.

Vor mir, im hellen Tageslicht, erstreckte sich der Chorraum einer aus Natursteinen errichteten Kapelle. Ihr Boden lag gute acht Meter unter mir, ich befand mich also in schwindelerregender Höhe, und wie ich mit einem schnellen Blick erleichtert feststellen konnte, war sie menschenleer.

In der Mitte dieses Gotteshauses befanden sich zehn hölzerne Bänke, welche paarweise nebeneinander aufgestellt und mit roten Sitzkissen ausgestattet waren. Ansonsten war der Raum weitestgehend kahl.

Nachdem ich mich versichert hatte, dass sich wirklich niemand im Inneren aufhielt, steckte ich meinen Kopf, wie schon einige Stunden zuvor, erneut durch den schmalen Zwischenraum des Gitters.

Mein Blickfeld weitete sich. Endlich konnte ich einen Rundumblick werfen und begriff sogleich, wo genau ich mich eigentlich befand.

Die Kapelle hatte nur drei Seitenwände.

Die vierte Wand bildete das aus Felsgestein bestehende Massiv, in dessen Inneren ich mich befand, und die vergitterte Öffnung vor mir, war nicht deshalb versperrt worden, um Besuchern ein weiteres Vordringen zu verwehren, sondern um sie davor zu bewahren, in die Kapelle hinunter und somit in den sicheren Tod zu stürzen.

Einen, vielleicht auch einen und einen halben Meter über mir, befand sich das Dach, welches an drei Seiten auf dem Mauerwerk der Wände ruhte, an meiner Seite aber mit schweren Balken im Fels verankert worden war.

Wer auch immer für diese Konstruktion verantwortlich zeichnete, er hatte ganze Arbeit geleistet und mir so, ganz nebenbei, einen Logenplatz für die anstehende Versammlung verschafft.

Einen Altar, Heiligenbilder, Kreuze oder ähnliche religiöse Gegenstände gab es hier nicht.

Die Kapelle diente offenbar nur noch als eine Art Versammlungsraum, lediglich den Ambo hatte man an Ort und Stelle gelassen, wohl um von seiner erhöhten Position aus besser zur Dorfgemeinschaft sprechen zu können.

An der mir gegenüber liegenden Längsseite befanden sich zwei Öfen, darüber zwei schmucklose, mehrflügelige Fenster, zwischen den Sitzbänken ein dunkler Teppich, sonst gab es weiter nichts zu sehen.

Ich zog meinen Kopf zurück, kroch zu meinem Lager und spürte dabei, wie die Anspannung schrittweise immer weiter von mir abfiel.

Hier war ich in Sicherheit, verborgen in der Dunkelheit des Felsens, und nachdem ich eine Weile nachgegrübelt hatte, wand ich mich mit knurrendem Magen dem Inhalt meines Rucksackes zu.

All zu viel hatte er leider nicht zu bieten, wie ich bald feststellte.

Eine Flasche Wasser, Streichhölzer, drei Scheiben Wurst, etwas Marmelade und einen Kanten Brot, mehr hatte Anechka mir nicht eingepackt, aber das tat meiner Stimmung keinen Abbruch.

Voller Vorfreude, wie ein kleines Kind am Weihnachtsabend, schlang ich ein Brot nach dem Anderen hinunter, spülte mit reichlich Wasser nach und harrte der Dinge, die ich hoffentlich bald zu sehen bekommen würde.

- Ball Bizarre -

Kaum hatte ich mein karges, aber deshalb nicht weniger schmackhaftes Mahl beendet und alles wieder sorgsam verstaut, drang plötzlich der Geruch von Feuer zu mir in die Höhle.

Wie von der Tarantel gestochen fuhr ich hoch, blickte in beide Richtungen, fühlte, wie Todesangst langsam in mir aufzusteigen begann, und begriff gerade noch rechtzeitig, um nicht von wilder Panik getrieben Richtung Ausgang davon zu rennen.

„Die Öfen, du Depp" schoss mir durch den Kopf, und für einen Moment stand ich einfach da, lachte leise über mich selbst, während Furcht und Anspannung langsam von mir abfielen.

Ich beugte mich zur Lampe hinunter, blies die Flamme aus, stellte sie, im Dunkeln tastend, direkt neben den Rucksack und kroch leise die paar Meter zum vergitterten Guckloch der Kapelle zurück.

Hier angekommen, war der Feuergeruch schon um Einiges stärker, und als ich mein Gesicht vorsichtig dem Gitter näherte, spürte ich, wie bereits leicht erwärmte Luft zu mir in den Stollen hinein strömte.

Für einen Moment genoss ich die Wärme auf meiner Haut, schloss gar genießerisch die Augen, dann aber besann ich mich, kroch noch näher heran und warf einen vorsichtigen Blick hinunter.

Die Kapelle, oder besser gesagt, der Mittelteil welchen ich von hier aus einsehen konnte, war immer noch leer.

Mein Blick wanderte suchend hin und her, aber obwohl ich selbst aus dieser Entfernung deutlich am flackernden Lichtschein erkennen konnte, dass wirklich jemand die gekachelten Heizöfen entzündet hatte, entdeckte ich keine Menschenseele.

Wer auch immer hier gewesen war, er war bereits fort, ich war zu spät.

Enttäuschung machte sich in mir breit, ich verfluchte mich gar selbst ob meiner Unaufmerksamkeit, dann aber beruhigte ich mich wieder.

Die Vorbereitungen hatten bereits begonnen, ich konnte das harzige Holz im Feuer leise knistern hören, lange konnte es jetzt also nicht mehr dauern.

Erwartungsfroh, keine Sekunde meinen Blick abwendend, kauerte ich hinter dem Gitter, einem pawlowschen Hund gleich, konditioniert vom Brandgeruch.

Es dauerte dann doch noch etwas. Die aufsteigende Wärme machte das ermüdende Warten nur geringfügig erträglicher, schließlich aber, traten wirklich die ersten Bewohner in mein Blickfeld.

Die schwere Eingangstüre der Kapelle wurde plötzlich aufgestoßen, und unter fröhlichem Gelächter erschienen drei Gestalten unter mir, sämtlich in dicke Mäntel aus Leder und Fell gehüllt.

Neben dem Eingang befand sich eine aus metallenen Wandhaken bestehende Garderobe, und nachdem die, immer noch fröhlich in ein Gespräch vertieften, Personen abgelegt hatten, stellte ich fest, dass es sich um drei Frauen mittleren Alters handelte.

Zielstrebig peilten sie die Sitzbänke im vorderen Teil des Raumes an, doch, noch bevor sie diese erreichten, oder es mir gelang, den Inhalt ihres Gesprächs zu ergründen, wurde die Eingangstüre bereits erneut aufgerissen und zwei weitere ebenso bemäntelte Personen traten ein.

Es gab ein kurzes Hallo. Man drückte und herzte sich, wie es nur gute Freunde oder Verwandte miteinander zu tun pflegen, dann aber teilte sich die Gruppe wieder. Die drei Frauen nahmen in der vordersten Bank auf der linken Seite direkt unter mir Platz, die beiden Nachkömmlinge hingegen schritten ihrerseits zur Garderobe, und nachdem sie sich ihrer Mäntel entledigt hatten, stand plötzlich eine nackte Frau mitten in der Kirche.

Die andere Person, ein gut gekleideter Mann ungefähr meiner Größe, zog eine metallisch glitzernde Leine aus der Tasche seiner Hose, klickte das eine Ende an das Halsband der wartenden Frau und führte sie anschließend zur Bank direkt neben den drei Frauen hinüber.

Niemand schien daran Anstoß zu nehmen, niemand unterbrach auch nur sein Gespräch, es schien für alle Anwesenden das Normalste auf der Welt zu sein. Der Mann welcher, wie ich später von Anechka erfuhr, auf den Namen Pavil hörte, legte eines der Kissen neben der Sitzbank auf die rauen Bodendielen, ließ seine Sklavin darauf niederknien und setzte sich anschließend neben sie, ohne die Leine dabei einen einzigen Augenblick aus der Hand zu legen.

Es dauerte nicht lange, da öffnete sich die Türe erneut.

Dieses Mal handelte es sich um zwei Männer und eine Frau, welche gemeinsam das ehemalige Gotteshaus betraten.

Alles folgte einem gewissen Ablauf. Zunächst legten alle an der Garderobe ihre Straßenkleider ab, schritten sodann hinüber zu den Bänken, herzten die bereits Anwesenden und nahmen sodann selber auf offenbar bereits angestammten Sitzen Platz.

Bei der Frau, welche einen der Männer im Arm, den anderen auf allen Vieren an der Leine führte, handelte es sich, wie ich ebenfalls im Nachhinein erfuhr, um Dusja, eine frühere Freundin meiner Herrin.

Vor Jahren, als Jurij und Anechka noch ein glückliches Paar gewesen waren, hatten sie viele gemeinsame Abende mit Dusja und ihrem Sklaven verbracht, aber mit der Zeit war man sich zunehmend fremd geworden.

Als Dusja schließlich, der eigenen zeitweisen Enthaltsamkeit als Folge strikter Keuschhaltung ihres Ehesklaven überdrüssig, einen weiteren Mann als Bettgespielen in die bestehende Zweierbeziehung eingeführt hatte, waren die Gräben zwischen den beiden Freundinnen bereits so tief gewesen, das Anechka sie über ihre Bedenken hinsichtlich solcherlei Dreiecksbeziehungen schon gar nicht mehr informiert hatte.

Seit jenem Tag also diente Kostia, Dusjas langjähriger Ehemann und Sklave, sowohl seiner Frau als auch ihrem Liebhaber.

Als braver Sklave zeigte er Treue, welche sie ihm, durch Zucht, öffentliche Demütigungen und gelegentlich auch durch - zu ihrer eigenen Befriedigung nunmehr ja nicht mehr notwendige - Absamungen in Abständen von einigen Monaten vergütete.

Gefolgt wurde dieses illustere Trio von zwei mir bereits bekannten Gestalten, denn als Nächstes betraten Misha und Kira die Bildfläche. Beide nahmen eine Reihe hinter den drei Frauen auf der linken Seite Platz, zu meiner Überraschung allerdings vollständig bekleidet, was ich an der Schwägerin meiner Geliebten bisher noch nie gesehen hatte.

Offenbar schätzte Misha es nicht, sein Eigentum allzu öffentlich zu präsentieren, was ihn in meinen Augen, trotz zwischen uns bestehender gegenseitiger Missgunst, erheblich an Ansehen gewinnen ließ.

Sie setzten sich still. Kein Anzeichen, keine Geste, kein flüchtiger Blick, nichts verriet, ob sie von meiner Gegenwart hier oben wussten.

Anechkas Verwandtschaft folgte ein junges, sich bei jeder Gelegenheit innigst Zungenküsse gebendes Lesbenpärchen.

Die Beiden schienen zunächst einfach nur frisch verliebt, albern und glücklich, als aber eine der Beiden die Andere, welche sie offenbar im Gespräch unterbrochen hatte, mit zwei schallenden Ohrfeigen zum Schweigen brachte, ging mir auf, dass sie wohl nicht zufällig zu dieser bizarren Runde gehörten.

Den Lesben wiederum folgte eine ältere Dame, welche sich in komplettem Reiteroutfit von ihrem „Hengst" in den Raum tragen ließ, stilvoll im Damensitz, samt Sattel, Reitgerte und Zaumzeug.

Gekonnt steuerte sie den Sklaven hinüber zur Garderobe, leinte ihn dort an und ging sodann, ohne ihn eines weiteren Blickes zu würdigen, hinüber zu den anderen Dorfbewohnern.

Teilnehmen durften an dieser Veranstaltung selbstredend nur menschliche Wesen, und als ein solches Betrachtete die Reiterin ihren Sklaven in seiner jetzigen Rolle nicht, wie Anechka mir bei unserem am Tag darauf stattfindenden Gespräch erläuterte, unfähig allerdings, ein kurzes, spöttisches Auflachen hierüber gänzlich zu unterdrücken.

„Jedem Vogel gefällt sein Nest" fügte sie anschließend, fast beschämt ob ihres abfälligen Ausbruchs hinzu, ein weiteres russisches Sprichwort also, welches wohl am treffendsten mit: „Jedem Tierchen sein Pläsierchen" übersetzt werden kann.

Auch ich konnte mir damals in meinem Versteck ein breites Grinsen beim Anblick von Ross und Reiterin nicht verkneifen, stimme heute, da ich über meine Rückkehr in eben jene skurrile Gemeinschaft nachdenke, allerdings völlig mit Anechka überein.

Jeder, wie es ihm gefällt, solange es aus freiem Willen aller heraus geschieht. Ich denke, so wäre die Welt bald ein weit besserer Ort.

Auch das Eintreffen der Reiterin wurde von allen mit einem großen Hallo begrüßt, und ebenso, wie bei der nackt angeleinten Sklavin zuvor, nahm auch am menschlichen Pferd niemand in irgendeiner Weise Anstoß. Sie beachteten es nicht einmal, jedenfalls so lange nicht, bis eine der Damen aus der vordersten Reihe sich bequemte, zu ihm hinüber zu gehen, um dem erschöpften Sklaven - mit Zustimmung von dessen Herrin selbstverständlich - einen Eimer kalten Wassers als Verpflegung vor die Nase zu stellen.

Nach und nach füllten sich die Sitzbänke.

Paare, Einzelpersonen, ein Herr mit devotem Sklavenehepaar und eine, offenbar zu diesem Anlass im Vorhinein von ihrem Herren in ein Strafkorsett gezwängte und geknebelte, Sklavin füllten Sitz um Sitz.

Die Sklavin wurde von allen geherzt, schien allerdings lediglich zum Zuhören hierher geschickt worden zu sein, denn Fesseln und Knebel besaßen Schlösser, und von ihrem Besitzer fehlte jegliche Spur.

Wohl eine gute halbe Stunde, nachdem die drei Frauen als Erste zur Türe herein geschritten waren, zählte ich bereits 42 Personen im Raum, den Hengst der Dame allerdings mitgerechnet.

Es herrschte eine freundliche, von gelegentlich aufflackernden Tumulten und Gelächter geprägte Atmosphäre, ganz anders, als ich mir dieses Treffen vorher in nächtlichen Gedanken vorgestellt hatte.

Schweigen, bedeutungsschwere Gesten und streng zelebrierte Rituale, eine Art „Perversen Ritter der Tafelrunde" hatte ich erwartet, irgendwie anders eben, nicht derart lebensfroh und beinahe familiär.

Selbstverständlich verstand sich auch hier längst nicht jeder mit jedem, aber auf ihre Weise tolerierten sie einander, saßen alle im selben Boot.

Außer mir selbstverständlich, denn ich kauerte in meinem Versteck, und es war nicht der lockere Umgang zwischen befreundeten Herren und Sklaven, welcher mich zunehmend besorgter werden ließ.

Etwas anderes machte mich nervös, Anechka war immer noch nicht hier.

War man uns etwa auf die Schliche gekommen?

Krochen vielleicht gerade in diesem Moment bereits Häscher durch den Tunnel hinter mir, bereit, mich ins Licht zu zerren?

Wie von selbst, ging meine Intuition mit mir durch, meine Gedanken spielten mit mir, aber als ich gerade glaubte, tatsächlich Geräusche von Schritten im Dunkel wahrnehmen zu können, wurde es unter mir mit einem Male schlagartig still.

Verwirrt starrte ich hinab, begierig darauf, herauszufinden, welches Ereignis diesen plötzlichen Stimmungswandel herbeigeführt haben konnte, und was ich sah, ließ meinen Mund wieder einmal vor Verwunderung offen stehen.

Den Mittelgang entlang, über den Läufer zwischen den Sitzbänken, schritt Anechka in Richtung Ambo durch die Menge, einen mir bisher nie zu Gesicht gekommenen roten Schreibblock in ihrer Hand.

Sämtliche Blicke folgten ihr, und als sie die Anwesenden, mittlerweile erhöht hinter dem Rednerpult stehend, mit knappen Worten begrüßte, erwiderten alle wie aus der Pistole geschossen ihren Gruß. Gefolgt allerdings, von gar nicht mehr so diszipliniert wirkendem Gemurmel.

„Ist ja gut, ich habe heute den Vorsitz. Jelena liegt mit Fieber im Bett, Khristine sorgt für sie, jetzt beruhigt euch erst mal wieder" versuchte Anechka verzweifelt, den Lärmpegel im Raum durch ihre Worte auf ein erträgliches Maß zu reduzieren.

„Ich habe die Listen, wir gehen vor wie geplant" setzte sie ihre Ansprache einen Augenblick später fort, klappte dann ihren Block auf und begann unbeirrt die Sitzung.

Was folgte war ein Paradebeispiel an Basisdemokratie, schier endlose Einwände und Diskussionen. Jeder im Dorf hatte offenbar Mitspracherecht, bei allen Angelegenheiten, ob sie ihn nun direkt betrafen oder eben nicht.

Manches war schnell abgehakt. Man war sich zum Beispiel einig darüber, den Salzvorrat des Dorfes durch gemeinschaftliche Einkäufe in der Stadt wieder aufzufüllen, andere Punkte der langen Tagesordnung allerdings, brauchten gehöriges Verhandlungsgeschick.

Die kleine Dorftaverne benötigte einen Satz Gläser, welche nicht selber zu fertigen waren. Die Schermaschine brauchte ein neues Scherblatt, welches vom Fell unzähliger Schafen ruiniert worden war, und selbstverständlich wurde über alles per Handzeichen abgestimmt, wobei die anwesenden Sklaven und Sklavinnen allerdings stets dem Urteil ihrer jeweiligen Herrschaft folgten.

Die Dorfgemeinschaft funktionierte, wie ein Kollektiv. Produzierte Waren wie Wolle, Silberschmuck, Leder und Ähnliches, wurden in der nächstgelegenen Stadt veräußert, und was nicht im Dorf produziert werden konnte, wurde im Gegenzug hierfür mitgebracht.

Nicht aller Besitz gehörte allen, es gab durchaus Eigentum im herkömmlichen, mir bekannten Sinne, aber im Dorf arbeitete man zusammen, und fast alles wurde hier per Tauschhandel reguliert.

Es gab keine Geschäfte, keine Fabrikbesitzer, keine Polizei.

Die Bewohner dieses Fleckchens Erde ordneten sich aus freiem Willen und zum Wohle der Gemeinschaft den Regeln unter, welche man sich im Laufe der Jahre selber auferlegt hatte.

Diese Art zu leben faszinierte mich, auch wenn sie natürlich einigen Mangel und Verzicht auf bestimmte Luxusgüter mit sich brachte. Ohne den Blick ein einziges Mal abzuwenden, lauschte ich gebannt jedem gesprochenen Wort und zuckte erst erschrocken zusammen, als Anechka sich tatsächlich anschickte, die in der kommenden Woche anstehende Einkaufstour in die Stadt höchstpersönlich anzuführen.

In den langen Wintermonaten hatte Selbige fleißig produziert, während ich ihr, auch mal zu einem Päckchen zusammengeschnürt, von meinem Strohlager aus dabei zugesehen hatte.

Silberne Ringe, Armreifen, Ohrschmuck und Ähnliches, stapelten sich geradezu in der Werkstatt, und wer war schon besser dazu geeignet, einen Gegenwert in Rubel und Kopeken für diese Schmuckstücke festzulegen, als die Silberschmiedin selbst?

Dieser Gedankengang leuchtete bald selbst denjenigen ein, welche sich im Stillen eigene Chancen auf einen der begehrten Reiseplätze in die Zivilisation ausgerechnet hatten, um dort ihrerseits Kleinigkeiten für den persönlichen Bedarf zu erwerben.

Es gab zwar Listen, in die jeder Bewohner benötigte Gegenstände eintragen konnte, aber dem Ruf der Stadt, wären einige doch nur zu gern erlegen. Manche lockte es, wieder einmal andere Gesichter zu sehen, und überhaupt, wer wusste schon, was sich in der Zivilisation nicht noch als Spontankauf in den üppigen Auslagen anböte?

Schließlich aber, und wie ich sagen muss, zu meiner Überraschung und meinem tief empfundenen Bedauern, siegte Anechkas logische Argumentation über die Begehrlichkeiten einzelner Dorfbewohner.

Es wurde abgestimmt, ich zählte über dreißig erhobene Hände, dann war es beschlossen, sie würde fahren.

Ich sackte zusammen. Furcht stieg in mir auf, und erneut begannen die Zweifel der vergangenen Tage, sich in mir auszubreiten.

Wie weit war die nächste Stadt wohl entfernt, und wie lange würde ich somit allein in ihrem leeren Haus zurückbleiben müssen?

War ihre Abwesenheit meine Strafe, für Bedenken und mangelnde Hingabe, welche ich seit Ihrer Bestrafungsaktion eventuell gezeigt hatte?

Sollte der Einkauf nur ein Vorwand, ihre Unabdingbarkeit beim Verkauf der Silberwaren nur ein Trick gewesen sein, um wenigstens für eine bestimmte Zeit von mir und meiner Skepsis fort zu kommen?

In meinem Kopf ratterte es fast vor irrationaler Furcht.

Verlustängste schossen in mir hoch, stark, beklemmend, wie ich sie so seit dem Verlust meiner Eltern nicht mehr gekannt hatte.

Ich war panisch, und selbst als Anechka kurz darauf ihren Bruder und dessen Sklavin bestimmte, sie auf ihrer Reise zu begleiten, begriff ich noch nicht, was da in Bälde auf mich zukommen sollte.

Ich saß einfach da, noch Stunden, nachdem die Versammlung längst geschlossen worden war, starrte durch das Gitter ins Dunkel und wartete auf meine Herrin, damit sie mir die Furcht nahm.

- Scheiden tut weh -

Lange, nachdem die letzte Menschenseele aus der Kapelle entschwunden war, kehrte Anechka endlich zu mir zurück.

Die Kapelle war mittlerweile, wie auch in der Nacht zuvor, vollends vom undurchdringlichen Dunkel der Nacht verschluckt worden, und auch vom Eingang des Stollens her drang kein Licht zu mir hinein.

Ich wartete im Schein der Öllampe, wo wir uns getrennt hatten, gleich hinter der Biegung des Tunnels, und als ich ihre Stimme nach mir rufen hörte, stürzte ich geradezu in die Richtung, aus der sie kam.

Ohne Rücksicht auf Verluste, wie etwa aufgeschlagene Knie oder Schürfwunden, warf ich mich, als ich sie endlich erblickte, demütig vor ihr zu Boden. Ich schlang meine Arme um ihre festen Oberschenkel, drückte sie an mich, und bald darauf rannen Tränen der Erlösung meine Wangen hinunter.

Endlich war die Zeit des Wartens vorbei, sie war zu mir zurückgekehrt. Die ach so quälenden Fragen waren plötzlich wie fortgewischt, jetzt würde alles gut werden.

„Na, da freut sich aber jemand mich zu sehen" entfuhr es meiner, ob der freudigen Begrüßung etwas überraschten Herrin, während sie mir liebevoll mit der flachen Hand durchs ungekämmte Haar streichelte.

Für einen Moment verharrten wir so, während ich ihre Gegenwart in vollen Zügen genoss, dann aber befahl sie mir aufzustehen und gemeinsam traten wir den Heimweg an.

Niemand begegnete uns. Niemand war zu dieser nachtschlafenden Zeit noch unterwegs, und so erreichten wir, gute 24 Stunden, nachdem Anechka mich aus dem Schlaf gerissen hatte, ohne weitere Zwischenfälle das mir inzwischen zur Heimat gewordene Blockhaus.

Ich war erschöpft. Der vergangene Tag war ereignisreich und arm an erholsamem Schlaf gewesen, aber dennoch ging es nicht in die Betten, nein, wir setzten uns zusammen ans lodernde Kaminfeuer.

Fragen über Fragen, sprudelten einem Wasserfall gleich aus mir heraus, und Anechka gab sich Mühe, sie mir geduldig zu beantworten.

Was war mit diesem Paar, welches der ältere Herr offenbar als seine Dienerschaft hielt? Welches war denn die nächstgelegene Stadt?

Wer war die erkrankte Jelena, und wieso hatte Anechka überraschend den Vorsitz der Versammlung gehabt? Wieso ließ Kostia zu, dass seine Frau vor ihm mit einem anderen Mann schlief, und so weiter und so fort.

Alles wollte ich wissen, ob über einzelne Bewohner, deren Zusammenleben, oder die Art und Weise, wie eine solche Dorfgemeinschaft funktionierte.

Ich fragte und fragte, eine Frage aber, wagte ich nicht zu stellen, diejenige nach ihrer bevorstehenden Reise.

Vielleicht war es den einsamen, beklemmenden Stunden im Inneren des Stollens geschuldet, vielleicht auch der Tatsache, dass es zwischen uns seit meiner Bestrafung nicht mehr ganz gestimmt hatte, aber im Gegensatz zu früher, reichte ihre reine Anwesenheit in diesem Moment einfach nicht aus, meine Ängste gänzlich zu zerstreuen.

Eine Zeit lang, klappte mein kleines Spiel ganz vorzüglich.

War eine meiner Fragen beantwortet, warf ich schnell eine weitere ein, stets bestrebt, vom eigentlich unter meinen Nägeln brennenden Thema abzulenken.

Ich hielt mich damals für raffiniert, aber Anechka war ohne Zweifel clever, zu clever, als dass sie mich nicht längst durchschaut hatte.

„Und meine Einkaufstour, die kümmert dich gar nicht?" fragte sie plötzlich, unerwartet in eine meiner kurze Atempause hinein.

Mit einem Mal war die Katze aus dem Sack, es wurde totenstill.

Natürlich interessierte sie mich, hatte ich mir doch in der Einsamkeit der dunklen Höhle stundenlang den Kopf darüber zerbrochen.

Seit Monaten war ich nun hier, und ebenso lange waren wir nie mehr als ein paar Stunden voneinander getrennt gewesen. Schon der vergangene Tag, das Warten ohne sie, war mir eine Tortour gewesen.

In Anechkas Gegenwart fühlte ich mich sicher, geborgen, geführt, abgeschirmt von den Sorgen und Problemen der Welt dort draußen, und jetzt ließ sie mich plötzlich alleine, was hatte ich getan?

„Doch", brachte ich kleinlaut heraus, spürte, wie das Blut in meine Wangen schoss, und konnte gerade noch ein: „Selbstverständlich interessiert es mich" hinzufügen, bevor Angst und die Aussicht darauf, eine Zeit lang alleine klarkommen zu müssen, mir gänzlich alle Kraft raubten.

Ich war es nicht mehr gewohnt, vor einer ungewissen Zukunft zu stehen, waren meine Tage doch bis ins Detail durchorganisiert und fremdbestimmt, aber noch etwas setzte mir zu, lag schwer wie Backsteine auf meiner Seele, die unbestimmte Angst sie zu verlieren.

„Dachte ich es mir doch, schließlich ist die Fahrt ja das Einzige, was dich und mich wirklich direkt betrifft."

Anechkas Stimme, jener Wohlklang, an den ich schon zu Beginn unserer gemeinsamen Zeit mein Herz verloren hatte, zeigte keine Spur von Unaufrichtigkeit oder Missgunst.

Sie wirkte weder verärgert, noch irgendwie angespannt, sondern bald so, als säßen wir bei einem netten Plausch beisammen. Ich war irritiert.

Die Anspannung lag auf mir, schwer und klebrig, wie nasser Schnee, welcher die Äste junger Bäume zu zerbrechen droht, und Anechka brachte es tatsächlich fertig, in dieser Situation freudig zu lächeln.

„Misha und Kira sind auch dabei, wir schmuggeln dich einfach in einem leeren Fass aus dem Dorf und setzen dich unterwegs in der Gastwirtschaft an der Bahnstrecke ab."

Ihre Worte trafen mich wie Fausthiebe. Ich konnte kaum glauben, was ich da hörte, und mein Verstand ging buchstäblich in Runde eins KO.

Sie hingegen lächelte immer noch. Sie hatte mir zwar gerade mit einem einzigen Satz den Boden unter den Füßen weggezogen, aber lächelte dabei.

Was sollte das Ganze? War alles nur ein schlechter Scherz, ein grausames Spiel, um mich ihr so wieder bedenkenlos zu unterwerfen?

Was sollte das heißen, sie würden mich absetzen, absetzen wozu?

Wieder kehrte Stille ein, in der wir ein höchst bizarres Bild abgaben.

Zwei zutiefst unterschiedlich wirkende Gestalten saßen dort am Feuer.

Die eine, nämlich ich, mit hochroter, vor Furcht und Erregung verzerrter Miene, geradezu geschüttelt von Zweifeln.

Die andere, nämlich Anechka, an Gesichtsausdruck und Körpersprache kaum vor Freude und - durch den Kontrast zur Verfassung der anderen Person - geradezu pervers zur Schau getragenem Triumph zu überbieten.

Fassungslos starrte ich sie an, konnte nicht glauben, was ich sah, und unter Tränen presste ich schließlich hervor, wovor ich mich auf der Welt mittlerweile am meisten fürchtete: „Du, du schickst mich fort?"

Schlagartig änderte sich alles.

Anechkas Fröhlichkeit verschwand.

Ihr Ausdruck wurde sprunghaft, wechselte zwischen Verblüffung, Unverständnis und Zorn hin und her, bis sie letztendlich begriff, was ihr Gegenüber sich da zusammen gesponnen hatte, und mir breit grinsend, aufmunternd in die Seite knuffte.

„Bist du bekloppt?", brach es sodann kopfschüttelnd aus ihr heraus.

„Ich setze hier alles in Bewegung, damit du dich aus freien Stücken für mich entscheiden kannst, und alles, was du mir zutraust, ist, das ich dich beim ersten Anzeichen von Problemen einfach wegschicken werde?"

Obwohl ich nicht recht verstand, wovon meine Herrin da überhaupt redete, fing ich vor Erleichterung und Anspannung zugleich an, wie ein Wahnsinniger lauthals zu lachen.

Es hatte keinen Sinn, in diesem Moment an meinen Verstand zu appellieren, zu groß war die Erleichterung, zu verwirrend, was gerade zwischen mir und meiner geliebten Anechka abgelaufen war.

Es brauchte etwas, bis ich mich wieder gefangen hatte, und ebenso brauchte es Zeit, uns die jeweiligen Gedanken des Anderen verständlich zu machen.

Anechka war in Hochstimmung in dieses Gespräch gegangen, hatte erreicht, was sie zuvor nicht ernsthaft für möglich gehalten hatte, während ich mich in Panik versetzt und wahnsinnig gemacht hatte.

Es war ihr zu keinem Zeitpunkt darum gegangen, mich fortzuschicken oder hier alleine zu lassen. Ihr Plan war es bereits im Vorfeld der Versammlung gewesen, die Einkäufe zusammen mit ihrem Bruder zu erledigen, gab uns dies doch die Möglichkeit, eine letzte Etappe unseres gemeinsamen Kennenlernens hinter uns zu bringen.

„Schau, Francis" erklärte sie mir das Ganze.

„Von der Gastwirtschaft bis zur Stadt brauchen wir mit dem Pferdekarren einen ganzen Tag. Die Besorgungen werden ebenfalls einige Zeit in Anspruch nehmen, und zusammen mit der Rückfahrt bleiben dir so volle drei Tage.

Wie ich finde, genügend Zeit, dich unabhängig von mir und meinem Einfluss für dein kommendes Leben frei zu entscheiden."

Ich blickte sie an, verständnislos wie ein Patient seinen Arzt, welcher ihm gerade die Wahl zwischen Amputation und Infektionstod offeriert.

Für einen Augenblick sah sie mich zärtlich an, als versuche sie, mir die bevorstehende Entscheidung schmackhaft zu machen, als ich aber bockig blieb, schwand jene Zärtlichkeit und ihr Blick wurde hart.

„Francis, wir haben uns damals, nachdem ich dich wieder aufgepäppelt hatte, darauf geeinigt, dass du zunächst auf Probe bei mir bleiben kannst.

Diese Probephase ist vorbei, du kannst nun aus eigener Erfahrung einschätzen, was ein Leben mit mir zusammen für dich bedeuten würde."

Sie blickte mich an, streng, fordernd, wie am ersten gemeinsamen Tag in meinem Krankenbett, und wie damals auch, nickte ich nur missmutig zustimmend, ohne mein Schweigen zu brechen.

„Du brauchst gar nicht bockig zu sein, junger Mann" deutete sie mein Verhalten durchaus richtig, was mich immer noch gleich erröten ließ.

„Ich bin es dir schuldig, Francis, und du schuldest es dir selber auch.
Es wäre nicht richtig, dich auf diese Weise bei mir zu behalten, nachdem du zufällig in meine Fänge geraten bist. Das musst du entscheiden, weit weg von mir, so sehr ich mir ein gemeinsames Leben mit dir auch wünsche.
Zwei Tage haben wir noch, dann lasse ich dich frei, in der Hoffnung, dass du als mein Eigentum zu mir zurückkehren wirst. Ist dies der Fall, führe ich dich in die Gemeinschaft ein. Dann bist du, im Gegensatz zu früher, als ich dich versteckt hielt, in der Lage, dich für ein Zusammenleben mit uns allen zu entscheiden. Das Versteckspiel ist dann Vergangenheit."
Anechka schwieg nun ebenfalls, die Worte aber, hallten in meinem Kopf nach.
So sehr ich es auch nicht zu akzeptieren suchte, wusste ich doch gleich, dass sie natürlich recht hatte.
Der Worte waren genug gewechselt, die Karten lagen auf dem Tisch, und mit einem Mal wirkte meine starke Herrin seltsam zerbrechlich. Ich nahm sie zärtlich in den Arm und legte meinen Kopf auf ihre Schulter, worauf sie sich, begierig nach Nähe, ganz dicht an mich schmiegte.
Wir blieben eine ganze Weile so sitzen, stumm, in Gedanken weit weg, und gingen schließlich schlafen. Zwar sehnsüchtig nach dem anderen, aber dennoch jeder in sein eigenes Bett.

- Herberge, die Zweite -

Der Rest meiner Geschichte, jener Teil, den sie verehrter Leser dieser Zeilen, auch jetzt noch nicht kennen, ist schnell erzählt.

Die folgenden achtundvierzig Stunden vergingen wie im Flug.
Beide waren wir bemüht, die Schatten der bevorstehenden Trennung nicht über uns hereinbrechen, sie nicht die vielleicht endgültig letzten, gemeinsamen Stunden überschatten zu lassen.
Ich brannte vor Verlangen, Anechka Treueschwüre ob meiner Rückkehr zu ihr zu leisten, aber sie wollte nichts hören.
„Steh einfach an der Straße, wenn wir Donnerstagmorgen wieder vorbei ziehen, das reicht mir schon", waren ihre Worte, und obgleich Hoffnung und Vertrauen in ihnen mitzuschwingen schienen, klang es doch auch zeitweise bedenklich nach Resignation.
Anechka war es gewohnt, die Entscheidungen ihres Lebens selber zu treffen, aber für mich, und um es richtig zu machen, war sie selbst zu diesem Martyrium des Wartens auf meine Entscheidung bereit.
Sie schuldete es mir, wie ich ihr zuvor Gehorsam und Ergebenheit geschuldet hatte, auch in diesem Punkt hatte sie wieder einmal recht.
Am frühen Morgen des kommenden Montags, der Tau stand noch auf den Wiesen, schafften die Drei mich wie geplant aus dem Dorfe fort, welches ich nie auch nur zu Gesicht bekommen habe.
Nach einer schweigsamen Fahrt von guten vier Stunden quartierte man mich in dieser gottverdammten Raststätte ein, in der sie wohl gerade mit meinen Aufzeichnungen in der Hand stehen werden, weit weg von allem, was ich die letzten Monate mein Zuhause genannt habe.
Anechka war zu stolz, mir ihre Tränen beim Abschied zu zeigen, oder vielleicht war es auch gut gemeinte Härte, um mich nicht noch zusätzlich unter emotionalen Druck zu setzen, ich weiß es nicht.

Es ist mir auch jetzt, wo ich meine Geschichte niedergeschrieben habe, immer noch nicht klar, wie ich mein Leben vielleicht einmal aus der Entfernung vergangener Jahre sehen werde, und ebenso wenig weiß ich in diesem Moment, ob ich meine Entscheidung, egal welche ich auch treffen mag, eines Tages nicht doch einmal bereue.

Wie lange braucht es, sich endgültig zu entscheiden, welches Schicksal von allen auf der Welt man für sich selber erwählt?

Wie lange, um sich gewahr zu werden, was man im Grunde wirklich will, beziehungsweise, ob man Willens ist, sein Leben künftig nur danach auszurichten, was jemand anderes für einen wünscht?

Leben in Unmündigkeit, kann es das wirklich sein, das Ziel eines Menschen, nicht für einen Tag, eine Stunde, einen Augenblick, nein, für immer, bis ans Ende aller Zeit?

Fakten, Zahlen, Ratio, so hilfreich sie in Wissenschaft und Technik auch sein mögen, stoßen gerade dort an ihre Grenzen, wo Entscheidungen eines Menschen wirklich von Bedeutung sind.

Dem Leben einen Sinn geben, ist dies nicht, wonach wir alle trachten? Erfüllung finden, sich ganz seiner Bestimmung zu verschreiben, ist es unterm Strich nicht das, was wirklich zählt?

Wie würden sie an meiner Stelle entscheiden, über ihre Zukunft, über ihr ganzes bevorstehendes Leben, wenn nicht auch aus dem Bauch?

Nur Herz, Vertrauen und Liebe zählen wirklich, und natürlich die mir verbleibenden sieben Stunden auf der tickenden Uhr an der Wand.

Ich wünschte, sie wären jetzt bei mir, wer immer sie auch sind.

Ich wünschte, sie leisteten mir Beistand, gäben mir Ratschlag und Halt, aber eine lächerlich kurze Zeitspanne und der Gedanke, eventuell meine Bestimmung zu Füßen einer jungen Frau gefunden zu haben, sind am Ende eben doch wieder alles, was mir jetzt noch bleibt.

Wünschen sie mir Glück, ist es dafür jetzt auch wohl bereits zu spät.

Ergebenst Ihr

Francis Drayke

Interesse geweckt,
Blut geleckt ?!?

Die BDSM-Bibel

DAS Buch für alle, die schon immer interessiert hat was „diese Sadomasochisten" da eigentlich so machen, und natürlich für diejenigen, die „es" längst selber tun !!

www. BDSM-Bibel .de